Betsy Duffey · Laurie Myers

Wie im Himmel, so auf Erden

Ein Gebet verändert
das Leben vieler Menschen

Über die Autorinnen

Laurie Myers und Betsy Duffey sind Schwestern, die gemeinsam schon mehrere Bücher geschrieben haben. In Deutschland wurden sie mit „Das Lied des Hirten“ bekannt.
www.writingsisters.com

BETSY DUFFEY LAURIE MYERS

Wie im Himmel so auf Erden

Ein Gebet verändert das Leben vieler Menschen

Aus dem Amerikanischen von Antje Balters

GerthMedien

Bekennt einander eure Sünden und betet füreinander,
damit ihr geheilt werdet.
Denn das Gebet eines Menschen,
der nach Gottes Willen lebt,
hat große Kraft.

Jakobus 5,16

Das Vaterunser

Vater unser im Himmel.
Geheiligt werde dein Name.
Dein Reich komme.
Dein Wille geschehe,
wie im Himmel, so auf Erden.
Unser tägliches Brot gib uns heute
und vergib uns unsere Schuld,
wie auch wir vergeben unsern Schuldigern.
Und führe uns nicht in Versuchung,
sondern erlöse uns von dem Bösen.
Denn dein ist das Reich
und die Kraft
und die Herrlichkeit
in Ewigkeit.
Amen.

Matthäus 6,9-13

Kapitel 1

Vater unser im Himmel

Der erste Tag

Tief unter der Erde im Eastriver-Kohlebergwerk Nr. 23 war ein Rumpeln zu hören, das wie tiefes Donnergrollen klang.

Manny Santos spürte in seinen Ohren, dass sich der Druck veränderte, und blieb wie angewurzelt stehen. Irgendwo im Bergwerk hatte eine Kettenreaktion stattgefunden: Methangas, ein Funke, eine Explosion – der Fels war in Bewegung gekommen und stöhnte und ächzte.

Nein. Nicht so. Ich bin doch noch viel zu jung zum Sterben.

Der Boden des Stollens bebte. Eine Gesteinslawine setzte sich in Bewegung und kam auf ihn zugedonnert. Zeit wegzulaufen hatte er nicht mehr. Jetzt würde er also im Stollen begraben werden. Genau wie sein Vater.

Rechts von ihm standen Tiny und Ralph und starrten fassungslos auf die Unmengen von Geröll, die auf sie zukamen. Das Licht ihrer Helmlampen warf unheimlich anmutende Lichtflecken auf den Fels und die schwarze Kohle von West Virginia.

Seit sieben Jahren arbeiteten die Männer jetzt schon zusammen. Ralph und Tiny – der eine groß gewachsen, der andere ziemlich klein – ließen ihr Werkzeug fallen und standen wie versteinert da. Manny wappnete sich innerlich für das, was jetzt kommen würde. Der Boden unter ihnen bebte heftig, und das Rumpeln und Donnern wurde lauter.

Nein. Ich kann doch Dee und Toby nicht allein lassen.

Vor ein paar Stunden hatte er noch am Küchentresen in ihrer kleinen Doppelhaushälfte gestanden und zugeschaut, wie Dee ihm ein Salamibrot und einen Apfel für die Frühstückspause eingepackt hatte, während sie ihre täglichen Kabbeleien ausgefochten hatten. Auch heute war sie dabei wieder in Tränen ausgebrochen. Sie hatte sich wie immer morgens, wenn sie ihm Frühstück machte, das blonde Haar zu einem Pferdeschwanz zusammengebunden, genau so, wie sie es auch schon als Mädchen immer getragen hatte. Manny kannte Dee nämlich schon seit ihrer Kindheit; ihre Väter hatten bereits zusammen im Bergwerk gearbeitet.

Er war noch einmal stehen geblieben, um Toby zum Abschied einen Kuss auf den Kopf zu geben, und hatte dabei den Geruch nach kleinem Jungen und Haferflocken tief eingeatmet. Dann hatte er in die Augen seines Sohnes geschaut, die genauso blau waren wie seine eigenen und die seines Vaters. Auch die weichen schwarzen Locken hatte der Junge von seinem Vater und seinem Großvater geerbt. Dee hatte er keinen Kuss mehr gegeben, bevor er sich auf den Weg zur Arbeit machte, und beim Hinausgehen hatte er die Tür zugeknallt.

Wieso bin ich nur so blöd gewesen?

Er spürte, wie sich um ihn her die Luft veränderte.

„Aaaaah!“, brüllte Tiny jetzt. Der Schrei kam tief aus seinem Bauch, und dann spürte er eine weitere Explosion und um ihn her flogen Steinbrocken durch die Luft. Es herrschte absolutes Chaos.

Die Druckwelle der Explosion schoss durch den Stollen, hob Tiny und Ralf wie in Zeitlupe vom Boden hoch und schleuderte sie dann gegen die Stollenwand. Im gleißenden Licht der Explosion war zu sehen, dass Tinys Mund vor fassungsloser Überraschung weit offen stand und aussah wie ein großes O.

Dann wurde auch Manny selbst in die Luft geschleudert und verlor völlig die Orientierung. Er überschlug sich und prallte mehrmals auf dem Boden und an den Wänden des Stollens auf, sodass es sich anfühlte, als bezöge er eine heftige Tracht Prügel. Um ihn her war ein einziges brüllendes Durcheinander von Gesteinsbrocken und Trümmern.

Plötzlich trat eine fast unheimliche Stille ein, und dann wurde es dunkel.

Manny öffnete die Augen. Wo war er?

„Dee!“, rief er und konnte keinen klaren Gedanken fassen. „Toby!“

Ach nein, er war ja gar nicht zu Hause. Es war stockdunkel, er hatte überall Schmerzen, und sein Kopf dröhnte.

„Nein!“, schrie er noch einmal seinen Protest heraus, ohne jedoch eine Antwort zu bekommen.

Er hatte den Geschmack von Blut im Mund und konnte jetzt langsam seine Brust und seine Beine als Haupt-Schmerzherde ausmachen.

Mitten in dem Gedanken, wie schwer er wohl verletzt war, verlor er wieder das Bewusstsein.

Dee faltete die getrocknete Wäsche – graue T-Shirts, graue Socken, alles verfärbt vom Kohlenstaub. Wie sie das Bergwerk hasste! Sie saß an dem kleinen Küchentisch, vor sich den Haufen frisch gewaschener Wäsche, die genauso grau und trostlos aussah, wie sie ihr Leben empfand.

Toby spielte in ihrer Nähe auf dem Fußboden. Dee konnte es nicht leiden, wenn Toby mitbekam, wie Manny und sie sich stritten. Sie hatte die Nase wirklich gründlich voll von Manny und dem Bergwerk. In ihren Diskussionen ging es immer um dasselbe. Sie war es unendlich leid.

Vielleicht würde Mrs Angotti ja später eine Weile auf Toby aufpassen, sodass sie laufen gehen könnte. Sie dehnte ihre Schultern und ließ sie kreisen, weil sie von der vornübergebeugten Haltung so verspannt war, und nahm dann ein weiteres T-Shirt von dem Haufen, um es zusammenzufalten. Wie hatte es eigentlich so weit kommen können, dass ihr Leben dermaßen langweilig geworden war?

Dee hörte, dass auf dem Küchentresen ihr Handy vibrierte, ignorierte es aber. Gedankenverloren strich sie sich ein paar Strähnen ihres glatten blonden Haars zurück und schaute durch das kleine verrußte Küchenfenster nach draußen. Dabei wunderte sie sich über die kleine Rauchwolke, die über dem Berg aufstieg.

Und wieder musste sie an die Auseinandersetzung denken, die Manny und sie an diesem Tag schon am frühen Morgen gehabt hatten.

„Du kannst nicht weiter im Bergwerk arbeiten, Manny. Hör endlich dort auf", hatte sie gefordert.

„Und was soll ich deiner Meinung nach stattdessen machen?", hatte er mit zornrotem Gesicht gefragt. „Herumsitzen wie ein Invalide?"

„Du kannst doch etwas anderes machen … etwas, das nicht so gefährlich ist."

„Etwas, das so sicher ist, wie du es gern hättest, gibt es gar nicht", hatte er ebenso aufgebracht wie frustriert erwidert. „Mein Herz kann genauso gut an einem Schreibtisch stehen bleiben wie unter Tage im Stollen."

„Aber du bist doch noch jung. Wir sind beide noch jung! Und wir müssen auch an Toby denken."

Doch wieder einmal war er einfach aus dem Haus gestürmt und hatte die Tür hinter sich zugeknallt.

Sie hatten niemandem etwas davon gesagt, dass er den Herzbelastungstest nicht bestanden hatte, denn es konnte ihn seinen Job kosten, wenn jemand vom Bergwerk davon erfuhr. Der Arzt hatte dringend zu einer Herzuntersuchung geraten, aber Manny hatte bisher noch keinen Termin bekommen.

Ihr Mann war ein solcher Dickschädel! Dee nahm ein weiteres Paar grauer Socken von dem Wäschehaufen und schüttelte bei diesem Gedanken verärgert den Kopf. Allerdings musste sie zugeben, dass sie ihm in Bezug auf Sturköpfigkeit in nichts nachstand.

Jetzt hörte Dee den Kies in der Auffahrt knirschen und schaute von ihrem Berg Legewäsche auf. So früh kam die Post doch sonst nicht.

Dann klopfte es laut und irgendwie panisch an die Tür, und ihr war klar, dass das ganz sicher nicht der Postbote war. Sie hastete zur Tür und sah ihre Freundin Marie auf der Veranda stehen. Marie war leichenblass und so angespannt, dass ihr Mund aussah wie ein dünner Strich. Sie rang die Hände und trat vor Aufregung von einem Bein aufs andere. Es musste irgendetwas wirklich Schlimmes passiert sein.

Dees Hand zitterte, als sie versuchte, die Tür zu öffnen, und vor lauter Schreck über den Zustand ihrer Freundin gelang es ihr nicht gleich.

„Das Bergwerk!", keuchte Marie nur völlig atemlos und folgte Dee nicht wie sonst in die Küche.

„Was? Wer?", war alles, was Dee herausbrachte. „Wer?"

Sie bekam darauf keine Antwort, aber ein Blick in Maries Gesicht war im Grunde Antwort genug. In dem Moment kam auch schon Mrs Angotti durch den Vorgarten auf sie zugerannt. In ihrer Hand flatterte ein Geschirrhandtuch, das so aussah wie eine weiße Fahne. Das Zeichen für Kapitulation … Mrs Angotti hatte zehn Jahre zuvor ihren Mann bei einem Grubenunglück verloren.

„Gehen Sie!", rief sie Dee schon von Weitem zu. „Gehen Sie. Ich kümmere mich um Toby, solange es nötig ist."

Und dann fiel auch schon die Fliegengittertür hinter ihr zu, und Dee rannte zusammen mit Marie zu deren altem Pick-up. Sie mussten sofort zum Bergwerk, denn dort war Manny.

Marie legte den Gang ein und gab so heftig Gas, dass der Kies in der Auffahrt aufspritzte, und dann rasten sie über die kurvige Bergstraße. Dee hielt sich zwar fest, so gut es ging, wurde aber trotzdem auf ihrem Sitz hin und her geschleudert. Die verharschten Schneehaufen an den Straßenrändern waren schwarz von Ruß, der in der Gegend überall bis in die hintersten Winkel drang.

Als sie in die Straße zum Bergwerk abbiegen wollten, wurde ihnen dort von einem Polizisten der Weg versperrt. Er signalisierte ihnen und auch allen anderen Autofahrern, dass sie umkehren und zurückfahren sollten.

Dee packte Marie am Arm und sagte: „Fahr weiter! Ich muss doch zu Manny."

„Bitte fahren Sie zur Feuerwache", sagte der Polizist zu ihnen. Weil er eine Sonnenbrille trug, konnte man seine Augen nicht sehen, und seine Miene war wie versteinert.

Marie und Dee sagten beide kein Wort. Dass sie zur Feuerwache umgeleitet wurden, war kein gutes Zeichen, denn es bedeutete, dass sie wahrscheinlich warten müssten, weil es sich um einen schwerwiegenden Zwischenfall handelte. Wortlos wendete Marie den Wagen und fuhr wieder zurück in Richtung Stadt.

Als sie bei der Feuerwache im Stadtzentrum ankamen, standen dort bereits etliche weitere Geländewagen und Pick-ups. Der Morgen war nass und grau, und Dee machte keine Anstalten auszusteigen, als Marie rechts an den Straßenrand fuhr, hinter dem Subaru von Tinys Frau anhielt und den Motor ausstellte.

Dee war jetzt fast apathisch. Die Energie, die der Adrenalinschub nach der Schreckensnachricht bei ihr freigesetzt hatte, war wie weggeblasen, und sie fühlte sich wie ein nasser Sack. Rasch drang die feuchte, schwere Kälte von draußen ins Wageninnere, und sie begann zu zittern.

Ein älteres Ehepaar, das sich gegen das nasskalte Wetter dick eingepackt hatte, kam zu Fuß die Schotterstraße herauf. Dee konnte nicht erkennen, wer sie waren, aber zwei mit Mikrofonen bewaffnete Reporter stürzten auf die beiden zu. Presse und Fernsehen waren also schon da.

„Du musst da reingehen, Schätzchen“, forderte Marie sie irgendwann auf und legte ihre Hand auf Dees Arm.

Dee kämpfte mit den Tränen und zog ihre Wolljacke fester um sich.

„Vielleicht ist ihm ja auch gar nichts passiert“, versuchte Marie sie zu beruhigen.

Doch Dee rührte sich immer noch nicht. Solange sie nicht dort hineinging, konnte sie noch so tun, als wäre nichts passiert. Aber es *war* etwas passiert, und wenn sie erst einmal aus dem Auto gestiegen war, würde es unerbittlich zur Realität werden.

„Ich gehe mit dir“, sagte Marie schließlich, und erst da öffnete Dee langsam die Beifahrertür. Gemeinsam gingen sie in die Feuerwache hinein.

Toby blickte von seiner Spielzeugeisenbahn auf. Er hatte die Schienen einmal um den ganzen Raum herum gelegt, schaffte es jetzt aber nicht, die letzte Schiene einzusetzen, um den Kreis zu schließen. Sonst half ihm immer sein Papa dabei.

Mrs Angotti saß mit ihrem Strickzeug in einem Sessel auf der anderen Seite des Zimmers und schaute hin und wieder zu ihm hinüber. Er war froh, dass sie da war, denn sie hatte immer etwas Süßes für ihn in der Tasche.

Eigentlich war alles wie immer, aber trotzdem fühlte sich irgendwas komisch an, irgendwie fremd, sodass er sich seinen Papa herbeiwünschte. Der sollte ihn mit seinen starken Armen festhalten.

Toby hob seinen kleinen braunen Teddybären vom Fußboden auf und rieb sich mit der Teddynase über die Wange. Sie war so schön weich, und das beruhigte ihn. Den Teddy hatte er von seinem Papa geschenkt bekommen. Als Mama und Papa am Morgen gestritten hatten, war es Toby ganz komisch geworden. Er mochte es gar nicht, wenn sie sich zankten.

Mrs Angotti kam jetzt zu ihm herüber, setzte sich auf den Boden, fügte die letzte Schiene in die Lücke in dem fast fertigen Kreis ein und gab ihm dann ein Stück Schokolade. Schokolade mochte er gern, und als er den süßen Geschmack im Mund spürte, schloss er genüsslich die Augen.

Er fragte sich, ob Papa heute wohl wieder draußen mit ihm spielen würde. Unter dem Blumenkorb auf der Veranda hatte ein Vogel sein Nest gebaut, und Papa hatte ihn hochgehoben, damit er die winzigen kleinen Küken sehen konnte, die in dem Nest hockten, hungrig ihre Schnäbelchen aufsperrten und zirpten. Papa war der Allerstärkste, und er hatte ihm versprochen, dass er ihn heute wieder hochheben würde, damit er die kleinen Vögel anschauen konnte. Tobys Welt war ganz und gar in Ordnung.

Manny schlug wieder die Augen auf.

Er lag auf dem Rücken und verspürte einen stechenden Schmerz im einen Bein und auch im einen Arm. Um ihn her war es so schwarz, dass er einen Moment lang nicht sicher war, ob er die Augen überhaupt offen hatte. Seit Jahren arbeitete er tagtäglich unter Tage, und es war dort immer dunkel, aber diese Finsternis jetzt war so total, dass es ihm so vorkam, als hätte der Weltuntergang stattgefunden.

Was war passiert? Er versuchte sich zu konzentrieren. Es hatte eine Explosion gegeben und danach einen Einsturz. Jetzt fiel ihm alles wieder ein, und er musste einmal tief Luft holen.

Er war also zunächst mal noch am Leben. Mühsam versuchte er, sich zu bewegen, aber Felsbrocken und Geröll drückten ihn zu Boden. Er musste so schnell wie möglich hier raus. Wie lange war er wohl bewusstlos gewesen?

„Tiny! Ralph!", rief er, und dabei drang ihm Staub in die Lunge, sodass er hustend und keuchend nach Luft rang, wobei ihm heiße Schmerzblitze durch den Brustkorb jagten.

Er versuchte seine Finger zu bewegen und konnte sie alle spüren. Das war ein gutes Zeichen. Aber er verspürte einen schweren Druck auf der Brust. Ob das sein Herz war? Oder lag es nur am Gewicht des Gerölls?

„Tiny?", rief er jetzt noch einmal lauter. „Ralph?"

Aber es kam keine Reaktion außer dem unheimlichen Ächzen im Gestein, das nur hin und wieder von einem gelegentlichen Krachen und Knacken unterbrochen wurde.

Er schloss wieder die Augen, denn er war so unglaublich müde, dass er am liebsten einfach wieder eingeschlafen wäre.

Nein, nicht einschlafen. Bleib wach.

Das war seine einzige Chance; irgendwie wusste er das.

Ob es so wohl auch für seinen Vater gewesen war? Er konnte sich kaum noch an das Grubenunglück erinnern, bei dem sein Vater ums Leben gekommen war, denn er war damals erst drei Jahre alt gewesen … also genauso alt wie Toby jetzt.

Bei der Bergung der Toten hatte man seinen Vater kniend in dem eingestürzten Stollen gefunden. Die letzten Worte, die sein Vater gesprochen hatte, waren also ein Gebet gewesen. Manny hatte seine ganze Kindheit mit dem Loch in seinem Herzen leben müssen, das sein Vater hinterlassen hatte

Er würde nicht zulassen, dass Toby das Gleiche erleben musste.

Ein Schauer durchfuhr Manny, und er versuchte wieder mühsam, sich zu bewegen. Doch es gelang ihm nicht, die Last der Gesteinsbrocken, unter denen er lag, loszuwerden. Sie waren kalt und schwer, und er fühlte sich wie in einem Grab.

„Hilfe", keuchte er. „Hilfe!"

Das Rufen tat weh; er bekam nicht genug Luft. „Vater", rief er in die undurchdringliche Dunkelheit und wusste dabei gar nicht so genau, ob er gerade Gott rief oder seinen leiblichen Vater. Doch war das nicht eigentlich auch völlig egal? „Vater", flüsterte er noch einmal in der Schwärze um ihn her. „Bitte nicht so."

Und dann hörte er Stimmen. „Manny! Manny!"

Ganz hinten im Stollen sah er in der Ferne zwei flackernde Lichter, die auf ihn zukamen.

„Hier", antwortete er mühsam keuchend. „Ich bin hier drüben!"

Die Lichter kamen näher.

„Hey, Mann", sagte Ralph, und Manny sah, dass das Gesicht seines Kumpels blutverschmiert war. „Geht's dir gut? Alles in Ordnung?" Ralph klang schwach und sah ziemlich mitgenommen aus.

„Wo ist Tiny?", fragte Manny seinen Kumpel, brachte aber wieder kaum mehr als ein Keuchen heraus.

„Ich bin hier", antwortete Tiny und hielt sein Gesicht in den Lichtkegel von Ralphs Grubenlampe. Und dann begannen die beiden Männer ohne ein weiteres Wort die Gesteinsbrocken von Mannys Brust zu räumen.

Ralf legte zuerst Mannys Arme frei, sodass der auch selbst mithelfen konnte, sich von dem Schutt und Geröll auf seinem Oberkörper und den Beinen zu befreien.

„Wir müssen hier raus", sagte Tiny, während er unermüdlich weiterarbeitete. „Und zwar so schnell wie möglich."

Manny schloss die Augen und versuchte, gleichmäßig zu atmen. Er hatte recht; es konnte jederzeit zu einer weiteren Explosion kommen oder zu einem noch schlimmeren Einsturz der instabil gewordenen Gänge.

Endlich hatten sie das meiste Geröll von Manny weggeschafft. Ralph beugte sich vor und richtete das Licht seiner Grubenlampe auf Mannys Beine. Vorsichtig tastete er sie nacheinander nach Verletzungen ab. Manny konnte den Druck seiner Hände spüren. Das war gut, oder? Wobei ihm auch die Schmerzen schon deutlich gemacht hatten, dass seine Beine sicher nicht gelähmt waren.

„Du hast eine ziemlich üble Wunde am Knie", meldete Ralph. „Aber sie sieht nicht allzu tief aus", fuhr der Kumpel fort. „Ich werde versuchen, sie zu verbinden und die Blutung zu stoppen."

Manny verspürte einen durchdringenden Schmerz, als Ralph sein Halstuch um das Knie band und dann festzog. *Nicht das Bewusstsein verlieren*, ermahnte er sich selbst.

Als er sich wieder gefangen hatte, tastete er nach Ralphs Arm, um sich daran festzuhalten. Mit der Hilfe seines Kumpels schaffte er es, sich aufzurichten. Erst belastete er das eine Bein, und als das gelang, auch das zweite.

„Hallo? Hallo!“, war in der Ferne eine Stimme aus dem dunklen Stollen zu hören, und wenig später kam ein Lichtstrahl auf sie zu. Dann tauchte der junge Mann auf, den alle nur „der Kleine“ nannten, und kam über Geröll und Gesteinsbrocken geklettert, gefolgt von Buck Rollins, einem älteren Bergmann aus Pursglove. Im Licht ihrer Grubenlampen wurde die Verwüstung um sie her erschreckend deutlich.

„Manny, Ralph, Tiny, ist bei euch alles in Ordnung?“, fragte Buck.

„Ja, so weit alles klar“, kam die Antwort von den Männern.

Da standen sie – fünf Männer in einem kleinen Kreis, als scharten sie sich um ein Lagerfeuer. Im Licht der Helmlampen sah der Staub, der in der Luft hing, wie Morgennebel im Freien aus.

„Wir müssen hier raus“, sagte auch „der Kleine“ noch einmal mit furchtsam hoher, zittriger Stimme. Verdammt, wie hieß der Junge noch mal? Manny wollte sein Name einfach nicht einfallen.

„Zum Bewetterungsschacht“, sagte Ralph und zog sich sein Halstuch über den Mund. „Da suchen sie zuerst.“

Manny nickte und drehte sich um, und als ihm dabei ein heißer Schmerz durchs Bein schoss, stieß er einen unterdrückten Fluch aus. Er machte erst einen vorsichtigen Schritt mit dem unverletzten Bein und dann einen mit dem verletzten, und zu seiner Erleichterung stellte er fest, dass er ohne Hilfe gehen konnte. Das beruhigte ihn etwas.

In dem Moment hallte ein lautes Krachen durch die gesamte Schachtanlage. Die Männer erstarrten und machten sich dann hastig auf den Weg zum Bewetterungsschacht, ohne ein weiteres Wort zu verlieren.

„Hier ist 11Alive. Wir berichten aus Eastriver, West Virginia, wo sich im Bergwerk Eastriver 23 eine Explosion ereignet hat."

Dee trat näher an den kleinen Fernseher heran, der in der Feuerwache an der Wand hing. Auf dem Bildschirm war ein Reporter vor dem Bergwerkseingang zu sehen; im Hintergrund quoll Rauch aus einem Schacht.

„Wir warten hier gespannt darauf, etwas über das Schicksal der Männer zu erfahren, die in der Mine 23 nach einem Stolleneinbruch unbekannten Ausmaßes unter Tage festsitzen. Aus dem Schacht kommen derzeit Überlebende, die die Leichen ihrer ums Leben gekommenen Kumpels geborgen haben."

Bei diesen Worten schlug sich Dee entsetzt die Hand vor den Mund.

Noch einmal gab es einen Kameraschwenk über das gesamte Gelände, wobei dieses Mal mehrere Gruppen von Männern gezeigt wurden, die dicht beieinanderstanden, vor ihnen auf dem Boden die zugedeckten tödlich verunglückten Kumpel.

Ein Schrei wollte aus Dee herausbrechen, blieb aber irgendwo unterwegs stecken. Durch dieses Bild wurde alles für sie zu bitterer Realität.

„Clive!", rief eine Frau aufgeregt und zeigte auf den Bildschirm. „Da ist Clive." Dann brach sie in Tränen aus und sank auf einem der Klappstühle zusammen. Dee suchte fieberhaft den Bildschirm nach Manny ab, konnte ihn aber nirgends entdecken.

Als der Fernsehbericht zu Ende war, redeten in der Feuerwache alle gleichzeitig durcheinander.

„Hier", sagte Marie und drückte Dee einen Styroporbecher mit Kaffee in die Hand. Der Klappstuhl, auf dem sie saß, war hart und kalt, und die in trostlosem Moosgrün gestrichenen Wände der Feuerwache waren unendlich deprimierend.

Dee brachte kein Wort heraus, sondern hielt nur ihren Kaffeebecher umklammert und wartete. Wenn es einen Menschen unter all den Leuten hier gab, der wusste, was Dee gerade durchmachte, dann war das Marie. Sie hatte nämlich vor drei Jahren ihren Mann Jimmy bei einem Grubenunglück im Kohlebergwerk verloren. Im Grunde gab es unter all den Menschen in der Feuerwache keinen, der nicht irgendwann schon einmal einen solchen Verlust erlitten hatte.

Eine grauhaarige Frau mit Dutt im Nacken weinte an der Schulter des Mannes neben ihr. Dee kannte den Sohn der beiden. Er hieß eigentlich Harold, wurde aber von allen nur „der Kleine" genannt, weil er der jüngste der Kumpel war. Er hatte bis vor ein paar Monaten die Technikerschule besucht, die Ausbildung dort dann aber abgebrochen, um Geld zu verdienen, weil er heiraten wollte. Seine Freundin Sarah saß klein und bleich neben seinen Eltern und rang nervös die Hände im Schoß.

„Der Kleine" erinnerte Dee an Manny, wie er vor vielen Jahren gewesen war. Manny und sie hatten sich schon in der Highschool ineinander verliebt und waren seitdem immer ein Paar gewesen. Dee konnte sich kaum daran erinnern, wie es ohne Manny gewesen war … doch dieses gemeinsame Leben war jetzt in Gefahr.

Wenn sie recht überlegte, hatte es in den vergangenen Monaten immer wieder Zwischenfälle im Bergwerk gegeben, die alarmierend gewesen waren. Sie hatte jedenfalls das Gefühl gehabt, dass die Arbeit dort immer gefährlicher wurde – und dieses Gefühl hatte sich jetzt auf furchtbare Weise bestätigt. Ihr wurde fast schwindelig bei dem Gedanken, wie schnell es zur Katastrophe gekommen war.

„Ich geh jetzt da rauf", schrie ein Mann. „Ich lasse mich nicht mehr länger hinhalten."

Dee stand ebenfalls auf, um sich ihm anzuschließen und mitzugehen, und außer ihr gingen noch etliche andere zum Ausgang.

Doch in diesem Moment ging die Tür auf und der Bergwerksdirektor Doug Cafferty betrat den Raum, woraufhin es auf der Stelle still wurde. „Es hat unter Tage eine Explosion gegeben", begann er, und ein allgemeines entsetztes Luftschnappen folgte, obwohl im Grunde alle Anwesenden das ja längst wussten und der Mann eigentlich nichts Neues mitgeteilt hatte.

„Was genau ist denn passiert?", fragte jemand aus der Menge.

„Wie viele Männer sind es?", rief jemand anders.

„Und wie geht es jetzt weiter?" war außerdem zu hören.

Doug hob eine Hand, um für Ruhe zu sorgen. „Bitte bleiben Sie ruhig", sagte er. „Es kommen zurzeit immer noch Überlebende aus dem Schacht, und wir tun alles, was in unserer Macht steht, um die Männer herauszuholen, die noch unten eingeschlossen sind. Die Rettungsmannschaften bereiten gerade alles für eine Suchbohrung zum Wetterungsschacht am östlichen Ende vor. Es wird dabei ein schmaler Schacht gebohrt, und sobald wir einen Durchbruch haben, werden wir ein Mikrofon hinunterlassen."

Seine Miene wurde noch düsterer, als er fortfuhr: „Es gibt leider auch Todesopfer zu beklagen. Die betroffenen Familien werden gerade benachrichtigt."

Dee schob sich mit der kleinen Gruppe Angehöriger weiter nach vorn, die Doug Cafferty bedrängten, mehr Informationen herauszurücken. Dabei redeten alle gleichzeitig, sodass der Bergwerksdirektor wieder die Hand hob, bevor er die Anwesenden informierte: „Die Überlebenden werden jetzt erst einmal alle ins Kreiskrankenhaus gebracht. Maddie hat eine Liste der betroffenen Personen."

Aller Aufmerksamkeit richtete sich jetzt auf eine junge Frau mit einem Klemmbrett, die unbemerkt hinter Doug Cafferty den Raum betreten hatte. Sie las die Namen der geretteten Bergleute vor, woraufhin die Angehörigen der Genannten eilig die Feuerwache verließen, um zu ihren Lieben ins Krankenhaus zu fahren.

Mannys Name stand offenbar nicht auf der Liste, denn er wurde nicht aufgerufen. Schwer ließ sich Dee wieder auf den harten Klappstuhl sinken, als der letzte Name verlesen worden war.

„Wir tun alles, was in unserer Macht steht, um Ihre Männer zu orten und dann zu bergen", wiederholte Doug noch einmal. „Aus Fairmont ist inzwischen ein größerer Bohrer unterwegs, der voraussichtlich in etwa acht Stunden hier eintreffen wird. Wenn wir …", er hielt kurz inne und korrigierte sich: „… *sobald* wir die Männer lokalisiert haben, holen wir sie da heraus", fuhr er dann fort und strich sich mit der Hand über sein schütter werdendes Haar. Er sah müde aus.

Da Dee das Haus verlassen hatte, wie sie war, trug sie nur eine Strickjacke und bemerkte erst jetzt, dass ihr kalt war. Sie verschränkte zitternd die Arme vorm Körper. Sie drehte sich von Doug weg und schaute zum Fenster hinaus über die grauen Berge. Sie wollte keine Witwe sein. *Witwe.* Schon allein der Klang dieses Wortes war irgendwie hart und bitter. Sie wollte nicht ohne Manny leben. Sie liebte ihn doch! Wieder musste sie gegen die Tränen ankämpfen.

Die nächsten paar Stunden würden darüber entscheiden, wie ihr Leben weitergehen würde, und das galt genauso für das Leben ihres

Sohnes. Als Dee an sich herunterschaute, stellte sie fest, dass sie in ihren alten, abgetragenen Hausschuhen von zu Hause aufgebrochen war, und da endlich verbarg sie ihr Gesicht in den Händen und ließ ihren Tränen freien Lauf.

„Das überleben wir nicht“, hörte Manny den „Kleinen“ laut schniefend sagen. Die Stollendecke war hier sehr niedrig, sodass sie gebückt durch knöcheltiefes Wasser waten mussten. Manny war sicher, dass es in der Nähe einen kleinen unterirdischen Fluss geben musste, der nach dem Erdrutsch offenbar in den Stollen floss, und das konnte für sie noch zu einem Problem werden. Das Wasser war kalt, und Manny spürte bereits jetzt seine Zehen nicht mehr.

Sie fanden die kleine Ausbuchtung, die eigentlich als Wetterschacht für die Frischluftzufuhr gedient hatte, aber jetzt nach der Explosion nur noch ein Haufen losen Schiefergesteins und anderen Gerölls war. Immerhin konnten sie aus dem kalten Wasser auf die einigermaßen stabile Erhöhung steigen und rückten so weit wie möglich nach hinten. Dann fingen sie an, aus herumliegenden Segeltuchsäcken und Steinen eine Art Damm zu errichten, um das Wasser fernzuhalten und vielleicht auch etwas von den möglicherweise austretenden Gasen, bis die Rettungsmannschaften eintrafen. Es tat gut, etwas zu tun zu haben, und deshalb drängte Manny die anderen, ihn mithelfen zu lassen, obwohl sein Bein heftig pochte.

Es dauerte ungefähr eine Stunde, bis die provisorische Wand fertig war. Manny rang keuchend nach Atem und musste sich an die Stollenwand lehnen. Sie hatten getan, was sie konnten, um die Stelle zu stabilisieren und zu stützen. Doch nun saßen sie auch fest, denn sie konnten weder vor noch zurück. Hinter ihnen war die Stollenwand, vor ihnen die provisorische Barriere und das steigende Wasser.

„Jetzt können wir nur noch warten“, sagte Buck mit seiner tiefen Bassstimme.

Manny saß in der Dunkelheit, und das einzige Geräusch, das er hören konnte, war das gelegentliche Tropfen des Wassers von der

Decke und das Atmen seiner Kumpels. Die Männer waren alle sehr still.

Sie warteten.

Wo blieb Mama nur? Und wo war Papa? Toby war inzwischen müde geworden, und eigentlich hätte er ins Bett gemusst. Mrs Angotti machte ihm Abendessen, aber sie machte es nicht so wie seine Mama. Sie schnitt das Brot falsch und strich auch keinen Honig auf die Erdnussbutter. Er wollte, dass sein Papa nach Hause kam und ihm aus dem Buch mit dem Papahasen vorlas, der das kleine Häschen lieb hatte.

Er fing an zu weinen, und Mrs Angotti nahm ihn auf den Arm und streichelte ihm über den Rücken. Aber das half kein bisschen, weil es nicht der Arm war, auf dem er jetzt sein wollte.

Die Zeit verging langsam. Oder war es schnell? Tatsache war, dass Manny buchstäblich keinen Schimmer hatte, wie viel Zeit vergangen war, seit sie den Damm fertiggestellt hatten.

„Hey, Manny“, sagte der Kleine und kam zu ihm herüber. Im schemenhaften Licht der Grubenlampen sah Manny, dass er sich ganz dicht zu ihm beugte, als wollte er ihm ein Geheimnis anvertrauen. „Hör doch mal.“

Manny schloss die Augen und konzentrierte sich. Über ihnen im Fels war ein ganz leises schabendes Geräusch zu hören … so leise, dass es vielleicht nur Einbildung war … aber vielleicht ja auch nicht.

„Psssst“, sagte er laut zu den anderen und lauschte dann wieder angestrengt, um sich zu vergewissern, ob er tatsächlich etwas hörte. War da Bewegung im Gestein und damit ein Hinweis auf einen weiteren Einsturz, oder war es vielleicht noch etwas anderes?

Unter den Männern entstand eine spürbare Unruhe. Alle Blicke richteten sich gleichzeitig zur Stollendecke, obwohl sie ohnehin nichts sehen konnten. Doch, ja, sie hörten jetzt tatsächlich alle ein leises, schabendes Geräusch, das allerdings sehr weit entfernt zu sein schien. Vielleicht war es ja das Geräusch eines Bohrers, der sich durch das Gestein arbeitete? Konnte es sein, dass man schon mit der Suchbohrung begonnen hatte?

„Sie kommen", sagte der Kleine und wiederholte es in der darauffolgenden Stunde etwa alle zehn Minuten. „Sie sind es. Sie kommen."

Die anderen Männer sagten dazu nichts, sondern schwiegen. Sie saßen auf dem felsigen Boden, manche mit dem Rücken an die Stollenwand gelehnt, und jeder von ihnen war ganz in seine eigenen Gedanken vertieft, aber alle Ohren waren auf das leise Geräusch über ihnen ausgerichtet.

Das Geräusch dauerte an, und inzwischen waren sie sich ziemlich sicher, dass es von einer Bohrung stammte, denn es war sehr gleichmäßig, und es wurde lauter und kam näher, sodass die Zuversicht der Männer wuchs.

Irgendwann bewegte sich schließlich etwas in der Mitte der Decke über ihnen. Kleine Kohlestückchen fielen zu Boden, und im trüben Schein ihrer Grubenlampen war neuer Staub in der Luft zu sehen.

Und dann brach der Bohrer zu ihnen durch.

Die fünf Männer waren in Sekundenbruchteilen auf den Beinen und schrien alle laut durcheinander:

„Sie haben uns gefunden!"

„Wir schaffen es vielleicht doch!"

„Hurra!"

Als der Metallstab des Bohrers auf den Stollenboden traf, ging der Kleine hinüber und drückte einen dicken Kuss darauf. Buck zog einen Hammer aus seinem Werkzeuggürtel und schlug fünf Mal gegen den Stab, dann weitere fünf Mal und dann noch ein weiteres Mal. Fünf Mal für jeden der Männer.

In angespanntem Schweigen standen sie danach im Kreis und warteten. Manny hielt unbewusst die Luft an.

Und dann hörten sie es: fünf Schläge von oben gegen den Metallbohrer. Irgendwo weit über ihnen, im Land der Lebenden und des Lichts, wurde die Antwortnachricht mithilfe eines Hammers in den

Schacht hinuntergesendet. Diese fünf Schläge bedeuteten alles für sie. Man hatte sie gehört, und jetzt würde Hilfe kommen.

Manny umarmte den „Kleinen". „Wir werden nicht sterben", sagte der Junge, bereute aber auf der Stelle, dass er die Worte tatsächlich ausgesprochen hatte. Tatsache war nämlich, dass sie noch längst nicht gerettet waren.

Der Metallbohrer wurde durch den schmalen Schacht wieder hochgezogen, und dann saßen die Männer wieder allein im Dunkeln. Ein paar Minuten lang starrten sie noch auf das schwarze Loch in der Decke, das einen Durchmesser von ungefähr fünfzehn Zentimetern hatte, bis sich Buck räusperte. Zum Glück sprach er nicht aus, was alle dachten, nämlich dass es zwar toll war, dass man sie gefunden hatte … aber dass sie noch weit davon entfernt waren, tatsächlich hier rauszukommen. Es konnte Tage dauern, bis die Rettungsmannschaften zu ihnen durchkamen.

Sie setzten sich also wieder mit dem Rücken an die Stollenwand. Und auch wenn es irrational war, konnten sie nicht anders; immer wieder starrten sie auf das Loch in der Decke, das ihre einzige Verbindung zur Außenwelt war.

Manny hatte das Gefühl, dass es in dem kleinen Raum, den sie sich selbst geschaffen hatten, immer kälter wurde, aber vielleicht war es hier unten ja auch immer so kalt, und das war ihnen nur nicht aufgefallen, solange sie in Bewegung waren. Jedenfalls tat es keinem von ihnen gut, hier in der feuchten Dunkelheit zu sitzen.

Sie hatten nichts zu essen, und schon bald würden auch die sehr langlebigen Grubenlampen den Geist aufgeben. Und dann waren da noch die Gase – es bestand immer die Gefahr austretender Gase.

Es wurde Abend, und die Anzahl der Menschen, die in der Feuerwache auf Neuigkeiten warteten, verringerte sich.

Dee konnte einfach nicht mehr länger still sitzen, aber sie wusste auch nicht, wohin sie gehen oder was sie sonst tun sollte. Deshalb lief sie im Gang der Feuerwache auf und ab. Marie war nach Hause gefahren, um ihren Kindern Abendessen zu machen.

Den ganzen Tag über hatte die Anzahl der Wartenden abgenommen – jedes Mal, wenn wieder Überlebende aus dem Bergwerk herauskamen, manche durch den Haupteingang, andere anderswo aus dem Labyrinth von Schächten und Stollen.

Aber sie hatte immer noch nichts von Manny gehört.

Neunzehn Tote waren mittlerweile geborgen worden, und die Familien der Todesopfer hatten sich auf den Weg zu der provisorischen Leichenhalle gemacht, die in der Baptistenkirche eingerichtet worden war. Weitere achtzehn Männer hatten es geschafft, selbstständig aus der Schachtanlage herauszukommen. Die meisten von ihnen waren mittlerweile ins Krankenhaus gebracht worden.

Das ließ noch fünfundzwanzig Bergleute übrig. Und einer von ihnen war Manny. Was mit ihnen geschehen war, war nach wie vor ungeklärt. Lebten sie noch oder waren sie längst tot? Erlag einer von ihnen gerade seinen Verletzungen, weil die medizinische Versorgung fehlte? Hatten sie Angst?

Trish Rollins aus Pursgove ging in einer Ecke des Raumes auf und ab, während ihre vier Söhne an einem der Tische im Raum Brettspiele spielten. Trish hatte erst vor Kurzem das Rauchen aufgegeben, und Dee hatte den Eindruck, dass sie jetzt gerade viel für eine Zigarette gegeben hätte, denn sie führte immer wieder geistesabwesend ihre eine Hand an die Lippen.

Plötzlich kam der Bergwerksdirektor Doug Cafferty wieder hereingestürzt und brachte einen Stoß kalte Luft mit herein. „Wir haben einen Durchbruch, und es gibt Überlebende dort unten im Stollen!“

Diese Nachricht löste Jubel bei den Menschen in der Feuerwache aus, dem aufgeregtes Gemurmel folgte.

Doug hob wieder die Hände, um sich Ruhe zu verschaffen. „Wir wussten, in welchem Abschnitt sie sein mussten, und haben in den Bewetterungsschacht heruntergebohrt. Dann haben wir Signale gehört, die von den Männern kommen mussten, und danach dann auch Klopfzeichen.“

„Wie viele sind es?“

Doug schaute kurz zu Boden, dann blickte er fast mühsam wieder in die Menge, und erst nach einem Moment antwortete er: „Es sind fünf.“

Dee schaute sich nervös im Raum um. Von den fünfundzwanzig Männern, die noch vermisst wurden, lebten also nur noch fünf. Aber wer waren sie?

Tinys Frau Maria sprach leise mit ihrem Sohn und ihrer Schwiegertochter. Tiny arbeitete normalerweise mit Manny zusammen, sodass die beiden wahrscheinlich entweder gemeinsam ums Leben gekommen waren oder gemeinsam überlebt hatten. Dee sah, wie Tinys Sohn den Kopf schüttelte. Er arbeitete nicht im Bergwerk. Diese Familientradition hatte er nicht fortgesetzt mit der Begründung, dass ihm die Arbeit unter Tage zu gefährlich sei und er nie im Leben in dieses „schwarze Todesloch" einfahren würde. Damals hatten alle gedacht, dass er die Sache ziemlich dramatisierte, aber jetzt konnte Dee nur fassungslos den Kopf schütteln, weil er so recht gehabt hatte.

Ralph arbeitete ebenfalls mit Tiny und Manny zusammen, und auch er war an diesem Morgen in den Stollen gegangen, aber er war Junggeselle und hatte, soweit man wusste, keine Familie – abgesehen von seinem Hund Junior. Jeder hier wusste, wie Junior seine Tage verbrachte: Er döste den ganzen Tag unter der Veranda, und ungefähr eine halbe Stunde bevor die Schicht zu Ende war, kam er hervor, legte sich auf die Veranda und wartete dort auf Ralph. Dee fragte sich, ob Junior wohl auch jetzt da saß und vergeblich auf sein Herrchen wartete.

„Der Bohrer kommt jetzt wieder hoch, und sobald er draußen ist, lassen wir ein Mikrofon hinunter, damit wir mit den Männern kommunizieren können. In ein paar Stunden wissen wir dann mehr."

„Wie geht es denn jetzt weiter? Was ist der Plan?", rief ein Mann von hinten.

„Eine größere Bohranlage ist unterwegs hierher. Sobald sie eingetroffen ist, fangen wir mit der Bohrung eines Rettungsschachtes an. Wir tun wirklich alles, was in unserer Macht steht, um die Männer da möglichst schnell rauszuholen."

Dee ging nach draußen und schaute zum Berg hinauf. Irgendwo dadrin, unter tausend Tonnen Gestein, war Manny. Würde er es schaffen? Er war muskulös und zäh und stabil, aber der Berg war ein Respekt einflößender Gegner. Und dann war da ja auch noch sein Herz. Ob es durchhalten würde?

Das letzte Tageslicht verschwand hinter dem dunklen Berg, und ein letzter kleiner Lichtpunkt schien einen Hoffnungsschimmer zu schicken, während Dee dort ganz allein auf den Eingangsstufen stand.

Schweigend saßen die Männer an die Stollenwand gelehnt da. Die Luft schien stickiger zu werden, und die erste Euphorie nach dem Durchbruch der Suchbohrung wich immer mehr einer unausgesprochenen Furcht. Langsam verließ die Männer die Kraft. Ralph lag schweigend etwas abseits von den anderen und machte keinen guten Eindruck. Sein Atem ging flach, und sein Kopf war verklebt mit getrocknetem Blut. Das Licht einer der beiden noch funktionierenden Grubenlampen begann zu flackern. Das bedeutete, dass sie schon bald ganz und gar im Dunkeln sitzen würden.

Keiner der fünf Männer bekam mit, wie aus dem Bohrloch in der Decke über ihnen ein Mikrofon hervorkam.

„Kennst du eigentlich irgendwelche Gebete?“, fragte der Kleine Manny.

Gebete? Manny konnte sich nur an ein einziges erinnern … an das Gebet, das sein Vater jeden Abend gesprochen hatte, bis zu seinem letzten Tag auf Erden.

Manny hatte schon sehr lange nicht mehr gebetet, aber das spielte jetzt keine Rolle. Er fühlte Sehnsucht in sich aufsteigen – eine heftige Sehnsucht nach Leben, nach einer zweiten Chance mit seiner Frau und seinem Sohn. Diese Sehnsucht wurde so überwältigend, dass die einzig mögliche Reaktion, die ihm dazu einfiel und passend schien, ein Gebet war … das Gebet seines Vaters.

Viele der Männer, die im Bergwerk arbeiteten, waren abergläubisch. So hatten zum Beispiel etliche der Kumpels immer eine alte, abgewetzte Hasenpfote dabei oder trugen bei der Arbeit ein „Glückshalstuch“. Manche Männer setzten sich im Aufzug nur auf ganz bestimmte Plätze oder standen immer an derselben Stelle, wenn es abwärtsging.

Doch das hier war trotz der Hasenpfoten und „Glücksplätze“ passiert. Ihr Aberglaube hatte ihnen nicht geholfen. Aber ein Gebet war etwas anderes. Es war keine Beschwörung irgendwelcher dubioser Schicksalsstränge, sondern es richtete sich an eine Person. Ob man an Gott glaubte oder nicht, wurde angesichts ihrer Situation überraschend unwichtig. Was sie brauchten, war Hoffnung, und ihre einzige Hoffnung war jetzt Gott.

Obwohl das heftige Pochen in seinem Bein dadurch schlimmer wurde, kniete sich Manny hin. Unbewusst rieb er sich immer wieder über die Brust, in der sich ein dumpfer Schmerz eingenistet hatte.

„*Vater unser*", sagte er, und seine Stimme war bei diesen ersten Worten des einzigen Gebets, das er kannte und jetzt in die Dunkelheit hineinsprach, so belegt, dass sie beinah brach. Wie kleine Hoffnungspfeile schossen die Worte in den pechschwarzen Stollen. „*... im Himmel*", fuhr Manny fort.

Die anderen vier Männer richteten sich ein wenig mehr auf und senkten dann die Köpfe. Der Kleine schniefte.

Manny sprach die Worte jetzt lauter und mit mehr Leidenschaft. „*Geheiligt werde dein Name*", betete er und empfand seine eigene Stimme als fremd, so als gehörte sie zu jemand anderem – einem starken Mann, einem Mann voller Hoffnung.

Während Manny weiterbetete, wurde er von einer Kraft erfüllt, von der er bisher nichts gewusst hatte. Die Schmerzen in seinem Brustkorb ließen nach, und er sprach klar und kraftvoll:

„*... dein Reich komme, dein Wille geschehe, wie im Himmel, so auf Erden.*"

Und so betete er weiter, ohne zu wissen, dass über ihnen das Mikrofon von der Decke baumelte und auf diesem Wege seine Worte ihren Weg nach oben in die Aufnahmegeräte der Journalisten und von dort aus in Nachrichtensendungen auf der ganzen Welt fanden.

„*Unser tägliches Brot gib uns heute.*"

Ob sie wohl überleben würden? Konnte Gott ihnen auch hier unten wirklich alles geben, was sie brauchten?

„*Und vergib uns unsere Schuld, wie auch wir vergeben unsern Schuldigern.*"

Würden sie noch die Chance bekommen, mit den Menschen, die sie liebten, ins Reine zu kommen?

„*Und führe uns nicht in Versuchung, sondern erlöse uns von dem Bösen.*"

Konnten sie aus diesem finsteren Ort erlöst werden?

Als Manny zum letzten Satz des Gebetes ansetzte, flackerte das Licht seiner Grubenlampe. Bald würde sie ganz ausgehen.

„Denn dein ist das Reich und die Kraft und die Herrlichkeit“, betete er und spürte, wie die Hand des Jungen nach seiner griff und Buck seine große Pranke auf seinen Rücken legte.

„In Ewigkeit.“

Das letzte Wort verklang, und dann war es wieder still. Manny atmete einmal lange und kraftvoll durch.

„Amen“, sagten alle fünf Stimmen gemeinsam.

Manny blieb so lange auf den Knien, bis er das *Amen* der anderen gehört hatte. Nun war das Gebet komplett.

Auch Tinys Lampe erlosch, und jetzt blieb ihnen nur noch das bereits sehr trübe Licht von Mannys nachlassender Helmlampe.

Als langsam immer mehr Dämpfe und Gase in ihre abgeschottete Nische in dem Stollen eindrangen, fingen sie alle an zu husten. Doch inmitten all der Schrecken und Gefahren, von denen sie bedroht waren, hatten sie Frieden.

Bitte, Vater, betete Manny, *nimm dieses Gebet an. Erhöre es.*

Und dann war es still in der Eastriver-Mine 23.

„Hier ist Casey von WKLM aus Charleston, South Carolina, Ihr Immer-auf-dem-neuesten-Stand-Sender, der Ihnen den Heimweg durch die Rushhour am Abend verkürzt.
Wir schalten jetzt nach Eastriver, West Virginia, wo sich heute Nachmittag ein Grubenunglück ereignet hat. Ben, was gibt es Neues von dort zu berichten?“
„Hallo, Casey – ja, heute Vormittag um 10:32 Uhr hat es in einem Stollen des Eastriver-Bergwerks eine Explosion gegeben. Die Ursache der Explosion ist noch nicht bekannt, aber es wird derzeit alles versucht, um noch Überlebende zu finden und zu bergen. Bisher gibt es neunzehn Tote, doch die Anzahl könnte im Laufe des Nachmittags noch steigen. Sofort nach dem Unglück wurde mit Suchbohrungen an den Stellen begonnen, wo man die Männer nach ihren Dienstplänen

und den Aussagen der Überlebenden vermutete. Nach mehreren Suchbohrungen ist man jetzt auf fünf Männer gestoßen, die unter dem Berg eingeschlossen sind.
Mittlerweile hat man bereits die Luft aus dem Bohrloch untersucht, mit dem Ergebnis, dass sie einen Sauerstoffanteil von nur 19,5 Prozent enthält. Spezialisten sind gerade dabei, die gewonnenen Informationen auszuwerten.
Nachdem der Suchbohrer wieder hochgezogen worden war, hat man durch den entstandenen kleinen Schacht ein Mikrofon in den Hohlraum zu den Männern hinuntergelassen und dabei die Stimme eines der eingeschlossenen Bergleute aufgenommen, der offensichtlich betete. Hier hören Sie einen Teil der Aufnahme."
„… Vater unser im Himmel. Geheiligt werde dein Name …"
„Und jetzt zurück zu Ihnen, Casey."

Kapitel 2

Geheiligt werde dein Name

Bethany hielt Simons Hand ganz fest, als sie über die Dünen zum Strand hinunterrannten. Die salzige Luft traf auf ihr Gesicht, und die Meeresbrise war so frisch und kühl, dass Bethany froh war, dass sie ihre Jacke mitgenommen hatte. Weil Mond und Sterne so hell schienen, dass sie den Pfad durch die Dünen gut sehen konnten, brauchten sie keine Taschenlampe.

Hier draußen, weit weg vom Campus, weit weg von der Stadt Charleston, in der es eigentlich nie richtig dunkel wurde, war der Himmel unglaublich klar, und in dieser Nacht gab es nicht einmal einen Hauch von Nebel oder Dunst, der die Sterne hätte verdecken können. Jeder einzelne Stern funkelte hell und klar – die Plejaden, der Orion, der Große Bär. Als Bethany an all diese schönen exotischen Namen dachte und dabei zu den Sternen hinaufblickte, regte sich etwas in ihr – etwas, das sich wie Sehnsucht anfühlte.

Sie legte ihre Hand aufs Herz und fragte sich, was es wohl war, wonach sie sich sehnte. Das gleiche sehnsüchtige Gefühl hatte sie auch gehabt, als sie auf dem Weg zum Strand im Radio von Simons kleinem grünem Toyota das Gebet des eingeschlossenen Bergmanns gehört hatte. Der Ernst in seiner Stimme hatte sie so berührt, dass sie ihn immer noch im Ohr hatte. Was bedeuteten diese Worte „*Geheiligt werde dein Name*“ eigentlich?

„Was heißt eigentlich *geheiligt*?“, fragte sie Simon, der auf fast jede Frage eine Antwort wusste.

„Hmmm“, sagte er und schob seine Brille etwas höher auf die Nase. „Etwas als heilig zu betrachten heißt wohl, dass es etwas Besonderes, Verehrungswürdiges ist. Meist religiöse Dinge. Ich würde sagen, das Wort ‚heil‘ steckt da mit drin, das ja für etwas Unversehrtes, Ganzes steht. Etwas Komplettes.“

Bethany fühlte sich nicht komplett. Das wurde ihr gerade klar. Aber was fehlte ihr? Die vergangenen paar Monate auf dem College waren bis jetzt die beste Zeit ihres Lebens gewesen. Direkt nach ihrer Ankunft hatte sie ihre wenigen Habseligkeiten in ihrem Wohnheimzimmer abgestellt und hatte sich dann schnell wieder aus dem Staub gemacht – weg von den anderen Mädchen, die sich kreischend und lachend und jubelnd begrüßten. Die meisten waren von ihren Eltern hergebracht worden, die mit ihnen die Taschen und Koffer in die Zimmer geschleppt und Betten bezogen hatten. Bethany dagegen war allein.

Sie hatte auf dem Parkplatz gestanden, umgeben von leeren Autos – ihr altes Leben lag hinter ihr und ein neues fing an. Und dann hatte sie nach oben geschaut. Der Abendhimmel war klar gewesen, die Luft frisch und kühl, und beim Anblick der Sterne war ihr das Herz aufgegangen.

Am nächsten Tag hatte sie sich in einen Astronomiekurs eingeschrieben.

Jetzt blieb Bethany stehen und schüttelte ihre Flipflops ab. Simon folgte ihrem Beispiel. Sie sah, wie sich das Mondlicht in seinen Brillengläsern spiegelte und er ihr zulächelte.

Sie hatte Simon in der ersten Stunde des Astronomiekurses kennengelernt. Er hatte ein paar Plätze von ihr entfernt gesessen, als sie sich zurückgelehnt und zu den hellen Punkten an der Decke des Planetariums hinaufgeschaut hatten. Sie hatte gehört, wie er vor Staunen laut nach Luft geschnappt hatte, als die ersten vom Hubble-Teleskop übertragenen und jetzt an die Decke projizierten Bilder auftauchten – ein Wunder aus Licht und Farben. Da hatte sie sich vorgebeugt und ihn sich genauer angeschaut. Ein dünner Typ mit dunklen Locken und so unauffällig, dass man ihn kaum beschreiben konnte. Das einzig Faszinierende an ihm war wohl, dass er ein Mensch war, der beim Anblick einer Supernova ehrfürchtig nach Luft schnappte. Sein Gesicht wurde angestrahlt von dem Licht, das von den Bildern über ihnen reflektiert wurde, und dann hatte er sich umgedreht, ihre Blicke waren sich begegnet, und sie hatte gelächelt. Sie war wirklich nicht auf der Suche nach einem Freund gewesen, aber Simon war so anders als alle Jungs, die sie bisher kennengelernt hatte. Ihre größte Sorge war gewesen, ob er sie wohl auch mochte.

Was die Liebe anging, war sie in ihrem bisherigen Leben nicht besonders gut weggekommen. Als ihre Mutter sie verlassen hatte, war sie noch so klein gewesen, dass sie sich nicht mehr an sie erinnern konnte. Dann war auch ihr Vater fortgegangen und hatte sie bei Verwandten zurückgelassen, die zwar freundlich, aber nicht liebevoll zu ihr gewesen waren.

Tief atmete Bethany jetzt die salzige Meerluft ein. Hinter den Dünen brachen sich die Wellen. Es war ein fast perfekter Abend. Sie rückte die Decke und das Stativ zurecht, die sie sich unter den Arm geklemmt hatte, und Simon zog die Schultern hoch, um den Gurt des Teleskopkoffers zurechtzurücken.

In dem Moment klingelte ihr Handy – ein tiefer, dumpfer Nebelhornton, mit dem Schiffe auf See vor Gefahren gewarnt werden. Das war der Klingelton, den sie für ihren Vater eingerichtet hatte. Dass es ein Warnsignal war, sagte eigentlich schon alles, und allein dieses Geräusch genügte, um die schöne Stimmung dieses Abends zu zerstören. Sofort ergriff wieder die alte Unsicherheit Besitz von ihr. Sie hatte beschlossen, ihr Leben selbst in die Hand zu nehmen, es anders anzugehen und an sich selbst zu glauben, genau wie es ihr die Studienberaterin nahegelegt hatte. Aber …

„Musst du da nicht drangehen?“, fragte Simon.

„Nein“, antwortete sie nur und drehte sich wieder zum Strand hin, der vor ihnen lag.

Noch einmal durchdrang der Nebelhornton die Nacht und forderte eine Reaktion.

„Willst du nicht doch lieber drangehen?“

„Nein“, sagte sie noch einmal, und ihre Stimme klang dabei fester und bestimmter, als sie es beabsichtigt hatte. Deshalb lächelte sie und erklärte: „Ich möchte heute Abend nicht gestört werden.“

Sie stellte das Handy auf Vibrationsalarm, das Nebelhorn verstummte, und sie atmete tief durch. Sie würde sich diesen wundervollen Abend auf gar keinen Fall von ihrem Vater verderben lassen. Die letzten paar Monate waren die besten und friedvollsten ihres Lebens gewesen, ohne Chaos, und weil sie wollte, dass es so blieb, nahm sie den Anruf nicht an.

In dem Astronomiekurs hatte sie endlich verstanden, wie ihr Vater war und was er bei den Menschen in seinem Umfeld anrichtete:

Er war ein Schwarzes Loch! Schwarze Löcher entstehen, wenn ein Objekt im Weltraum so groß wird, dass es seiner eigenen Gravitation nicht mehr standhalten kann und zu einem winzigen Gebilde zusammenschrumpft, an dessen Oberfläche eine unvorstellbare Anziehungskraft herrscht. Es verbiegt den Raum mit seiner Gravitation derart, dass ein Loch entsteht, das Materie aus seiner Umgebung aufnimmt und so immer größer wird. Wie „kosmische Staubsauger" reißt es alle Materie im Umkreis von Millionen von Kilometern an sich. Sogar Licht wird von dem Schwarzen Loch verschluckt und kann sich nicht mehr daraus befreien.

Das Trinken ihres Vaters und sein chaotischer Lebensstil hatten dieselben Auswirkungen auf Bethany gehabt. Er hatte sie aufgesaugt und in die völlige Erschöpfung geführt. Alles Licht war aus ihrer Umgebung verschwunden.

Schon früh hatte sie gelernt, sich allein durchzuschlagen, indem sie Hilfe bei den Hausaufgaben gegen ein Pausenbrot eintauschte oder ihrer Nachbarin Mrs Henderson nach der Schule bei der Betreuung ihrer Kinder half, in der Hoffnung, dafür zum Abendessen bleiben zu dürfen. Bei den Hendersons war nämlich der Kühlschrank stets gut gefüllt.

Zu Hause dagegen war er immer leer, abgesehen von einer kalten Pizza hin und wieder oder einem Sechserpack Bier. Trotzdem hatte sie immer wieder hineingeschaut in der Hoffnung, vielleicht doch einmal richtiges Essen darin vorzufinden – etwas, das es in ihrem Leben eigentlich nie gegeben hatte. Und sie war immer enttäuscht worden.

Nein, sie würde jetzt nicht ans Handy gehen. Sie würde sich nicht wieder in seine Finsternis und Verzweiflung hineinziehen lassen. Aber die Sehnsucht nach der Liebe ihres Vaters war dennoch da, und die Versuchung, seinen Anruf zu beantworten, war sehr stark – genauso stark wie damals die Versuchung, doch den Kühlschrank zu öffnen und entgegen aller Vernunft auf etwas Gutes zu hoffen.

Sie richtete ihre Aufmerksamkeit auf eine kleine Gruppe von Studenten ein Stück weiter vorn am Strand, die die Vorderseiten ihrer Taschenlampen mit rotem Papier beklebt hatten, damit sie möglichst gute Nachtsicht hatten. Die roten Punkte tanzten wie riesige Glühwürmchen vor ihr in der Dunkelheit.

Der Wind trug Gelächter und Gespräche zu Bethany herüber, und sie spürte die gespannte Erregung der Gruppe beinahe körperlich. Sie hofften nämlich, an diesem Abend den Perseidenschwarm zu sehen zu bekommen. Auf der Nordhalbkugel sollte der Sternschnuppenregen angeblich nicht so gut zu sehen sein wie auf der Südhalbkugel, aber das tat der Vorfreude der jungen Leute am Strand absolut keinen Abbruch. Sie würden wahrscheinlich mehr als einen Meteoriten pro Minute zu sehen bekommen. Seit Wochen sprachen sie alle jetzt schon darüber.

An diesem Abend warteten sie nun gespannt wie Kinder vor der Bescherung am Heiligabend auf das, was sie erwartete. Auch Bethany empfand diese aufgeregte Vorfreude, und sie drückte Simons Hand noch fester, als sie jetzt nebeneinander durch den Sand rannten. Die frische Meeresbrise traf sie wie eine Stoffbahn und pustete ihnen durchs Haar, und für Bethany fühlte es sich an, als bliese der Wind die dunklen Erinnerungen an ihren Vater davon.

Als sie zu den anderen Studenten stießen, fingen sie gleich an, ihre Ausrüstung auszupacken.

„In fünf Minuten geht es los“, rief ihr Dozent Dr. Hartmann und meinte damit den Beginn seines Vortrags.

Bethany baute das Stativ auf, an dem Simon dann das Teleskop befestigte. Sie arbeiteten gut zusammen. Im Laufe der vergangenen drei Monate hatte sie ihn immer besser kennengelernt und festgestellt, dass er Menschen mochte und an das Gute in ihnen glaubte. Das gefiel ihr.

Das Teleskop war jetzt bereit. Als sie sich auf die Decke setzten, konnte Bethany das Handy in ihrer Tasche spüren, und sie musste wieder an ihren Vater denken.

Vor zwei Jahren hatte er sie angerufen und gesagt: „Ich bin im Gefängnis. Kannst du kommen? … Und bring fünfhundert Dollar mit … in bar.“ Es war schon das zweite Mal gewesen, dass er sie aus dem Gefängnis anrief, und beide Male hatte sie ihr gesamtes Geld vom Sparkonto abheben müssen, um für ihn die Kaution zu stellen, sodass er wieder hinauskam.

Ein anderes Mal hatte es geheißen: „Ich sitze in Vegas fest. Mein Flug ist gestrichen worden, und meine Kreditkarte ist abgelaufen. Kannst du mir deine Kreditkartennummer geben?“ Das hatte sie dummerweise tatsächlich getan, mit der Folge, dass auf der nächsten Abrechnung 4.000 Dollar standen, die er verbraten hatte. Danach hatte sie die Karte sofort sperren lassen und auf seine Anrufe nicht mehr reagiert. An den Schulden von damals zahlte sie immer noch ab.

Irgendwann hatte er es dann schließlich aufgegeben, sie anzurufen, und inzwischen hatte sie schon ziemlich lange nichts mehr von ihm gehört, sodass sie ihn tatsächlich fast vergessen hatte. Zumindest oberflächlich. Ihr Leben verlief jetzt in ruhigeren Bahnen. Bis zum Highschool-Abschluss hatte sie sich irgendwie durchgeschlagen und danach dann tatsächlich ein Stipendium für das College in Charleston bekommen.

Das Leben war schön.

„So, jetzt kommen Sie bitte hier zusammen", rief Dr. Hartman. Simon nahm sie bei der Hand und zog sie zu der Gruppe.

„Die meisten Meteoriten sind kleiner als ein Sandkorn", begann Dr. Hartmann. „Eigentlich sind sie nichts anderes als Weltraumtrümmer, aber wenn sie in einem Schwarm über den Himmel sausen, dann ist das atemberaubend." Das letzte Wort flüsterte er. „Vor Mitternacht wird der Schauer noch relativ schwach sein, danach werden wir dann hoffentlich etwa hundert Meteoriten pro Stunde sehen."

Die Studenten machten „Ah!" und „Oh!" und die Spannung war deutlich zu spüren. Nach der Einführung teilten sie sich in Gruppen auf und machten ihre Ausrüstung bereit. Bethany legte sich auf der Decke zurück, während Simon die erste Wache am Teleskop übernahm.

Sie schaute hinauf in den Himmel – er war so unendlich weit und schön. Nacht für Nacht zeigten sich dieselben Sterne. Gleichbleibend. Stetig. Immer an derselben Stelle. Die Planeten bewegten sich ständig, Monat für Monat und Jahr für Jahr, aber die Sterne nicht. Sie waren zuverlässig … ganz anders als ihr Vater. Der Große Wagen zeigte immer zum Polarstern, fast genau nach Norden. Man konnte allein mithilfe des Polarsterns navigieren, wenn man wusste, wohin man wollte.

Ein summendes Geräusch unterbrach ihre Gedanken, und ganz kurz wusste Bethany nicht, woher es kam. Aber dann sah sie, dass auf der Decke neben ihr das Handy vibrierte und auf dem Display die Nummer ihres Vaters aufleuchtete. Offenbar war er an diesem Abend fest entschlossen, nicht aufzugeben. Sie starrte auf ihr Handy und überlegte, welche Optionen sie hatte. Sollte sie den Anruf annehmen? Vielleicht hatte er sich ja inzwischen geändert – aber sehr wahrscheinlich war das nicht. Sie drehte das Handy um, sodass sie das Display nicht mehr sehen konnte. Sie wollte sich jetzt ganz auf den Himmel konzentrieren.

„Wer ruft denn da dauernd an?", fragte Simon.

„Mein Vater", antwortete sie.

„Oh. Du hast deinen Vater noch nie erwähnt. Ich dachte, dass er vielleicht schon tot ist oder so."

Die Vorstellung, mit Simon über ihren Vater zu reden, war irgendwie … sperrig. Es kam ihr vor, als wäre das eine Art Eingeständnis, dass sie nicht liebenswert sei. Wenn einen nicht einmal der eigene Vater liebte, was hatte man dann schon vom Rest der Welt zu erwarten?

Sie war ihm nie gut genug gewesen. Als kleines Mädchen hatte sie das nicht verstanden, und im Grunde verstand sie es immer noch nicht. Besonders schlimm traf es sie, wenn sie mitbekam, wie andere Mädchen von ihren Vätern umarmt wurden oder auf deren starken Schultern saßen und getragen wurden. Es gab einen Werbespot, bei dem sie jedes Mal weinen musste. Darin tanzte ein Vater mit seiner Tochter, aber weil das Mädchen noch so klein war, stand es in seinem weißen Kleidchen und mit den winzigen weißen Schuhen auf den großen schwarzen Schuhen seines Vaters – und so tanzten sie. Wie es wohl war, so geliebt zu werden …?

Bethany setzte sich auf und umschlang mit den Armen ihre Knie.

„Er hat … ein paar Probleme", sagte sie und steckte ihr Handy in die Gesäßtasche. Das war mehr, als sie bisher jemals über ihn preisgegeben hatte.

Simon sagte dazu nichts, sondern schwieg einfach. So war er immer – er wollte sie zu nichts bringen, sondern nur mit ihr zusammen sein.

Ein Weilchen saßen sie einfach so da, und Bethany nahm das Leuchten der Sterne und die Unendlichkeit des Weltraums tief in sich auf.

Dann stand sie auf, beugte sich zum Okular vor und suchte den Himmel ab in der Hoffnung, dass an diesem Abend ein Sternenhaufen oder ein Sternennebel zu sehen sein und sie einen Teil der Milchstraße erkennen würde, die mehrere Tausend Lichtjahre von der Erde entfernt war. Wenn sie eine Galaxie zu sehen bekäme, wären es sogar Millionen von Lichtjahren.

„Schau mal am Sternbild der Zwillinge vorbei", sagte Simon. „Ich glaube, dann kannst du M35 sehen."

Der Himmel war erfüllt von der Schönheit der Sterne und gab ihr das Gefühl, völlig sicher zu sein. *Geheiligt werde dein Name.* Die Worte des Bergmanns kamen ihr plötzlich wieder in den Sinn. Geheiligt.

Heilig. Groß. Etwas Besonderes, Verehrungswürdiges. Komplettes. Der Nachthimmel war all das. Aber gab es dort draußen noch mehr als all die Sterne?

Ganz langsam entwickelte sich in ihrem Hinterkopf dieser Gedanke, ob es noch mehr gab als das, was man sehen konnte. Sie trat vom Teleskop weg und schaute in den Himmel hinauf. Die Vorstellung, dass es dort vielleicht noch mehr geben könnte, vielleicht sogar einen *Jemand*, erfüllte sie mit Sehnsucht, aber auch mit Angst. Doch gegen dieses Gefühl wehrte sie sich. Wenn sie an die Sterne dachte, an ihren Platz in der Galaxis, an die mathematisch berechenbare Geschwindigkeit des Lichts … das war beruhigend und sicher. Wenn sie sich aber gestattete, die Schönheit der Sterne wirklich zu spüren, dann kam ihr das gefährlich vor – außerhalb ihrer Kontrolle.

Eine Sternschnuppe sauste über den Himmel wie ein Lichtspeer, der die Dunkelheit durchdrang.

„Hast du das gesehen?", fragte Simon und griff nach ihrer Hand.

Und schon war es vorbei, aber dieser Lichtspeer blieb noch vor ihrem inneren Auge eingebrannt und verstärkte ihre Vorfreude auf die Sternschnuppen, die noch kommen würden.

Und wieder war da diese Sehnsucht, die sich anfühlte wie ein Jucken an einer Stelle, an der sie nicht kratzen konnte.

„*Zeig es mir*", betete sie still zu einem Gott, von dem sie noch nicht einmal wusste, ob es ihn überhaupt gab. „*Bist du groß? Bist du da irgendwo? Gibt es dich wirklich? Bitte zeig es mir.*"

„So, ich glaube, es geht jetzt los“, rief Dr. Hartmann den jungen Leuten zu, und alle schauten Richtung Osten. Wieder schoss ein Lichtstreif über den Himmel. Und dann folgte ein weiterer Speer aus Licht, und noch einer und dann noch einer.

Manche der Studenten schauten durch ihre Teleskope, aber andere blickten auch mit bloßen Augen hinauf in den Himmel. Außer Luftschnappen und Begeisterungsrufen war eine ganze Weile nichts zu hören. Alle schauten wie gebannt dem Meteoritenschauspiel am Himmel über ihnen zu.

Auch Bethany konnte den Blick nicht abwenden. Lichtblitze – große und kleine – schossen über den Himmel, als würde dort ein stummes kosmisches Feuerwerk abgeschossen. Millionen von Lichtpunkten strahlten über ihr.

An diesem Abend spannte sich der Himmel mit den Sternen still und leise über ihr auf. Sie manipulierten sie nicht wie ihr Vater. Sie waren einfach nur da. Einladend und wunderschön.

Ja. Das hier war anders. Etwas Besonderes, Verehrungswürdiges … Das hier hatte jemand gemacht. Gott hatte es gemacht.

Dieser ganze Abend erinnerte sie immer mehr an eine Sonnen- oder Mondfinsternis, bei der alles genau zum richtigen Zeitpunkt im richtigen Verhältnis und im richtigen Winkel zueinander stehen musste. Sonne, Mond und Erde. In dem Moment, wenn alles stimmte, lief ein Schatten über den Mond oder die Erde. Sie dachte daran, welche Ereignisse gerade in ihrem Leben zusammentrafen: der Meteoritenschwarm, der Anruf ihres Vaters, das Gebet des Bergmanns und Simon, der mit strahlendem Gesicht in die Sterne schaute. Die Jahre, die hinter ihr lagen, kamen ihr jetzt vor, als seien sie alle Schritte auf einem Weg gewesen, der genau zu diesem Moment hinführen sollte.

Ob Gott das bewirkt hatte?

Während weiterhin Lichtstreifen über den Himmel schossen, blickte Bethany lächelnd nach oben.

Das sehnsüchtige Drängen in ihrem Inneren ließ nach, denn die Schönheit dort hoch über ihr und die Worte des Gebets, das sie gehört hatte, gaben ihr das Gefühl, dass da jemand war, der nach ihr rief, der sie wollte. Der heilige Gott bot ihr seine Liebe an, und sie nahm sie an.

Ja. Ich glaube.

Eine lange Zeit schauten sie schweigend zu, wie die Meteoriten immer seltener über den Himmel schossen, und irgendwann packten die Studenten nach und nach ihre Sachen zusammen und gingen am Strand entlang zurück zum Parkplatz.

Bethany und Simon bauten ebenfalls ihr Teleskop ab, verpackten es wieder und legten die Decke zusammen. Auch auf dem Rückweg zum Wagen hatte Bethany immer noch dieses warme Gefühl in ihrem Inneren. Als sie oben auf der Düne angekommen waren, schüttelte sie sich den Sand von ihren Füßen und schlüpfte wieder in ihre Flipflops.

Immer noch leuchteten ein paar letzte Meteoriten über den Nachthimmel. Ein wunderschönes Geschenk von einem liebenden Gott.

Sie dachte an den kalten, leeren Kühlschrank von damals. Ein Sinnbild ihres früheren Lebens, vielleicht sogar ihrer Seele, die immer leer ausgegangen war und nie gefüllt wurde. Aber jetzt … jetzt fühlte sie sich erfüllt von der Gegenwart und Liebe eines Gottes, der sie nie verlassen würde.

Im Auto lief das Radio, und noch einmal waren in den Nachrichten die Worte des Bergmanns zu hören: „*Vater unser im Himmel, geheiligt werde dein Name.*"

Dieses Mal klangen die Worte tröstlich für sie. Ihre Sehnsucht hatte einen Hafen gefunden.

Erneut vibrierte jetzt in ihrer Gesäßtasche das Handy.

„Ist er das wieder?", fragte Simon.

„Ja", antwortete Bethany. Simon fuhr los, und Bethany hielt das Handy einen Moment lang einfach nur in der Hand und hörte dem Summen zu. Dort, wo es herkam, gab es nichts für sie … aber es gab auch nichts mehr, was ihr noch hätte wehtun können.

Dieses Mal nahm sie den Anruf an.

„Wir berichten live vom Eastriver-Bergwerk, wo wir das Schicksal von fünf Bergleuten verfolgen, die unter Tage eingeschlossen sind nach dem, wie es heißt, schlimmsten Grubenunglück seit zwanzig Jahren. Die Welt ist berührt vom Gebet des Bergmanns Manny Santos, das aus dem eingestürzten Stollen in die ganze Welt übertragen wurde. Und hier ist jetzt live vom Bergwerk Manny Santos' Ehefrau Dee."
„Ich weiß nicht, ob sie da lebend wieder herauskommen. Die nächsten paar Stunden werden über meine Zukunft entscheiden, und auch über die Zukunft meines Sohnes. Dieses Warten ist wirklich unerträglich."
„Das war Dee Santos, die Frau von Manny Santos, dem Mann, dessen Gebet um die ganze Welt geht. Hier noch einmal Mannys Stimme …"
„Vater unser im Himmel, geheiligt werde dein Name. Dein Reich komme …"

Kapitel 3

Dein Reich komme

Mannys Worte drangen auch aus dem kleinen Fernseher auf der Neugeborenen-Intensivstation des St. Mary's Hospital in Riverdale, Kalifornien, wo Leah sie hörte. Sie bemerkte sofort die Verzweiflung in der Stimme des Mannes, konnte sich nur zu gut hineinversetzen in seine Angst und das Gefühl der Verlassenheit, denn in gewisser Weise erlebte sie gerade etwas ganz Ähnliches. Auch sie saß hier fest, im Dunkeln und allein.

Leah stand am Inkubator und betrachtete durch die Glasscheibe ihren winzigen Sohn. Vier lange Tage war sie jetzt schon hier, und ihr Mann und die Familie, die alle weit weg waren, stellten immer nur die eine Frage:

„Wird er durchkommen?"

Schon der Gedanke, sie könnte ihr Baby vielleicht verlieren, war so schmerzlich, dass sie ihn lieber gar nicht erst zuließ. Nicht jetzt, wo sie es schon so weit geschafft hatten.

Sie umschlang mit ihren dünnen Armen ihre Taille, wie um sich selbst Halt zu geben. Ihr langes braunes Haar war zu einem Pferdeschwanz zusammengebunden, und ans Schminken verschwendete sie im Moment keinen Gedanken. So lange hatte sie auf dieses Baby gewartet, dass alles andere im Moment egal war – es ging nur um dieses winzige Leben hier.

„Hey, mein Kleiner", sagte sie zärtlich.

Überall an seinem winzigen, zarten Körper waren Kabel und Schläuche befestigt, und die Geräte, an denen er hing, machten alle möglichen Summ- und Piepsgeräusche, während sie seine Fortschritte überwachten: regelmäßiger Herzschlag, selbstständiges Ein- und Ausatmen. Zur Unterstützung bekam er Sauerstoff.

Wie zart und zerbrechlich er ist.

Sie betrachtete seine hauchdünne Haut, die durchsichtig war wie Pergamentpapier. Man konnte die Adern darunter sehen, durch die das Leben spendende Blut floss. Es war immer noch möglich, dass nach dem nächsten Herzschlag oder Atemzug kein weiterer folgte und er einfach starb.

Warum, Gott?

Doch diesen Gedanken unterband sie sofort wieder. Sie konnte jetzt nicht an Gott denken. Alles, was sie über Gott zu wissen geglaubt hatte, schien sich gerade als falsch zu erweisen, und wenn sie darüber nachdachte, merkte sie, wie der Boden unter ihren Füßen schwankte. Denn man wusste nicht, wie es am Ende ausgehen würde.

„Hallo, meine Liebe“, sagte die Nachtschwester, die mit dem Medikamentenwagen hereinkam. Die Schwestern hier auf der Station waren für sie inzwischen so vertraut, als gehörten sie zur Familie, und Angel war ihr die liebste.

„Er sieht besser aus, meinen Sie nicht?“, fragte Leah hoffnungsvoll.

„Ja, das finde ich auch.“

„Er hat schon ein bisschen mehr Farbe, oder?“

„Bestimmt.“

„Kann ich ihn jetzt auf den Arm nehmen?“

„Da muss ich erst den Arzt fragen.“

Jeden Abend die gleichen Fragen.

„Es ist noch zu früh. Dreiunddreißigste Woche“, hatte der Kinderarzt erst gestern gesagt. „Sie können ihn auf den Arm nehmen, wenn er etwas kräftiger geworden ist.“ Vom Verstand her wusste sie ja, dass der Arzt recht hatte, aber alles in ihr schrie danach, ihr Baby einfach im Arm halten und es berühren zu können.

„Bald“, sagte Angel immer wieder. Aber Leah konnte es einfach nicht lassen, trotzdem zu fragen.

Angel blieb neben ihr stehen und fragte: „Haben Sie etwas von Ben gehört?“

„Nein, immer noch nichts“, antwortete sie.

Angel streichelte ihr kurz über den Arm und ging dann weiter zum nächsten Kind, während Leah sich in den hölzernen Schaukelstuhl neben dem Inkubator setzte.

Auf dem Bildschirm des kleinen Fernsehers war jetzt eine Frau zu sehen, die von einem Reporter interviewt wurde. Es war die Ehefrau eines der verschütteten Bergleute, deren Schicksal noch ungewiss war. Sie sagte: „Ich weiß nicht, ob sie da lebend wieder herauskommen. Die nächsten paar Stunden werden über meine Zukunft entscheiden, und auch über die Zukunft meines Sohnes. Dieses Warten ist wirklich unerträglich."

Es war, als würde Dee Santos genau das in Worte fassen, was auch Leah gerade empfand.

Ebenso wie der Mann da unten in dem Bergwerksstollen und die Frau, die auf ihn wartete, saß auch Leah im Dunkeln fest. Mittlerweile hatte sie fast völlig das Zeitgefühl verloren. War es Tag oder Nacht? Sie wurde hier von der Zerbrechlichkeit des Lebens gefangen gehalten, und auch bei ihr würden die nächsten paar Stunden alles entscheiden.

Jetzt kam wieder die Stimme des Bergmanns über den Sender. Er betete das vertraute Gebet, und seine Stimme klang genauso verzweifelt, wie Leah sich fühlte: „*Vater unser im Himmel, geheiligt werde dein Name. Dein Reich komme.*"

Sie hörte nicht mehr zu, denn die Worte kamen ihr seltsam unwirklich vor. Sie vermisste Ben so sehr, der irgendwo am anderen Ende der Welt auf einem Schiff mitten auf dem Meer unterwegs war. Er hätte eigentlich bei der Geburt dabei sein sollen, was auch sicher geklappt hätte, wenn das Baby annähernd zum errechneten Geburtstermin gekommen wäre.

Die meisten Babys wurden in der vierzigsten Schwangerschaftswoche geboren, aber wenn es sieben Wochen weniger sind – nur sieben Wochen! –, dann macht das einen gewaltigen Unterschied. Selbstständiges Atmen, selbstständige Nahrungsaufnahme, die Regulation der Körpertemperatur – all diese Dinge, die für sie und jeden anderen Menschen ganz selbstverständlich waren, konnte der kleine Organismus noch nicht leisten und befand sich deshalb in Lebensgefahr.

Bis die Organe reif genug waren und sich die Körperfunktionen stabilisiert hatten, durfte Leah ihren Winzling nur durch die runden Öffnungen im Inkubator anfassen, durch die sie ihre Hände in Gummihandschuhen strecken konnte.

Die Wehen hatten mitten in der Nacht eingesetzt, heftig und mit starken Schmerzen. Dann war die Fruchtblase geplatzt, und das Fruchtwasser hatte das ganze Bett durchnässt. Und Blut. Viel Blut war dabei gewesen.

Sie hatte sofort den Notruf gewählt und dann ihre Freundin Nava von nebenan angerufen. Sie konnte sich noch genau daran erinnern, wie furchtbar groß ihre Angst um das Baby gewesen war. Noch nie zuvor hatte sie solche Panik empfunden. Immer wieder hatte sie sich die Hand auf den Bauch gelegt und gehofft, Kindsbewegungen zu spüren, aber da war nichts gewesen.

An den Rest der Nacht konnte sie sich nur noch verschwommen erinnern, an den Krankenwagen, den Kreißsaal … und wie sie dann schließlich vor dem Kaiserschnitt die Narkose bekommen und das Bewusstsein verloren hatte.

Als sie aus der Narkose aufgewacht war, hatte sie immer noch dieselbe Panik empfunden. Sie hatte eine Schwester am Arm gepackt und gefragt: „Was ist mit meinem Baby?"

„Es geht ihm gut", hatte die ganz ruhig geantwortet. „Es ist alles in Ordnung."

„Wo ist es?", hatte sie gekeucht.

„Er ist auf der Neugeborenen-Intensivstation und wird dort bestens versorgt."

So hatte sie sich die Geburt ihres ersten Babys jedenfalls nicht vorgestellt, und es war ja auch alles ganz anders geplant gewesen. Sie hatte doch extra an einem Geburtsvorbereitungskurs teilgenommen, gemeinsam mit Ben, weil es ihnen so wichtig gewesen war, das alles wirklich zusammen zu erleben.

Eigentlich hätte sie nach der Geburt ihr Baby im Arm halten und erschöpft, aber glücklich in die Kamera lächeln wollen. Und ein ebenso glücklicher Ben neben ihr, der ihr stolz grinsend den Arm um die Schultern legte.

Stattdessen war sie immer noch wie gelähmt vor Angst um ihr Kind, verstört, innerlich zerrissen … und allein.

„Wann … wo?", hatte sie verwirrt nachgefragt, woraufhin ihr jemand den Arm getätschelt und gesagt hatte: „Legen Sie sich einfach wieder hin und ruhen Sie sich aus. Wir kümmern uns um Ihr Baby."

Jetzt hielt sie das winzige Strickmützchen in der Hand, das Nava ihr geschenkt hatte, das aber noch kein Köpfchen wärmte. Ihr Glaube kam ihr in diesem Moment ebenso leer vor wie das Mützchen. Eine Hülle, nicht gefüllt mit Leben.

Warum, Gott?

So viele Fragen geisterten durch ihren Kopf, zum Beispiel, warum Gott ihr das antat oder wo er gerade war oder was eigentlich mit all seinen Versprechen war, die sie immer geglaubt hatte. Doch zugeben, was sie wirklich dachte, konnte sie nicht.

Sie griff durch die Handöffnungen in den Inkubator und spürte einen hauchzarten Druck, als sich die winzigen Finger ihres Sohnes um ihre behandschuhte Hand legten. Dann entspannten sich die Finger des Babys wieder, und Leah zog ihre Hand heraus.

Über dem Inkubator hing ein Bild von Maria mit dem Jesuskind. Sie sahen beide so entrückt und heilig aus, gar nicht wie eine echte Mutter mit ihrem Baby. Es war sicher nicht leicht gewesen für Maria, ihr Kind nach den ganzen Verwicklungen um Josef und der langen, mühsamen Reise dann schließlich in einem Stall zur Welt zu bringen, aber ihr Blick war trotz allem gelassen und friedvoll.

Leah schaute das Jesuskind an, das von Marias Händen gehalten auf ihrem Schoß lag. Maria war damals auch noch sehr jung gewesen, genau wie sie, und genau wie sie hatte auch Maria ihr Kind in eine bedrohliche Welt hineingeboren. Aber irgendetwas in Marias Blick machte Leah Hoffnung. Das Bild stärkte sie mehr als all die Leute, die gekommen waren, um sie zu besuchen und zu trösten.

Auch ihre Freundinnen aus der Gemeinde waren schon da gewesen. Im Aufenthaltsraum hatten sie sich bei den Händen gefasst und zusammen gebetet. Aber nützten ihre Gebete überhaupt etwas? Während sie gebetet hatten, waren andere Familien, deren Babys auf der Neugeborenen-Intensivstation lagen, im Aufenthaltsraum ein- und ausgegangen. Auch Geistliche hatte sie kommen und gehen sehen – Pastoren, Priester und Krankenhausseelsorger. Viele hatten gebetet. Doch dennoch hatten einige Kinder es nicht geschafft.

Sie musste jetzt daran denken, dass sie auch selbst schon Menschen im Krankenhaus besucht hatte, und wenn sie überlegte, was sie dabei manchmal so von sich gegeben hatte, wurde ihr ganz anders.

„Gott ist bei dir“, hatte sie dann beispielsweise gesagt oder: „Du musst nur glauben. Wenn du nur Glauben hast, dann wirst du auch gesund.“

War sie eigentlich wirklich selbst davon überzeugt gewesen oder war das nur Wunschdenken?

Die Gebete der Menschen in dem Aufenthaltsraum schienen jedenfalls keinerlei Einfluss darauf zu haben, wie es mit den Menschen weiterging, für die gebetet wurde – manchen ging es besser, anderen nicht.

„Kann ich Ihnen noch irgendetwas bringen?“, fragte Angel sie jetzt im Vorbeigehen.

„Nein danke, ich brauche nichts“, antwortete Leah.

Angel überprüfte, ob in der Ablage unter dem Inkubator noch alles Notwendige zur Versorgung des Frühchens vorhanden war, und fragte dann: „Haben Sie das mit den Bergleuten in West Virginia gehört?“

Leah nickte.

„Als sie dort unten das Vaterunser gebetet haben. Sie …“, Schwester Angel hielt inne und legte ihre Hand aufs Herz. „Tut mir leid, aber das schnürt mir wirklich die Kehle zu. Mein Großvater war auch Bergmann, und vor ihm sein Vater. Wenn ich an die Männer da unten denke ….“ Wieder konnte sie nicht weitersprechen und winkte ab, als wollte sie sich dafür entschuldigen, dass sie beinahe die Fassung verlor.

„Wie geht es denn jetzt wohl weiter mit den Männern?“, fragte Leah. „Glauben Sie, dass sie es schaffen?“

„Die Hoffnung stirbt zuletzt“, antwortete Angel nur, und dann schob sie den Materialwagen weiter zum nächsten Inkubator.

Leah musste wieder an das Gebet des Bergmanns denken. Früher hatten sie das Vaterunser jeden Sonntag im Gottesdienst gebetet. Der Pastor hatte es immer mit denselben Worten eingeleitet: „Und jetzt sprechen wir das Gebet, das uns der Herr gelehrt hat.“

„*Vater unser* …“, begann er dann jedes Mal laut, und Hunderte von Stimmen fielen ein: „… *im Himmel.*“ Aber das Gebet war ihr schon damals irgendwie leer und lebensfern vorgekommen.

Die Menschen in der Kirche hatten die Worte mechanisch und mit ausdrucksloser Miene gesprochen, ohne mit dem Herzen dabei zu sein, und viele wahrscheinlich auch ohne zu wissen, was sie da eigentlich beteten. Jedenfalls hatte es immer ganz anders geklungen als vorhin die Stimme des Bergmanns im Radio. Menschen in verzweifelten Situationen beteten anders.

Im Aufenthaltsraum der Säuglingsintensivstation rückten die Menschen beim Beten ganz eng zusammen, und genau das taten die Männer ganz tief unter der Erde in dem eingestürzten Bergwerksstollen auch. Wenn es wirklich hart auf hart kam, dann wurden Gebete nackt und echt und kamen von Herzen.

Vielleicht konnte sie ja auch dieses Gebet sprechen.

Sie lehnte sich in dem Schaukelstuhl zurück, schloss die Augen, holte tief Luft und flüsterte die Worte: „*Vater unser im Himmel. Geheiligt werde dein Name. Dein Reich komme …*"

Sie hielt inne. *Dein Reich komme.* Was bedeutete das wohl in einem Krankenhaus, in dem das Leben ihres Babys an einem seidenen Faden hing?

Ein Reich, so etwas wie ein Königreich … das gehörte doch ins Märchen. Ein Reich war der Ort, an dem Könige und Königinnen, Prinzen und Prinzessinnen regierten und wo alle immer glücklich waren. Es war der Ort, an dem nie etwas schiefging. Vielleicht war Gott ja auch nur ein Märchen. Oder gab es ihn wirklich? War er real?

Ihre Freunde, die Familie und auch die Geistlichen wären ganz sicher entsetzt gewesen, wenn sie gewusst hätten, was ihr gerade durch den Kopf ging. Ja, im Grunde fand sie auch selbst ihre Gedanken ziemlich entsetzlich.

Im vergangenen Jahr hatte sie sich im Fernsehen eine königliche Hochzeit angeschaut. Dabei waren als Erstes die königlichen Leibgarden in ihren schicken Uniformen einmarschiert und hatten Fanfaren geblasen, gefolgt vom Wachbataillon in Reih und Glied mit Bärenfellmützen und silbernen Säbeln, und ein roter Teppich war auf dem Boden ausgerollt – es war wirklich alles perfekt.

So sollte der Einzug eines Königs aussehen, und dann würde auch sein Reich kommen. Und wenn Gott auf die Erde kam, war das dann nicht etwas ganz Ähnliches wie eine Hochzeit im Königshaus – nur noch viel bedeutsamer? Aber was hatten dieser Einzug und dieser Gott im Moment mit ihr und ihrem Baby zu tun?

Ben und sie hatten beschlossen, dass sie gleich nach ihrer Hochzeit Kinder bekommen wollten, und darüber auch ganz offen gesprochen, weil sie keinerlei Zweifel daran hatten, dass es so kommen würde.

„Ihr werdet sicher tolle Eltern!“, hatte es von allen Seiten geheißen. „Eure Kinder haben ein solches Glück!“, oder: „Toll, dass ihr nicht mehr lange warten wollt!“

Leah begann Bücher über die kindliche Entwicklung und über Erziehung zu lesen und träumte von einer kleinen Leah oder einem kleinen Ben. Sie kauften ein Haus mit großem Garten und planten, irgendwann für die Kinder ein Baumhaus und eine Schaukel zu bauen. Es war wirklich alles perfekt.

… nur dass es einfach nicht klappte.

Jeden Monat warteten sie wieder voller Hoffnung, aber immer wieder kam die Enttäuschung. Schon bald schien in ihrem Umfeld jeder schwanger zu sein und Kinder zu bekommen, und sie hatte jede Sekunde dieser elenden Warterei von ganzem Herzen gehasst. Jeder neue negative Schwangerschaftstest schien ein Beweis dafür zu sein, dass sie es anscheinend irgendwie nicht verdient hatte.

Und als Ben dann zum Einsatz musste, wurden die Chancen auf eine Schwangerschaft noch geringer. Das Baby war also wirklich so etwas wie ein Wunder. Als Ben im letzten Sommer auf Heimaturlaub gewesen war, war es endlich passiert. Leah erinnerte sich noch genau daran, wie unfassbar aufgeregt sie gewesen war, als sich der Streifen im Schwangerschaftstest endlich blau verfärbte. An diesem Tag war Ben mit einem riesigen Strauß Luftballons und einem gigantischen Glas saure Gurken nach Hause gekommen. Als er sie in seine starken Arme geschlossen hatte, waren ihm die Luftballons aus der Hand geglitten und in den Himmel aufgestiegen – genau wie die Gebete, die sie seit ihrer Hochzeit jeden Tag gebetet hatten –, und sie hatten voller Freude und Erleichterung gelacht. Endlich waren sie erhört worden!

Was sie jetzt brauchte, war ein Gott, der nicht weit weg und distanziert war, sondern hier, ganz nah bei ihr. Noch vor einer Woche hatte sie nicht das Gefühl gehabt, Gott zu brauchen, aber in den vergangenen paar Tagen hatte sie an fast nichts anderes gedacht. Das Baby und seine Bedürftigkeit hatten ihr auf eine Art, wie sie es sich niemals hätte vorstellen können, überdeutlich gemacht, wie dringend sie Gott brauchte.

Die Bergleute hatten wahrscheinlich in den Monaten und Wochen vor dem Unglück auch nicht viel an Gott gedacht, aber das hatte sich in dieser lebensbedrohlichen Lage sicher ebenfalls schlagartig geändert. An finsteren Orten wie Bergwerksstollen und Warteräumen von Krankenhäusern wandten sich die Menschen an Gott.

Leah lehnte sich in dem Schaukelstuhl zurück. Das gleichmäßige Geräusch des Beatmungsgerätes war irgendwie beruhigend. Das Baby lag mit offenen Augen da und schaute sie unverwandt an, mit einem Blick, der Kraft und Entschlossenheit auszudrücken schien.

„Sei stark, mein kleiner Sohn, und halte durch“, sagte sie.

In den nächsten paar Stunden würde sich alles entscheiden.

„Dein Reich komme“, flüsterte sie, und ihr kamen die Tränen bei diesen fremdartigen Worten.

Würde es kommen, das Reich Gottes? Kümmerte sich Gott um sie?

Leah schloss die Augen und konnte Ben vor sich sehen – seine starken Schultern und die Grübchen, wenn er lächelte. Ben war ganz eindeutig eine Gebetserhörung gewesen. Gott hatte ihr einen guten Mann geschenkt. Sie hatten sich in der Singlegruppe der Gemeinde bei einem Ausflug zum Bowlen kennengelernt. Sie war nie in irgendeiner Sportart gut gewesen, was zum Teil auch daran lag, dass sie so gar keinen Ehrgeiz besaß. Sie warf die Kugel dann auch im Oma-Stil, und die Gruppe machte sich auf gutmütige Weise darüber lustig.

„Toll gemacht, Großmütterchen Leah!“

„Brauchst du vielleicht Leitplanken, damit die Kugel auf der Bahn bleibt?“

Einmal war die Kugel dann tatsächlich in der Mitte der Bahn geblieben, dabei aber immer langsamer geworden, sodass die ganze Gruppe in atemloser Spannung mitverfolgte, wie die Kugel in Zeitlupe auf die Pins zurollte. Dann berührte sie eben gerade noch den ersten Pin, sodass der umfiel und die anderen Pins mitriss. Alle brachen in Jubel aus, und dann waren doch tatsächlich alle Pins gefallen und sie waren herumgesprungen und hatten sich gegenseitig umarmt. Da hatte sie zum ersten Mal Bens starke Arme um sich gespürt.

Als das Baby geboren war, hatte sie über Funk das Schiff erreicht, auf dem Ben unterwegs war, und einen Tag später hatte er angerufen.

Seine Stimme am Bordtelefon hatte abgehackt und rauschig geklungen. „Halt durch, Leah, ich komme, so schnell ich kann."

„Ben, bitte beeil dich", hatte sie ihn angefleht.

„Ja, ich komme, Schatz", hatte er gesagt, und dann war die Verbindung abgerissen, und sie wusste immer noch weder, wo er war, noch, wie es jetzt weitergehen würde.

Sie blickte auf zu dem Bildnis der Maria, die nach wie vor freundlich und irgendwie selbstbewusst lächelte.

„Hallo", sagte Leah zu ihr. Dann schaute sie wieder auf das Jesuskind, das sie anblickte. „Es tut mir wirklich leid, wie das damals bei deiner Geburt gelaufen ist", fuhr sie fort und musste dann selbst lächeln über die Tatsache, dass sie Jesus bedauerte.

Und dann dachte sie wieder an das Gebet des Bergmanns. *Dein Reich komme.* „Bitte", flüsterte sie Jesus zu. „Ich brauche dich. Bitte komm doch."

Jetzt brauchte sie wirklich seine Nähe, nicht irgendwelche Worte. Sie wollte das hier nicht allein durchstehen müssen. Sie wollte ihren Mann bei sich haben. Sie wollte nicht, dass ihr Glaube nichts als leere Worte war, sondern etwas Starkes und Kraftvolles. Sie wollte sicher sein, dass es Hoffnung gab.

„Machen Sie doch mal eine Pause, Leah", rief Angel ihr vom Schwesternzimmer aus zu. „Ich rufe Sie, wenn Sie hier gebraucht werden."

Leah schaute das Baby an, das die Augen jetzt wieder geschlossen hatte. Sie hatte wirklich schon viel zu lange auf dem harten, unbequemen Schaukelstuhl gesessen. Die Stühle in dem Aufenthaltsraum für Angehörige waren sehr viel bequemer, und sie würde dort auf jeden Fall besser zur Ruhe kommen.

„Fragen Sie den Arzt, wenn er kommt?", bat sie die Schwester.

„Ja, ich frage ihn", versprach Angel.

Leah stand auf und hängte sich ihre Tasche über die Schulter. Sie bewegte ihre verspannten Schultern und knöpfte sich ihre

Strickjacke zu. Auf dem Gang, der zum Aufenthaltsraum führte, brannte in den Nachtstunden kein Licht. Als sie dort ankam, traf sie noch mehrere Angehörige von Patienten dort an. In einer Ecke saßen zwei in Decken eingemummelte Frauen, die anscheinend schliefen, und auf der gegenüberliegenden Seite des Raumes saß ein Mann im Lichtschein einer kleinen Leselampe.

Leah stand vor dem Kaffeeautomaten und überlegte, was sie trinken wollte. Im dämmrigen Licht des Aufenthaltsraumes starrte sie eine Weile auf das Display, ohne etwas zu sehen, und schließlich schloss sie die Augen.

Obwohl sie ja noch gar nicht so lange hier im Krankenhaus war, hatte sie bereits völlig das Zeitgefühl verloren. Es war, als befände sie sich in einer Parallelwelt, in der das Leben unglaublich zerbrechlich war.

Immer wieder hatte sie in diesem Aufenthaltsraum miterlebt, wie fragil das alles war, wenn sich dort kleine Grüppchen von Menschen aufhielten, die auf neue Nachrichten warteten. Es gab lange Phasen des Schweigens, nur unterbrochen von der plötzlichen hektischen Ankunft einer neuen Familie. Es war jedes Mal wie ein Wirbelsturm der Emotionen, der Trümmer und Verwirrung mit sich brachte und sich um ein kleines Leben in akuter Gefahr drehte. Wie gut konnte Leah die Gefühle dieser Familien nachvollziehen! Das Allerschwerste in einer solchen Situation war das Warten.

Als sie am Tag zuvor im Aufenthaltsraum gesessen hatte, war ein Mann mit einem kleinen rosafarbenen Kästchen hereingekommen und hatte sich neben sie gesetzt.

„Das ist eine Gedenkbox“, hatte er gesagt, den Deckel des Kästchens geöffnet und Leah ein winziges Mützchen mit einem ebenso winzigen Kleidchen gezeigt. Danach war kein weiteres Wort mehr gefallen. Dieses Baby hatte es nicht geschafft. Und so hatten sie, jeder in seine eigenen Gedanken versunken, auf den grünen Vinylstühlen im Aufenthaltsraum gesessen.

Ob sie wohl auch mit so einer Gedenkbox nach Hause gehen würde?

Der Schmerz und die nie gekannte Angst bei diesem Gedanken waren für sie so neu und so verwirrend … eigentlich war alles neu und verwirrend.

Sie musste wieder an den freundlich-friedvollen Blick von Maria denken, obwohl die Welt doch so voller Schrecken war. Und auch damals schon gewesen war.

Frauen sollten nicht ihre Männer unter tausend Tonnen Gestein verlieren. Junge Mädchen sollten ihr Baby nicht in einem Stall zur Welt bringen müssen. Eltern sollten nicht mit einer Gedenkbox statt mit einem Baby aus dem Krankenhaus nach Hause gehen müssen.

Sie hatte sich diesem neuen Gefühl ganz geöffnet, dieser tiefen Liebe, die sie in dem Moment verspürt hatte, als sie ihr Kind zum ersten Mal gesehen hatte, und jetzt war sie zu real. All ihre Vorstellungen über Gott und den Glauben und die Welt waren zutiefst erschüttert, und sie fühlte sich haltlos wie ein Astronaut im Weltall, der sein Raumschiff verloren hatte.

Sie steckte ein paar Münzen in den Kaffeeautomaten und schaute zu, wie der Kaffee in den Becher lief. Als sie den vollen Becher ergriffen hatte, blickte sie auf und sah einen Pfleger auf sich zukommen. Sie hielt mitten in der Bewegung inne.

„Kommen Sie bitte wieder zurück", sagte der Pfleger in eindringlichem Ton und winkte dabei mit den Händen wie ein Polizist, der den Verkehr regelte. „Kommen Sie, und beeilen Sie sich bitte."

Der Kaffee war auf der Stelle vergessen, und Leah hastete hinter dem Mann her, zurück auf die Intensivstation. Ihr Herz flatterte, als hätte es erst gerade zu schlagen begonnen. Was mochte passiert sein? Die Unzahl von schrecklichen Möglichkeiten lief wie eine Diashow vor ihrem inneren Auge ab. Hatte ihr Baby aufgehört zu atmen? Würde sie den Kleinen verlieren?

Sie ging schneller und wappnete sich innerlich für das Schlimmste.

Keine schlechten Nachrichten mehr. Bitte keine schlechten Nachrichten mehr, flehte sie im Stillen.

Der sterile Krankenhausgang kam ihr endlos vor, als sie zusammen mit dem Pfleger zurück auf die Säuglingsintensivstation rannte. Die Türen vor ihnen öffneten sich automatisch, sie hasteten hindurch und schon von Weitem hielt sie Ausschau nach dem Inkubator mit ihrem Baby. Eine Gruppe von Ärzten und Pflegern stand dicht gedrängt um den gläsernen Kasten, in dem ihr Sohn lag.

Nein, bitte nicht. Nicht so. Nein!!!

Leah brachte es kaum über sich, näher an den Inkubator heranzutreten. Bei der Vorstellung, was sich dort jetzt gerade abspielte, bekam sie ganz weiche Knie.

Bitte, Gott. Nein.

Als Schwester Angel Leah bemerkte, blickte sie kurz auf, sah sie an und fragte: „Sind Sie bereit?"

Leah machte den Mund auf, um etwas zu sagen, brachte aber keinen Ton heraus. Bereit wofür?!

„Setzen Sie sich lieber hin", sagte Angel und zog den Schaukelstuhl ganz nah an den Inkubator heran.

Leah spürte Angels Hand auf ihrer Schulter und hörte sich fragen: „Ist alles in Ordnung mit ihm?" Dabei brach ihr beinahe die Stimme. „Was ist passiert?"

„Es geht ihm gut", antwortete Angel, und erst jetzt bemerkte Leah, dass die Ärzte und das Pflegepersonal lächelten. Sie registrierte, dass sich im Inkubator etwas regte, und dann kamen ihr die Tränen.

„Ich dachte schon ..."

„Es geht ihm gut", wiederholte Angel noch einmal beruhigend.

Reglos saß Leah da und schaute das Baby an. Der Arzt ordnete noch einige der Schläuche und Kabel neu, dann nahm Angel eine Decke, und der Arzt und sie wickelten gemeinsam das Baby zu einem kleinen Bündel zusammen. Angel schob ihre Hände unter den kleinen Körper und hob ihn hoch wie einen kleinen Brotlaib.

„Halten Sie bitte Ihre Arme etwas höher", forderte die Schwester Leah auf.

Als sie die Anweisung befolgte, fiel ihr Blick wieder auf das Bild von Maria und dem Jesuskind, und in diesem Moment verspürte sie einen richtigen Energieschub. Sie streckte die Arme nach dem kleinen Bündel aus, und es wurde ihr hineingelegt.

Dein Reich komme.

Leah war überwältigt vor Dankbarkeit. Friede und Freude fluteten ihre Seele, und in diesem Moment erfüllte sich eine Sehnsucht, die sie seit Tagen gehabt hatte, so wie man manchmal beim Hören eines Musikstückes beim letzten Ton das Gefühl hat, dass jetzt alles gut ist.

In diesem Moment wusste Leah ganz sicher, dass sie alles noch einmal ganz genau so machen würde, auch wenn es mit einer Gedenkbox geendet hätte. Hätte sie das Baby nicht bekommen, dann hätte sie auch nie diese tiefe Liebe erlebt – eine Liebe, die nur von Gott kommen konnte, der in Gestalt eines Babys in ihre Welt gekommen war.

Ihr Kleiner fühlte sich überraschend schwer an auf ihrem Arm, warm und lebendig. Leah sah ihn an, und es rührte sie, wie winzig ihr Sohn war. Das Reich Gottes kam nicht glamourös, geordnet und in Reih und Glied auf einem roten Teppich daher, so wie bei der königlichen Hochzeit im Fernsehen, sondern mit Chaos, Schmerz und Verwirrung als hilfloses kleines Baby. Die Stimme Gottes war zuerst das Schreien eines Babys gewesen.

Jesus.

Dein Reich komme, betete sie und schaute auf das Kind herab, das Herz so voller Liebe, dass es schier platzen wollte. *Hier an diesem Ort, in diesem Moment.*

Und ihr war ganz klar, dass sie nicht zu einem fernen König betete, sondern zu dem, der die ganze Zeit bei ihr gewesen war – zu dem Gott, der als Baby auf diese Welt gekommen war und der jetzt ganz nah bei ihr war.

Leah hörte, wie hinter ihr die Tür geöffnet wurde, aber was kümmerte es sie schon, wer da kam oder ging, jetzt, wo sie endlich ihr Baby im Arm hielt? Sie war ganz und gar bei dem kleinen schrumpeligen Gesicht, aus dem die blauen Augen sie unentwegt anschauten, und dem kleinen Körper, der sehr lebendig in der Decke zappelte.

Ihr ging das Herz auf über dieses kleine Wesen in ihren Armen. Der Anblick war beinahe so, wie sie ihn sich immer erträumt hatte. Obwohl sie ja eigentlich gedacht hatte, dass dieser Augenblick unmittelbar nach der Geburt stattfinden würde, und in ihrer Vorstellung war außerdem Ben dabei gewesen, der ihr den Arm um die Schultern legte. Sie hatte es sich perfekt vorgestellt – so wie im Märchen eben.

Aber das hier war noch besser. Dieses Baby war nämlich echt, und auch sein Leben würde echt sein, mit Hochs und Tiefs, Aufs und Abs. Schmutzig, kompliziert und wunderbar. Der Kleine brauchte eine Mutter, der das bewusst war; eine Mutter, die niemals ihre Hoffnung für ihn aufgab.

Und dann kniete sich ein Mann neben ihr hin, den sie mit Kittel und Mundschutz beinah nicht erkannt hätte, und sie schaute in zwei blaue Augen.

„Ben?!?“

Schon wurde sie von zwei starken Armen umschlungen.

„Ich habe Urlaub bekommen“, sagte er. „Habe drei Tage im Flieger gesessen.“

Bei ihnen beiden flossen die Tränen.

„Ich konnte nicht anrufen …“, begann er, aber Leah legte ihre freie Hand auf seinen Mund und sagte unter Tränen: „Ich bin so froh, dass du jetzt da bist.“

Und dann umarmte Ben seine Frau und das Baby gemeinsam.

Als Leah jetzt noch einmal hinaufschaute zu dem Bild von Maria, fragte sie sich bei deren friedvollem Blick, wieso sie eigentlich jemals gezweifelt hatte. Zwei Mütter in einer rauen und gefährlichen Welt, aber auch einer Welt voller Liebe, hielten ihre Babys im Arm, und in dieser Liebe lag Hoffnung.

Dein Reich komme. Das ergab nur einen Sinn, wenn dieses Reich die Liebe war.

Sie musste lächeln, weil es so schlicht und einfach war … so schlicht und einfach wie ein Baby. Gott hatte sein Baby in diese Welt geschickt – in eine gefährliche Welt –, damit sein Reich anbrechen konnte, ein Reich des Friedens und des Trostes.

Und in alldem war Gott bei ihr. So wie bei allen Menschen. Er war sowohl in dem eingestürzten Bergwerksstollen als auch im Aufenthaltsraum der Neugeborenen-Intensivstation. Gott war nicht irgendwo weit weg in einem prunkvollen Schloss, sondern er war hier bei den Menschen.

Und eine größere Liebe konnte es nicht geben.

„Live aus dem Herzen von Südflorida meldet sich News 4 um 23 Uhr. Guten Abend. Wir sind heute Abend in Eastriver, West Virginia, um das Neueste von den eingeschlossenen Bergleuten zu berichten. Hinter mir sehen Sie den Eingang zum Eastriver-Bergwerk – einen Eingang, der heute Nachmittag von Hunderten Tonnen von Kohle für immer verschlossen wurde. Die fünf Bergleute, die immer noch im Stollen eingeschlossen sind, müssen jetzt auf einem anderen Weg herausgeholt werden, und zwar durch einen Rettungsschacht, der von einem Superbohrer durch den Fels getrieben wird. Dieser Superbohrer, der so groß ist, dass er einen Schacht mit einem Durchmesser von etwas über 75 Zentimetern bohren kann, ist gerade aus Fairmont, West Virginia, hier eingetroffen.
Auf dem Gelände rechts von mir wird nach der erfolgreichen Suchbohrung jetzt mit der Rettungsbohrung begonnen. Wenn der Bohrer, der sich ganz langsam durch den Fels vorarbeitet, die Stelle mit den eingeschlossenen Bergleuten erreicht hat, wird eine Bergungskapsel heruntergelassen, ähnlich wie ein Aufzug, in der dann die Männer einzeln nacheinander hochgeholt werden.
Es herrschte zunächst Sorge wegen des niedrigen Sauerstoffgehalts der Luft dort unten im Stollen, aber wenn die Rettung schnell erfolgt, glauben die Experten nicht, dass es Probleme geben wird. Doch die Zeit drängt jetzt.
Im Moment geht es den Männern offenbar den Umständen entsprechend gut, und mithilfe eines Mikrofons, das vor einigen Stunden zu ihnen hinuntergelassen wurde, entstand folgende Aufnahme:
‚… dein Reich komme, dein Wille geschehe, wie im Himmel …'"
„Die Identität des Mannes, der das Vaterunser spricht, ist mittlerweile bekannt. Wir stimmen mit Manny Santos in das Gebet ein und hoffen, dass der Rettungsschacht rechtzeitig fertig wird, um die Männer bald bergen zu können.
Sie hörten Sam Davis aus Eastriver, West Virginia. Und damit zurück nach Florida."

Kapitel 4

Dein Wille geschehe

Das kleine Segelboot durchschnitt in der Dunkelheit die Wellen des Atlantiks, aber über Theo spannte sich ein klarer, wolkenloser Himmel, an dem die Sterne funkelten und der Mond hell schien – genau, wie er es geplant hatte. Das Wasser unter ihm war pechschwarz; zwar etwas kabbelig, aber ansonsten genau richtig. Der Wind blies Theos blondes Haar zurück und hörte sich in seinen sonnenverbrannten Ohren wie ein Pfeifen an.

Von Fort Lauderdale zur Grand Bahama Island waren es nur 57 Seemeilen übers offene Meer, für die er etwa 24 Stunden brauchen würde. In der einen Hand hielt er ein Glas Weißwein – Montrachet –, in der anderen das Steuerruder. Die frische Meeresbrise, die ihm ins Gesicht wehte, fühlte sich herrlich kühl an. Es würde eine gute Nacht werden.

Theo rollte mit seinen verspannten Schultern, um die Muskulatur etwas zu lockern. Die Überfahrt war der Beginn seines neuen Lebens, eines Lebens in Freiheit. Er nippte an seinem Wein und dachte an die Zukunft – weißer Sand, kristallklares Wasser und wolkenloser blauer Himmel.

Südlich von seiner Position entdeckte er jetzt eine Ansammlung dicht beieinanderliegender Lichtpunkte, wahrscheinlich ein hell erleuchtetes Kreuzfahrtschiff. Viele dieser Ozeanriesen navigierten mithilfe des Golfstroms, einer der stärksten Meeresströmungen der Weltmeere, die hier zwischen den USA und den Bahamas verlief. Es war eigentlich ein Wunder, dass ein kleines Segelboot den starken Verkehr von Kreuzfahrtschiffen, die in diesem Gewässer herumgondelten, überhaupt überstehen konnte.

Manche der gigantischen Kreuzfahrtschiffe hatten 6.000 Menschen an Bord und waren wie schwimmende Städte. Doch diese Art

Urlaub, bei dem die Passagiere wie eine Viehherde zu den Büfetts, zum Pool oder zu Landgängen getrieben wurden, war absolut nicht sein Ding. Er war da anders. Er bestimmte selbst, was er wann tun wollte. Er hatte gern die Kontrolle und das Sagen.

Ich gegen den Rest der Welt, dachte er und musste darüber selbst ein wenig lächeln.

Das Schiff, zu dem die Lichter gehörten, war viel zu weit weg, um ihm gefährlich werden zu können, doch nichtsdestotrotz machte er sich eine innere Notiz, es im Auge zu behalten. Aufmerksamkeit war wichtig, das war schon immer seine Überzeugung gewesen.

Ein guter Unterhändler musste ein guter Beobachter sein. Da kam es schon auf Kleinigkeiten an, zum Beispiel auf die Art, wie jemand sich kleidete, oder auf Gestik und Mimik. Waren die Hände des Gegenübers zu Fäusten geballt oder geöffnet? Schaute er nach rechts oder links oben, wenn er antwortete? Nach rechts bedeutete nämlich, dass er log.

Theo lächelte. Nur er durfte bei Verhandlungen lügen. Ein guter Unterhändler kannte seinen Gegner. Alles, was er über das Verhandeln wusste, hatte er von seinem Vater gelernt, und in einer bestimmten Zeit seines Lebens hatte ihm das geholfen zu überleben.

Es war ein fantastisches Gefühl gewesen, als er heute Morgen aus dem Hafen ausgelaufen war. Er hatte beinahe den Eindruck gehabt, sogar den Wind unter Kontrolle zu haben, als er das kleine Boot durch das klare blaue Wasser vor der Küste von Fort Lauderdale lenkte. Theo hatte die Segel perfekt gesetzt, sodass sie jeden noch so kleinen Lufthauch einfingen und ohne die kleinste Falte oder Delle gebläht waren.

Das Boot war seine neueste Errungenschaft. Liebevoll strich er mit der Hand über das glänzende Holz und lächelte. Alles war in tadellosem Zustand. Das Beste von allem waren jedoch die mit Bargeld gefüllten Seesäcke unter Deck. Es war der Rest des Geldes, das er noch vom Festland wegschaffen musste. Mit einem Mietwagen, die Seesäcke im Kofferraum, war er von New York bis hinunter nach Florida gefahren, wo das Boot schon zum Auslaufen bereit in dem kleinen Jachthafen lag. Der Eigentümer hatte nicht mit der Wimper gezuckt, als Theo ihm das Geld für das Segelboot bar auf die Hand zahlte. Bargeld war immer ein großartiges Verhandlungsargument.

Dann hatte Theo die Papiere unterzeichnet und das war es auch schon gewesen.

Er packte das Steuerruder jetzt fester und dachte an sein Leben und alles, was er hatte. Das Boot war eine kleine Belohnung für seine Bemühungen bei dem Minchew-Deal gewesen. Es war dabei um ein Grundstück gegangen, um das es jahrelang baurechtliche Streitigkeiten gegeben hatte. Nachdem die Parteien drei Wochen lang verhandelt hatten und immer noch keinen Schritt weitergekommen waren, hatte man schließlich Theo als Unterhändler hinzugezogen.

Verhandeln war wirklich genau sein Ding. Er hatte die Menschen in dem Konferenzraum dirigiert wie ein Orchester und dafür gesorgt, dass erst die eine Seite Zugeständnisse machte, dann die andere ein wenig nachgab. Und am Ende des Tages hatte der Deal dann gestanden, und er war noch reicher geworden. Ausgesprochen zufrieden hatte er den Verhandlungstisch verlassen.

Er liebte solche Abschlüsse, ganz besonders wenn ihm hinterher diskret Umschläge mit Bargeld zugesteckt wurden – „Bonuszahlungen" für gute Arbeit. Und Bargeld aus genau solchen Zahlungen befand sich jetzt in den Seesäcken unter Deck – insgesamt zehn Millionen Dollar. Schon allein bei dem Gedanken bekam er eine Gänsehaut. Die Herausforderung für ihn bestand jetzt allerdings darin, dieses Geld an der Steuer vorbeizuschleusen.

Das Bankgesetz von 1970 verpflichtete die Banken, alle Einzahlungen zu melden, die einen Wert von 10.000,01 Dollar überstiegen – das hatte Theo also immer berücksichtigen müssen. Zuerst hatte er überlegt, von ein paar Lakaien, die ganz unten in der Hierarchie in der Bank standen, an verschiedenen Tagen in vielen unterschiedlichen Zweigstellen viele kleine Depots einrichten zu lassen, aber er wollte niemanden in die Sache einweihen, und außerdem gab es Computer-Algorithmen, die nach verdächtigen Kontobewegungen suchten und sofort Alarm schlugen, wenn sie auf etwas stießen.

Auch an eine Briefkastenfirma hatte Theo gedacht oder an Glücksspiel. Casinochips konnte man anonym kaufen und dann wieder in Bargeld umtauschen. Letztlich hatte er dann aber all diese Möglichkeiten doch verworfen. Als hervorragender Segler konnte sich Theo für die beste aller Optionen entscheiden, nämlich sein Geld selbst die kurzen 57 Seemeilen von den USA auf die Bahamas zu bringen. Auf den Bahamas wurden Menschen wie er, die einen Ort suchten, wo sie ihr Geld deponieren konnten, ausgesprochen zuvorkommend behandelt.

Morgen würde er ein paar Stunden damit verbringen, sein Geld bei einer Bank einzuzahlen, und dann würde sein neues Leben beginnen. Es war wirklich großartig, dachte er mit dem Glas Wein in der einen und dem Steuerruder in der anderen Hand. Der Wein war ein trockener Weißer von seiner letzten Frankreichreise – die Belohnung für den Holbrock-Deal, bei dem es um ein 60 Hektar großes Grundstück gegangen war. Eine große Holding hatte es erwerben wollen und auf seine Hilfe bei den Verhandlungen zurückgegriffen.

Die Überfahrt lief bisher gut, aber das hatte er auch nicht anders erwartet, denn wie es seine Art war, hatte er alles genauestens geplant. Er hatte die Route festgelegt, den Wetterbericht verfolgt und schließlich das Boot mit Proviant bestückt, bestehend aus seinen Lieblingsdelikatessen. Als Letztes hatte er dann die Seesäcke mit dem Geld sicher unter Deck verstaut. Es war also wie immer alles bestens vorbereitet.

Das kleine Boot hob und senkte sich jetzt bei voller Fahrt rhythmisch zwischen den Wellen. Theo zog den Reißverschluss seiner Jacke hoch und rieb sich über die Arme, weil es etwas frisch wurde. Der Beginn einer Reise war immer das Beste, die Vorfreude auf das, was kam. Er liebte Herausforderungen, und das galt auch für diese hier.

Einen Moment lang verlor sich Theo völlig in der Dunkelheit und der Einsamkeit des Meeres. Er erinnerte sich an seinen Vater und an die kleine Jolle, die sie unter der Veranda hinter dem Haus untergestellt hatten. Er sah jetzt wieder genau vor sich, wie sie zusammen in der Bucht unterwegs waren; sein Vater hinten mit der Hand an der Pinne und Theo vorne im Bug.

Damals war sein Vater für ihn so etwas wie ein Gott gewesen; ein großer, durch die Feldarbeit stets sonnengebräunter Mann, den Theo gleichzeitig bewunderte und fürchtete. Damals hatte es für ihn kein Verhandeln gegeben. Sein Vater hatte das Sagen und die Kontrolle gehabt und war darin absolut unnachgiebig gewesen.

„Versuch mich zu schlagen“, forderte er beispielsweise seinen Sohn oft heraus, und wenn Theo dann ausholte, hielt sein Vater ihn am ausgestreckten Arm auf Abstand. Immer wieder holte Theo dann aus und schlug nach ihm, und dabei brannten ihm vor Frust und Ohnmacht die Tränen in den Augen.

Als er jetzt daran zurückdachte, musste er einmal tief durchatmen und noch einen Schluck Wein trinken. Theo hatte sich schon damals fest vorgenommen, sich nie wieder von jemandem so beherrschen zu lassen, sondern selbst derjenige zu sein, der das Sagen hatte.

Er musste an den Bericht über die Bergleute denken, den er am Morgen im Fernsehen gesehen hatte, an die klägliche, fast weinerliche Stimme des betenden Bergmanns, der man den verzweifelten Wunsch angemerkt hatte, gerettet zu werden. In dem Moment, als die Bergleute den Stollen dort tief unter der Erde betreten hatten, war es vorbei gewesen mit ihrer Kontrolle. Sie hatten sich auf die Regeln des Berges eingelassen, und jetzt saßen sie dort unten fest.

Geld war das Einzige auf der Welt, was einem Freiheit garantierte.

Beten war doch völlig vergebliche Liebesmühe. Gab es Gott denn überhaupt? Wenn man einmal genau hinschaute, sah es nicht so aus. Und Menschen beteten ja in der Regel auch nur dann, wenn sie absolut verzweifelt waren. Sie riefen Gott so zur Hilfe, wie seine Klienten Theo zur Hilfe riefen: wenn die Situation völlig verfahren war und nichts mehr ging.

Die winzigen Lichter des Kreuzfahrtschiffes blinkten in der Ferne. So wie diese riesigen Schiffe kam ihm Gott vor. Groß, aber weit weg, ohne Macht und Einfluss und deshalb letztlich bedeutungslos. Und genau so war es Theo auch ganz recht.

Er erinnerte sich noch sehr gut daran, wie sein Vater sich sonntags in der Kirche verhalten hatte. Er hatte immer am lautesten von allen gesungen und gebetet. So heilig. So fromm. Vielleicht konnte Theo so gut lügen, weil er seinem Vater dabei zugeschaut hatte, wie er nach außen christlich tat, aber im Grunde ganz anders dachte und handelte.

Das Boot wurde plötzlich seitlich von einer Welle getroffen, und Theo musste sich an der Takelage festhalten, um nicht das Gleichgewicht zu verlieren. Dabei fiel ihm das Weinglas aus der Hand und zerbrach auf den hölzernen Deckplanken, sodass er leise vor sich hin fluchte. Ein irrationaler Zorn auf Wind und Wellen überkam ihn, aber er schüttelte ihn ab. Unter Deck gab es noch jede Menge Gläser, und es war auch noch genug Wein da. Das hier war nicht mehr als ein kleines Ärgernis, aber er sah, dass er eine kleine Schnittwunde an der Hand hatte.

Er stellte das Steuerruder fest und ließ sich leicht fröstelnd auf dem Kapitänssitz nieder. Als er wieder zu den Lichtern des Kreuzfahrtschiffs hinüberschaute, kamen sie ihm etwas größer vor, waren aber immer noch meilenweit entfernt. Inzwischen hatten sich die Passagiere wahrscheinlich zum Abendessen versammelt und verspeisten an weiß gedeckten Tischen ihr Lammkarree. Bei dieser Vorstellung verspürte er einen ganz kleinen Anflug von Neid, den er aber rasch wieder verscheuchte. Nein, so wie die Menschen dort auf dem Schiff wollte er gar nicht leben. Er wollte frei sein, ganz allein über sein Leben bestimmen und die volle Kontrolle haben.

Es hatte in seinem Leben auch Frauen gegeben, aber die hatten ihn immer festnageln und dadurch seine Freiheit einschränken wollen. Und er hatte absolut nicht die Absicht, sich von jemandem vereinnahmen zu lassen – egal, wer es war.

Die Lichter in der Ferne blinkten. Kamen sie wirklich näher?

Als sein Vater und er einmal mit dem Flachbodenboot unterwegs gewesen waren – er war damals vielleicht fünf Jahre alt gewesen –, hatte sein Vater plötzlich angehalten und den Motor abgestellt, war in dem kleinen Boot aufgestanden und zu ihm nach vorn an den Bug gekommen, ohne dass das Boot angefangen hatte zu schaukeln. Instinktiv hatte sich Theo an dem Metallsitz festgehalten, auf dem er saß, aber sein Vater hatte ihn an den dünnen Armen gepackt, mit Gewalt seine Finger von dem Sitz gelöst und ihn ins Wasser geworfen.

Er konnte sich immer noch haargenau an den Schock durch das kalte Salzwasser erinnern und an seine panische Angst, als er kämpfend und zappelnd versank, unfähig, sich einfach auf dem Wasser treiben zu lassen. Eisig und beißend war ihm das Meerwasser in Mund und Nase gedrungen – und dann die unendliche Erleichterung, als er von der Hand seines Vaters herausgezogen und wieder ins Boot geworfen wurde wie ein nasses Tier.

„Du musst härter werden, Junge“, hatte der Vater nur gesagt und die Fahrt fortgesetzt.

Doch daran wollte Theo jetzt nicht denken. Sein Vater war schon lange tot. Er konnte nichts und niemanden mehr kontrollieren und ihm das Leben nicht mehr zur Hölle machen wie in seiner Kindheit und Jugend.

Sein Vater hatte in der Kirche immer mit geschlossenen Augen und falscher Andacht in der ersten Reihe gesessen und laut und salbungsvoll mitgebetet. Welcher Vater tat so etwas? Das musste man sich mal vorstellen – zu beten: „*Dein Wille geschehe*", und zu Hause den Sohn zu verprügeln. War das der Wille Gottes?

Dein Wille geschehe. Vielleicht ließ ihn deshalb diese Zeile des Vaterunsers nicht mehr los. Sein ganzes Leben lang war der Wille seines Vaters geschehen. „Du wirst mir gehorchen", hatte sein Vater gesagt, mit dem Ledergürtel in der Hand … bis Theo mit 18 endgültig fortgegangen war. Eins hatte er sich geschworen: Nie wieder würde er sich von jemandem unterdrücken lassen.

Er dachte an die Seesäcke unter Deck und an die Freiheit, die ihm das Geld ermöglichen würde, wenn es erst einmal auf einem Offshore-Konto lag.

Gelegentlich hörte er jetzt die Glocken und Nebelhörner anderer Schiffe über dem Wasser, aber voraus konnte er nichts sehen außer den kleinen Lichtern der schwimmenden Stadt dort draußen. Er strengte seine Augen an und versuchte zu erkennen, ob die Lichter größer wurden, aber er konnte es nicht sagen. Er würde sich darauf verlassen müssen, dass sein Radaralarm sich meldete, wenn ein anderes Schiff ihm zu nahe kam, und sein Boot war ja auch beleuchtet, sodass er für die Kreuzfahrtschiffe gut zu sehen war.

In der folgenden Stunde kümmerte sich Theo um die Segel und behielt dabei die ganze Zeit die Lichter in der Ferne im Auge. Mittlerweile war er sich fast sicher, dass das Kreuzfahrtschiff näher kam. Es bewegte sich ziemlich schnell im Golfstrom.

Es vergingen einige Stunden, und das Segelboot blieb auf seinem Kurs durch die Wellen. Die Segel blähten sich jetzt nicht mehr ganz so perfekt wie am Anfang.

Er musste wieder an die verschütteten Bergleute denken.

Sein Vater hatte ihn einmal mitgenommen in eine Höhle etwas außerhalb ihrer Kleinstadt. Sie hatten jeder fünf Dollar Eintritt bezahlen müssen, dabei hatte es im Innern der Höhle noch nicht einmal Beleuchtung oder Wege gegeben. Er erinnerte sich noch genau daran, wie sie durch die kleine Höhlenöffnung gestiegen und dann im Schein der Taschenlampe seines Vaters durch die gewundenen Gänge gekrochen waren.

Als sie ganz tief im Innern der Höhle waren, hatte sein Vater plötzlich die Taschenlampe ausgeschaltet und gefragt: „Und … würdest du jetzt wieder zurück nach draußen finden, Junge?"

Theo erinnerte sich noch lebhaft an die Panik, die ihn gepackt hatte. Die pechschwarze Finsternis und diese totale Angst. Aber dann hatte sein Vater nur gelacht und die Taschenlampe wieder eingeschaltet. Doch Theo wusste von da an, dass er sich auf niemanden verlassen durfte außer auf sich selbst.

Bei dem Gedanken an die Bergleute dort tief unter der Erde kribbelte es ihn am ganzen Körper. Wie schrecklich es sein musste, in der Finsternis zu sitzen, und wie sehr ihre Familien sie wohl vermissten!

Theo blickte auf das dunkle Meer hinaus. Der Wind hatte aufgefrischt und wurde immer kälter. Sein Boot glitt nicht mehr so leicht über das Wasser wie vorhin. Die Wellen kamen ihm höher vor und das Boot kleiner. Das Wetter bereitete ihm ein gewisses Unbehagen.

Als er jetzt unter Deck ging, musste er sich auf dem Weg an den Haltegriffen festhalten, damit er nicht stürzte. Während sich das Boot mit jeder Welle hob und senkte, öffnete er seinen Laptop, und der Wetterbericht tauchte auf dem Bildschirm auf.

Ostwind mit einer Windgeschwindigkeit von 8-10 Knoten.

Die Windrichtung änderte sich also, stellte er fest, als er den Bericht überflog. Das bedeutete, dass er auf jeden Fall mehr Zeit als geplant für die Überfahrt benötigen würde. Wenigstens kam der Wind nicht aus Norden oder mit mehr als 10 Knoten aus Osten.

Dünung 1,20-1,80 Meter.

Das war mehr, als ihm lieb war, aber noch in Ordnung. Insgesamt machte er sich wegen der Windstärke und der Höhe der Wellen keine großen Sorgen.

Theo stand auf, um wieder an Deck zu gehen, als erneut eine größere Welle seitlich das Boot traf. Er hielt sich am Tresen fest, um nicht das Gleichgewicht zu verlieren, rutschte aber aus, schlug mit dem Kopf gegen einen der Einbauschränke und stürzte zu Boden. Und dann wurde alles schwarz.

Als Theo wieder zu sich kam, schaukelte das Boot heftig, und er merkte, dass er eine blutende Platzwunde an der Stirn hatte.

Wie lange war er wohl bewusstlos gewesen? Es war sicher besser, wieder zurück an Deck zu gehen.

Das Boot wurde von den Wellen hin- und hergeworfen, und als er versuchte, auf die Füße zu kommen, fiel er sofort wieder hin. Er tastete sich seinen Weg zu der kleinen Treppe und schaffte es nach oben. Kam da etwas?

Er ließ seinen Blick vor sich über das Wasser schweifen, konnte aber nichts sehen.

Dann drehte er sich um – und schnappte vor Schreck laut nach Luft.

Weniger als hundert Meter vor ihm ragte gigantisch und bedrohlich das Kreuzfahrtschiff in der Dunkelheit auf. Es kam auf ihn zu … schnell.

Würden sie ihn bemerken?

Panisch begann er, alle Lichter einzuschalten, die sich auf seinem Boot befanden, sodass es einen Moment lang hell erleuchtet war wie ein Christbaum an Heiligabend, aber dann flackerten die Lichter plötzlich, dann noch einmal, und dann war alles dunkel.

Er versuchte ruhig zu bleiben, aber sein Herz hämmerte wie wild in seiner Brust. *Denk nach! Verlier jetzt nicht den Kopf,* sagte er zu sich selbst. *Denk nach! Als Erstes musst du den Kurs ändern.*

Er warf den Bootsmotor an, gab Vollgas und drehte nach Süden ab.

Versuche weiter, die Beleuchtung wieder in Gang zu bringen, ermahnte er sich.

Er drückte wieder auf alle Knöpfe – aber nichts.

Und noch einmal.

Nichts.

Du musst sie auf dich aufmerksam machen!

Das große Schiff fuhr wahrscheinlich mit Autopilot, und man sah ihn nicht, oder falls man ihn doch noch entdeckte, war es nicht mehr möglich, noch rechtzeitig den Kurs zu ändern, um einen Zusammenstoß zu verhindern. Aber er musste es auf jeden Fall versuchen.

Er griff unter die Bank, zog eine orangefarbene Schwimmweste darunter hervor und war froh, dass er das Ding noch mit einer Pfeife und einem Blinklicht aufgerüstet hatte. Als Nächstes überprüfte er das Mann-über-Bord-Modul und die Rettungsinsel sowie den Notfallsender.

Während das gewaltige Schiff immer näher kam, legte er die Schwimmweste an. Mittlerweile konnte er schon die Fenster erkennen und die Rettungsboote, die an den Seiten hingen, aber man hatte ihn offenbar immer noch nicht bemerkt.

In der Dunkelheit und ohne Beleuchtung war er für alle anderen Schiffe absolut unsichtbar, einschließlich dieses Ungeheuers von einem Kreuzfahrtschiff, das ihn gleich zermalmen würde.

Theo wurde es ganz eng um die Brust, und er bekam nicht mehr richtig Luft. Mond und Sterne waren hinter Wolken verschwunden, es gab also nichts, was seinen Weg hätte beleuchten können. Und so klammerte er sich an der Seite seines wunderschönen, in bester Handarbeit gebauten Bootes mit drei Seesäcken voller Bargeld fest.

Ach ja, die Seesäcke. Vielleicht würde irgendjemand sie irgendwann finden, aber wenn sie ins Wasser fielen, würden sich die Scheine darin einfach auflösen und irgendwann verschwunden sein. All seine Pläne waren völlig sinnlos gewesen.

Das Schiff kam immer näher, und er konnte jetzt tatsächlich die Musik an Bord hören.

Dein Wille geschehe.

Die Worte verfolgten ihn. War das sein Ende?

Das Schiff ragte hoch über ihm auf, und das pechschwarze Wasser wirbelte um ihn herum und schwappte in sein Boot. Er schrie laut, aber der Wind peitschte den Schrei von seinen Lippen.

„Gott!“, schrie er und meinte es als Fluch. Oder als Gebet?

Er hatte bestimmt schon schwierigere Verhandlungen überstanden als die hier. Einen Moment lang überlegte er, wie er hier vorgehen sollte, was er Gott anzubieten hatte. Er dachte an die drei Säcke unter Deck, aber Gott brauchte wohl sein Geld nicht. Angestrengt überlegte er, aber ihm fiel nichts ein, was er hätte in die Waagschale werfen können.

Ein guter Unterhändler hatte immer etwas in der Hinterhand, was die andere Seite unbedingt haben wollte. Was konnte Gott wohl von ihm haben wollen? Nichts. Gott brauchte sein Geld nicht. Gott brauchte ihn nicht.

Dein Wille geschehe.

Dieser Gedanke wollte einfach nicht wieder weggehen.

Das Schiff kam immer näher.

Theo sank auf die Knie – klein wie eine Ameise im Vergleich zu dem gigantischen Schiff, das jetzt so nah war, dass er die hell erleuchteten Portale sehen konnte, hinter denen das Leben pulste. Sogar ein paar Passagiere konnte er erkennen, die an der Reling standen und aufs Meer hinausschauten.

Gleich würde alles vorbei sein, und all seine schöne Kontrolle spielte plötzlich nicht mehr die geringste Rolle. Er vergrub den Kopf in den Händen, weil er nicht sehen wollte, wie das Ende kam.

„Gott!“, rief er laut aus, und dieses Mal war es eindeutig ein Gebet. „Es tut mir leid.“ Und in äußerster Verzweiflung schrie er dann noch: „Rette mich!“

Das Boot schaukelte immer heftiger, und er rechnete jeden Moment mit dem Aufprall – aber der kam nicht.

Ganz langsam nahm er die Hände wieder vom Gesicht und blickte auf.

Die gewaltige Seitenwand des Schiffes glitt vorbei, neben der er winzig wirkte, und das Kielwasser des Ozeanriesen brachte sein Segelboot um ein Haar zum Kentern.

Das Kreuzfahrtschiff hatte offenbar ein ganz klein wenig beigedreht … ganz wenig nur, aber eben gerade genug.

Immer noch winzig und unsichtbar dort unten im Wasser, war er anscheinend doch irgendwie in Sicherheit. Er schaute zu, wie das gewaltige Schiff davonglitt, und brach dann auf dem Boden seines Bootes zusammen.

Gott. Gott hatte ihn gerettet, da war er ganz sicher. Er klammerte sich an der Schwimmweste fest, in der er steckte, und dann lachte er vor Erleichterung laut auf. Er hatte es geschafft!

Dein Wille geschehe.

Was bedeutete das eigentlich konkret?

Er wusste es nicht so genau, aber eines wusste er: Als er in diesem Augenblick äußerster Verzweiflung allein gewesen war, da hatte er sich gewünscht, dass es einen Gott gäbe. Er hatte in dem Moment *geglaubt*, dass es einen Gott gab, und er hatte geglaubt, dass Gott sich für ihn interessierte – ganz offensichtlich war er also ein gläubiger Mensch.

Theo versuchte sich einzureden, das sei doch lächerlich. Dass das Kreuzfahrtschiff noch gerade rechtzeitig abgedreht hatte, war purer Zufall. Er hatte einfach Glück gehabt. Das Schiff hätte vielleicht auch ohne seine Bitte an Gott abgedreht.

Doch irgendetwas in ihm hatte sich verändert. Er hatte glauben wollen … und es dann auch tatsächlich getan. In seinem kleinen Segelboot war ihm bewusst geworden, wie winzig und machtlos er war. Und das hatte bewirkt, dass er sich nach Gott sehnte.

Und dann gingen plötzlich flackernd die Lichter auf seinem Boot wieder an.

Fassungslos schüttelte er den Kopf – jetzt, wo alles vorbei war, gingen die Mistdinger an!

Die immer kleiner werdenden Lichter des Kreuzfahrtschiffes machten ihn traurig. Menschen, Licht und das Leben zogen in diesem Meer der Dunkelheit vorbei. Hinter ihm lag sein altes Leben, leer und tot, aber vor ihm lag etwas ganz Neues.

Irgendetwas in diesem Schrei nach Gott und dessen Antwort darauf hatte alles verändert.

Er brachte sein Boot wieder auf Kurs und setzte die Fahrt fort. In seinem Kopf ratterten schon wieder die Rädchen, und er machte Pläne. Er würde sein Leben ändern.

Er begriff jetzt das Gebet des Bergmanns auf ganz neue Weise. Gott war nun so real für ihn, und er hatte ihn gerettet, obwohl er nichts gehabt hatte, was er ihm als Gegenleistung anbieten konnte. Er hatte nichts zu bieten gehabt, absolut gar nichts. Theo musste vor Freude laut lachen.

Das hier war zweifellos der beste Deal, den er jemals gemacht hatte!

„Danke, dass Sie die Mittags-News aus Atlanta eingeschaltet haben.
Wir senden jetzt wieder die Top-Nachrichten des Tages.
In Eastriver, West Virginia, wo immer noch fünf Bergleute nach einer Explosion gestern in einem eingestürzten Bergwerksstollen eingeschlossen sind, steigt die Spannung. Heute Morgen ist mit einer Polizeieskorte der Superbohrer eingetroffen, und inzwischen ist die Rettungsbohrung seit sechs Stunden im Gang. Dieser extrem leistungsstarke Bohrer ist in der Lage, in kurzer Zeit einen Schacht von etwa 75 Zentimetern Durchmesser zu bohren, durch den die Bergleute gerettet werden könnten. Man ist hier vorsichtig optimistisch, obwohl die Bohrung noch nicht beendet ist. Die Familien der Verschütteten warten.
Jetzt ist Kelley Sawyer mit Dee Santos, der Frau eines der eingeschlossenen Bergleute, und deren Sohn Toby bei uns. Dees Ehegatte ist der Bergmann, dessen Gebet vor einigen Stunden von einem in den eingestürzten Stollen hinuntergelassenen Mikrofon aufgezeichnet wurde.“
„… Unser tägliches Brot gib uns heute …“
„Mrs Santos. Was geht Ihnen gerade durch den Kopf, während Sie hier warten?“
„Ich will einfach nur meinen Manny zurückhaben … ich weiß nicht, ob ich es ohne ihn schaffe.“

Kapitel 5

Unser tägliches Brot gib uns heute

Weit weg von Eastriver, in Atlanta, Georgia, stieß die Rechtsanwältin Serena Brumbell die Eichentür zur Bar „Pirates Mug" auf, und muffige Luft und der saure Geruch von abgestandenem Bier schlugen ihr entgegen. Es war Mittagszeit, und obwohl draußen strahlender Sonnenschein herrschte, war es in dem Lokal dunkel. Serenas Hände zitterten. Sie brauchte jetzt unbedingt etwas zu trinken. Nachdem sie drei Monate keinen Alkohol angerührt hatte, war plötzlich das Verlangen wieder da. Sie schaute auf die Uhr. Es war 13:20 Uhr, sie hatte also noch Zeit für einen schnellen Drink, bevor sie um 14:00 Uhr bei Gericht sein musste.

Serena war zuversichtlich, dass die Anhörung gut verlaufen würde. Richter Cochran war bekannt dafür, dass er zwar hart, aber fair war, und sie rechnete mit einem guten Ausgang für die Sache. Sie hatte all die kleinen Rituale vollzogen, mit denen sie sich normalerweise zu beruhigen versuchte, bevor sie zu Gericht musste. Sie hatte sich wie immer am Vortag gut auf die Verhandlung vorbereitet, war früh aufgestanden, hatte zwei Tassen Kaffee getrunken – nicht mehr – und sich dann sorgfältig angekleidet und geschminkt.

Auf der Fahrt in die Stadt hatte sie einen alten Hit aus den 60er-Jahren mitgesungen. Vor der Ampel Ecke Main Street und Desoto Street, die rot gewesen war, hatte sie mit ihren manikürten Fingernägeln auf das Lenkrad getrommelt und in Gedanken noch einmal durchgespielt, was sie vor Gericht sagen wollte. Dann hatte sie im Rückspiegel ihren Lippenstift kontrolliert und gewartet, dass die Ampel auf Grün sprang.

Und in dem Moment hatte sie dieses Pärchen gesehen, das Arm in Arm ging. Die Frau hatte ihr ziemlich ähnlich gesehen und sich mit strahlendem Blick dem Mann zugewandt. Der Schmerz hatte so schnell und heftig zugeschlagen, dass ihr ganz schwindelig geworden war und sie sich unwillkürlich ans Herz gefasst hatte. Der Mann hatte ausgesehen wie Kyle – ihr Kyle, der nicht mehr da war. Wie sie seine Berührung vermisste!

Wie gelähmt und mit angehaltenem Atem hatte sie am Lenker gesessen, immer noch mit der einen Hand auf dem Herzen. Die Ampel war umgesprungen, und der Fahrer hinter ihr hatte gehupt, als sie nicht losfuhr. Aber auch da hatte Serena sich immer noch nicht gerührt. Das Paar war in ein Restaurant gegangen, und als der Mann der Frau die Tür aufhielt, hatte sie im Vorbeigehen seine Wange berührt.

Wieder hatte das Auto hinter ihr gehupt.

Das war der Augenblick gewesen, in dem sie rechts abgebogen war, statt nach links zum Gericht zu fahren. Sie wurde mit der Heftigkeit ihrer Gefühle nicht fertig, und jetzt hatte das Verlangen gesiegt.

Warum hast du mich verlassen, Kyle?

Sie war schließlich in dieser zwielichtigen Gegend der Innenstadt, in der sich eine Bar und Kneipe an die andere reihte, in die erste freie Parklücke gefahren und hatte heftig mit der flachen Hand aufs Lenkrad geschlagen.

Warum?

Dieses Paar hatte sie wieder daran erinnert, dass sie ihn verloren hatte, und dann war ihr das Wasser im Mund zusammengelaufen, und ihre Gedanken hatten sich wie ein Laserstrahl auf die braungoldene Flüssigkeit gerichtet, die ihr Erleichterung verschaffen würde.

Serena nahm ihre Sonnenbrille ab und blieb einen Moment lang in der Eingangstür der Bar stehen. Sie hatte das schwarze Seidenkostüm an, das sie immer bei Gericht trug, ihr „Dressed-to-kill-Outfit", wie Kyle es immer genannt hatte, weil die Gegenseite sich in Acht nehmen musste, wenn sie damit den Gerichtssaal betrat. Als Kontrast zum strengen Schnitt und dem glatten Material des schwarzen Kostüms hatte es am Ausschnitt eine kleine Rüsche – ein Zugeständnis an das Feminine. Die roten hochhackigen Schuhe vervollständigten ihren „Achtung-aufgepasst!"-Look.

Sie strich sich den Rock glatt und musste die Augen ein bisschen zusammenkneifen, bis sie sich langsam an das Halbdunkel im

Raum gewöhnten. Diese Kneipen und Bars sahen alle gleich aus – mit ihren Sitznischen, den Spielautomaten in der Nähe des Tresens und dem kleinen, billigen, plärrenden Fernseher über der Bar. In ein paar Stunden würde der Ton des Fernsehers abgeschaltet werden, und stattdessen würden Musik und Karaokegeheul erklingen. Doch das konnte ihr im Moment völlig egal sein, denn sie hatte alles, was sie brauchte.

Seit drei Monaten hatte sie keinen Tropfen Alkohol mehr angerührt, und die Dunkelheit in der Bar war wie eine Willkommensumarmung für eine zurückgekehrte Tochter.

In dem Jahr nachdem Kyle sie verlassen hatte, war sie in tiefe Dunkelheit abgestürzt, und der einzige Weg, um das zu ertragen, war für sie damals das Trinken gewesen. Angefangen hatte es eigentlich ganz harmlos – mit einem Glas Wein nach einem langen arbeitsreichen Tag, um den Abend zu überstehen und die Einsamkeit in ihrer Wohnung auszuhalten.

Auf dem Heimweg kaufte sie sich immer öfter eine Flasche Wein, und nach einigen Wochen waren es dann schon zwei Flaschen. Und aus dem Wein wurde dann irgendwann Bourbon. Sie redete sich zwar ein, dass sie den Whiskey nur für den Fall kaufte, dass am Abend noch jemand vorbeischaute, aber dieser Jemand war eigentlich immer nur sie selbst.

Jeden Tag freute sie sich auf den Moment, wenn sie ihre Qualen endlich mit Alkohol auf ein erträgliches Maß herunterdämpfen konnte. Wenn sie von der Arbeit nach Hause kam, ging sie immer schnurstracks in die Küche und hantierte mit zitternden Fingern mit dem Korkenzieher oder drehte den Schraubverschluss der Bourbonflasche auf. Sie vertat nicht erst lange Zeit damit, sich ein Glas zu holen, sondern trank direkt aus der Flasche. Und dann folgte immer sofort die Erleichterung.

Auch jetzt würde sie gleich diese Erleichterung erleben, und der Schmerz würde nachlassen.

Als sie vom Eingang hinüber zur Bar ging und sich dort auf einen Hocker setzte, merkte sie, dass der Boden unter ihren Louboutin-Schuhen ekelhaft klebrig war, und ihre teure Designertasche wirkte in diesem Ambiente völlig fehl am Platz. Sie war der einzige Gast am Tresen.

Nachdem sie sich hingesetzt hatte, betrachtete sie sich in dem Spiegel hinter der Bar. Ihr Haar war von einem der Starfriseure der Stadt geschnitten und gut gestylt. Ihr Halstuch war von Hermès, und als sie sich den Kragen ihres Kostüms zurechtzupfte, blitzte im Spiegel ihre Rolex-Uhr auf. Sie war eine starke Frau, eine Frau mit vielen Fähigkeiten, Kontakten und Möglichkeiten. Sie schaute auf ihre Hände, die mit den Bierdeckeln auf dem Tresen herumspielten. Es waren die Hände einer Frau mit Macht und Einfluss – an deren einem Finger mit perfekt manikürten Fingernägeln der Diamant ihres Verlobungsrings funkelte.

„Du solltest den Ring ablegen", hatte ihr Vater neulich gesagt.

„Kommt gar nicht infrage", hatte sie darauf mit Nachdruck geantwortet.

„Aber er ist nicht mehr da, Serena, und er kommt auch nicht wieder."

„Nein, habe ich gesagt", hatte sie nur zornig entgegnet.

Als Kyle ihr oben auf dem Lookout Mountain den Heiratsantrag gemacht hatte, war das wirklich eine Überraschung gewesen. Sie waren bis zum Gipfel hochgestiegen, und als sie noch schnaufend vom Aufstieg dort auf dem höchsten Punkt gestanden hatten, war Kyle ganz altmodisch auf die Knie gegangen und hatte das schwarze Samtkästchen aus der Tasche geholt.

Die Sonne hatte durch die Zweige der Bäume geschienen, und Kyle hatte übers ganze Gesicht gestrahlt. Er war sich ganz sicher gewesen, dass sie Ja sagen würde. Der Himmel über ihnen war klar und strahlend blau gewesen, ein perfekter Tag, und sie hatte ihre Arme um ihn geschlungen und ihn festgehalten, als wollte sie ihn nie wieder loslassen. Und sie war ja auch nicht diejenige gewesen, die gegangen war.

Wo blieb nur der Barkeeper? Sie schaute sich in dem Raum um, in dem um diese Tageszeit noch nicht viel los war. Darüber war sie durchaus froh, denn sie hatte noch nie gern in Gesellschaft getrunken. Abends war es hier wahrscheinlich brechend voll.

„Hallo? Ist jemand da?“, rief sie, und ihre Stimme hallte in dem großen Raum wider. Unauffällig spähte sie hinüber zu den unzähligen Schnapsflaschen, die über der Bar aufgereiht waren.

In dem Fernseher liefen gerade Nachrichten. Zwei Männer hatten einen Kiosk ausgeraubt, und es wurde ein Phantombild der Täter gezeigt mit dem Aufruf, sich zu melden, falls man sie identifizieren könne. An der Westside waren drei Einfamilienhäuser durch einen Küchenbrand vollkommen zerstört worden. Die Welt drehte sich ganz offensichtlich auch ohne sie weiter.

„Hallo!“, rief sie noch einmal.

„Komme“, rief eine Männerstimme von irgendwoher. Wahrscheinlich stand der Typ am Hintereingang und rauchte rasch eine Zigarette.

„Einen Moment, ich komme gleich“, hörte sie ihn noch einmal rufen.

Sie stellte sich vor, wie er hastig noch ein paar Züge rauchte und die Zigarette dann auf den Boden warf und austrat. Wahrscheinlich hatte auch er ein Leben – so wie alle anderen.

Im Fernseher wurde jetzt die Wetterkarte gezeigt. Sonnig und klar. Draußen vor der Bar hörte Serena Menschen lachen, die offenbar Spaß an ihrem Leben hatten.

Im Gericht würde man jetzt langsam darauf warten, dass sie auftauchte und ihren Platz am Tisch der Verteidigung einnahm. Ihr Vater würde im Zuschauerraum sitzen. *Vielleicht fragt er sich schon, wo ich wohl bleibe*, dachte sie und strich den Blazer ihres Kostüms glatt.

Ihr Vater hatte sich immer gewünscht, dass sie Anwältin werden würde. Schon als ganz kleines Mädchen hatte sie im Büro auf seinem Schoß gesessen und auf den gelben Schreibblöcken gemalt, die er für seine Notizen benutzte. Irgendwann hatte er dann einen kleinen Schreibtisch für sie gekauft und in seinem Büro neben seinen eigenen großen Schreibtisch gestellt, und dann hatten sie „Anwalt“ gespielt.

Während ihres Studiums hatte sie in den Sommersemesterferien in seiner Kanzlei gearbeitet, hatte das Telefon betreut und ihn bei der Recherche für seine Fälle unterstützt.

Sie erinnerte sich noch gut daran, wie es damals gewesen war, ihn zu Gerichtsverhandlungen zu begleiten und ihn aus dem

Zuschauerraum zu beobachten. Sie hatte immer gewusst, dass sie in seine Fußstapfen treten würde. Sie hatte ihr Jurastudium als Jahrgangsbeste abgeschlossen und auch das Referendariat mühelos und mit Auszeichnung geschafft.

Zum bestandenen Examen hatte ihr Vater ihr ein Schild mit der Aufschrift *„Brumbell & Brumbell"* geschenkt, und für sie ging damit der Traum in Erfüllung, mit ihrem Vater zusammenzuarbeiten. Er war ein großartiger Anwalt, und sie hatte viel von ihm gelernt. Ihr Vorbild.

Serena war nicht aufzuhalten gewesen ... bis zu der Sache mit Kyle.

Sie hatte Kyle während des Studiums kennengelernt. Zum ersten Mal hatte sie ihn in der Bibliothek gesehen, als sie dort mit der Lesebrille auf der Nase mit ihrer Lerngruppe arbeitete.

Sie hatte irgendwann zu ihm hinübergeschaut ... und mitten in einem Satz gestutzt, denn der junge Mann starrte sie völlig unverfroren an. Er hatte noch nicht einmal weggeguckt, als sich ihre Blicke begegneten, sondern stattdessen auch noch gelächelt. Wirklich dreist! Er trug Jeans und T-Shirt, beides völlig zerknittert, und spielte mit einem Kugelschreiber herum. Absolut nicht ihr Typ.

Aber er hatte einfach weiter zu ihr hinübergeschaut und gelächelt und mit dem Stift gespielt, und plötzlich hatte sie gemerkt, dass sie zurücklächelte. Das sah ihr eigentlich gar nicht ähnlich. Als sich jemand aus der Lerngruppe räusperte, hatte sie sich wieder auf die Gesetzbücher konzentriert und weitergearbeitet.

Aber ihr Blick war immer wieder zu dem zerknitterten, unverschämten Typen auf der anderen Seite des Raumes abgeschweift, zu dem Jungen mit dem durchdringenden Blick, der ihr Herz erobert hatte.

„Nawaswollnsedenn?", fragte ein Mann mittleren Alters, der hinter der Bar hervorkam und noch dabei war, sich eine fleckige weiße Schürze umzubinden. Auf seinem Namensschild stand „Sam".

„Jack Daniels. Pur", sagte sie zu Sam, der unrasiert war und schmuddelig wirkte.

Er beugte sich lächelnd über den Tresen und sagte: „Sie sehen gar nicht nach Bourbon aus. Sicher, dass Sie nicht lieber Gin Tonic oder 'nen Flirtini wollen?"

„Nein, Bourbon", wiederholte sie noch einmal, und zwar mit diesem Blick, bei dem ihr Gegenüber mitten in der Bewegung erstarrte. Das war der Blick, der normalerweise der Anklage vorbehalten war.

Der Barkeeper blinzelte daraufhin kurz, nahm dann ohne ein weiteres Wort die Flasche vom Regal und schenkte ihr ein Glas ein. „Cheers", sagte er noch, bevor er ihr das Glas hinschob, aber darauf reagierte sie nicht.

Dieser Drink würde sie zwar wieder in die Dunkelheit zurückkatapultieren, aber das war ihr in diesem Moment völlig egal. Sie musste einfach diesen Schmerz dämpfen.

Sam zuckte mit den Achseln und wendete sich ab.

Serena zog ihre Tasche näher an sich heran, in der die Unterlagen von dem Treffen waren, das Blaue Buch der Anonymen Alkoholiker und die Dankbarkeitsliste. Als sie das erste Mal zu einem Treffen gegangen war, war sie nur wütend gewesen. Die Idee kam von ihrem Vater und es war eher eine Aufforderung mit Ultimatum als ein Vorschlag gewesen.

Sie war mit Alkohol am Steuer erwischt worden, und da hatte ihr Vater eingegriffen. „Du hast ein Problem, Serena", hatte er zu ihr gesagt.

„Das kannst du doch gar nicht beurteilen, Vater. Es war nur das eine Mal."

„Du bist nur das eine Mal erwischt worden, aber passiert ist es sehr viel häufiger", hatte er widersprochen.

Er hatte recht gehabt, was sie allerdings nicht hatte zugeben wollen.

„Du bist diese Woche drei Mal zu spät gekommen", hatte er fortgefahren.

„Aber am Morgen trinke ich doch nicht, Vater."

„Das habe ich auch nicht gesagt", hatte er geantwortet, sich mit den Händen über die Augen gerieben und dann fortgefahren: „Das hier fällt mir wirklich nicht leicht, Serena."

„Was denn?", hatte sie gefragt und war dabei unbewusst lauter geworden. „Feuerst du mich etwa gerade?"

„Ich feuere dich nicht, sondern ich mache mir Sorgen um dich."

Dann hatte er ihre Hände in seine genommen und gesagt: „Wenn du dir nicht Hilfe suchst, verlierst du über kurz oder lang deine

Zulassung als Anwältin, und dann brauche ich dich gar nicht mehr zu feuern."

Das hatte ihr Angst gemacht, denn sie war gern Anwältin. Sie erinnerte sich noch sehr gut daran, wie stolz ihr Vater gewesen war, als er sie in seiner Kanzlei willkommen geheißen hatte.

Sie hatte im Internet recherchiert, wo die Treffen der Anonymen Alkoholiker stattfanden, und das Backsteingebäude hinter der Kirche in der Simpson Street auch gleich gefunden. Dort hatte sie noch eine Weile auf dem Parkplatz im Auto gesessen und zugeschaut, wie eine seltsame Mischung von Leuten durch den Hintereingang die Kirche betreten hatte. Es waren Menschen aller Altersgruppen – ein paar Teenager, ein älterer Mann in Anzug und Krawatte und zwei Frauen mittleren Alters in Sporthosen. Beim Hineingehen winkten sie sich zu und begrüßten sich freundlich.

Serena hatte sich das alles angeschaut, war dann aber nicht mit hineingegangen, sondern wieder nach Hause gefahren.

In der darauffolgenden Woche war sie dann aber doch wieder hingefahren und dieses Mal auch wirklich hineingegangen.

Die Leute hatten auf Klappstühlen im Kreis gesessen. Serena saß schweigend dabei, die Hände um die Griffe ihrer Handtasche gekrallt.

Es hatte sie überrascht, wie offen die Leute in dem Kreis waren.

„Ich bin Alkoholikerin", hatte eine junge Frau verkündet, und diese Ehrlichkeit kam Serena so anders vor als das, was sie aus ihrer Welt kannte, wo jeder den Schein wahrte und perfekt wirkte – zumindest von außen. „Ich bin seit drei Jahren trocken."

Alle applaudierten.

„Ich bin Bob", sagte der Mann im Anzug. „Ich bin Alkoholiker."

„Hallo, Bob", antwortete die Gruppe. Niemand be- oder verurteilte ihn, sondern alle schienen sich einfach nur zu freuen, dass er da war.

In den ersten Wochen hatte Serena immer nur schweigend mit im Kreis gesessen und zugehört, wie die Menschen über ihren Schmerz und Kontrollverlust sprachen und über all das Furchtbare, was sie angerichtet hatten. Sie erzählten aus ihrem Leben und berichteten, wie sie durch ihre Alkoholsucht ihre Freunde, ihre Familie oder ihren Job verloren hatten.

Weil die Menschen in der Gruppe sich gegenseitig so akzeptierten, wie sie waren, konnte man hier ganz offen reden. Und als Serena schließlich selbst begonnen hatte, von den Auswirkungen des Alkohols in ihrem Leben zu erzählen, von ihren Gefühlen und dem Verlangen nach Betäubung, hatten die anderen nur verständnisvoll genickt und sie nicht verurteilt.

Sogar eine Freundin hatte sie dort gefunden: Sadie. Mit Sadie traf sie sich nun regelmäßig, und sie half ihr dabei, ihr Problem besser zu verstehen – oder sich fürs Erste auch nur einzugestehen, dass sie ein Alkoholproblem hatte und deswegen alle möglichen Schwierigkeiten bekam. Sadie hörte ihr zu und machte ihr Mut. Die letzten drei Monate hatte sich Serena ganz langsam dorthin zurückgearbeitet, wo es hell war, wie ein Urtier, das sich aus Schleim und Morast hervorwühlte.

Sie hatte aufgehört zu trinken, ihr Geruchssinn war zurückgekehrt, und sie war überrascht, wie intensiv sie die Welt um sich herum wahrnahm. Dann war auch der Geschmacksinn wieder da gewesen, und jeder Pfirsich und jede Orange kam ihr plötzlich vor wie ein kleines Wunder. Alles wirkte wieder real und lebendig, und sie bemerkte sogar die intensiv grünen Grasspitzen, die aus den Fugen zwischen den Gehwegplatten hervorlugten.

Eine Weile war es gut gegangen, aber der Schmerz war geblieben, und jetzt war er übermächtig geworden. Eines gab es nämlich, was sie in der Gruppe nicht erzählt hatte …

Das Glas mit ihrem Drink dort vor ihr auf dem Tresen war beschlagen. Kleine Wassertröpfchen rannen daran hinunter, doch noch rührte sie es nicht an.

Wenn sie erst einmal anfing, würde sie nicht mehr aufhören können, das war ihr klar. Schon ein einziges Glas würde einen Schalter in ihrem Gehirn umlegen, sodass sie zu einem zweiten nicht mehr würde Nein sagen können. Und dieses Glas stand jetzt vor ihr auf dem Tresen.

In dem Fernseher lief inzwischen ein Bericht aus West Virginia, wo fünf Bergleute bei einem Grubenunglück verschüttet worden waren. Die Kamera schwenkte über eine hügelige Gegend und blieb dann bei einem großen schwarzen Förderturm stehen. Eine Skizze von der Schachtanlage erschien auf dem Bildschirm, auf der die

Stelle markiert war, an der man die verschütteten Bergleute vermutete. Das Ganze sah aus wie die Höhle eines Tiers, vielleicht eines Streifenhörnchens oder eines Murmeltiers, mit den vielen Gängen und Höhlen, die so tief waren wie Serenas Trauer.

Der Reporter stand im heulenden Wind und sagte irgendetwas über ein Mikrofon, das man in den Stollen zu den Bergleuten hinuntergelassen habe.

„Könnten Sie das bitte etwas lauter drehen?", fragte Serena den Barkeeper, weil der Bericht sie plötzlich interessierte.

Der Barkeeper nahm die Fernbedienung zur Hand und stellte das Gerät lauter.

Eine knisternde Tonaufnahme von der Stimme eines der Bergleute war zu hören. Der Mann betete: „*Unser tägliches Brot gib uns heute.*"

Es war das Vaterunser, das ihre AA-Gruppe immer am Ende der Treffen gemeinsam sprach. Vor ihrem inneren Auge sah sie die bunt gemischte Truppe jetzt vor sich, Alt und Jung, Reich und Arm, Männer und Frauen. Nachdem sie sich über ihre Probleme, ihre Erfolge und ihr Versagen ausgetauscht hatten, standen sie zum Schluss alle gemeinsam im Kreis, hielten sich an den Händen, und irgendjemand fing mit den Worten an: „Vater unser …" Und dann beteten sie alle gemeinsam weiter. Eher aus Gewohnheit und Verlegenheit hatte Serena dabei mitgemacht, hatte die vertrauten Worte mitgesprochen, die aber im Grunde gar keine Bedeutung für sie hatten.

Als sie das Gebet jetzt im Fernsehen hörte, traf es sie plötzlich ganz neu und war gleichzeitig so vertraut. Ein Gebet, das sie wohl Tausende Male gehört hatte.

Laut und deutlich, aber auch ein bisschen zitternd kam die Stimme des Bergmanns aus dem Fernsehlautsprecher. Er flehte Gott an, das konnte man richtig spüren, und auch dieses Gefühl erkannte Serena wieder, weil sie auch selbst Gott schon so um seine Hilfe und sein Eingreifen angefleht hatte.

Seit dem ersten Treffen hatte sie jeden Tag neu gegen den Drang angekämpft zu trinken, hatte die Gefühle zu ertragen gelernt, die dann in ihr hochkamen. Zuerst Minute für Minute, aber nach einer Weile kam es dann auch vor, dass einmal eine ganze Stunde verging, ohne dass sie den quälend-unwiderstehlichen Drang verspürte zu trinken. Doch sie musste immer fokussiert bleiben, durfte nicht nachlässig oder gar leichtsinnig werden, denn dieser Drang ging nie ganz weg.

Unser tägliches Brot gib uns heute.

Das kannte sie. Sie durfte nicht an morgen oder an die nächste Woche denken, sondern immer nur einen Tag nach dem anderen leben, das hatte sie bei den Treffen gelernt. Immer nur *einen* Tag. Und dann den nächsten.

Doch daran konnte sie jetzt nicht denken, denn dieses Wissen und das Gefühl, das dazu gehörte, waren nicht mehr da. Ihre Hand umschloss das Glas, und die Erleichterung war nah … so nah.

Ihr lief das Wasser im Mund zusammen.

Sie schaute auf die Uhr. Es war jetzt 13:40 Uhr. Gleich würde die Anhörung beginnen, aber bis jetzt vermissten sie sie wahrscheinlich noch nicht. Sie seufzte. Sie konnte das Glas auch einfach austrinken, und wenn sie sich beeilte, konnte sie es trotzdem noch rechtzeitig ins Gericht schaffen.

Richter Cochran würde nichts davon merken, denn sie hatte immer Pfefferminzbonbons in der Handtasche. Serena senkte den Kopf. Sie wusste, dass sie sich selbst etwas vormachte. Es würde ja nicht bei diesem einen Drink bleiben. Ihre Hand zitterte über dem Glas.

Warum tat es nur so weh?

Sie dachte an die Worte des Gebets und fragte sich: *Was brauche ich heute? Was könnte mir helfen, jetzt aufzustehen und hier wegzugehen? Oh Gott*, betete sie voller Verzweiflung. *Gib mir das, was ich heute brauche, mein tägliches Brot.*

Dann lehnte sie sich zurück und schloss die Augen.

Bitte hilf mir, Gott.

Und da kamen die Erinnerungen. An den Anruf. Und an den Schmerz.

Kyle war zum Klettern zum Mount Yonah gefahren, wo sie auch schon häufig zu zweit gewesen waren. Erst in der Woche zuvor waren sie zusammen dort gewesen, aber an diesem Wochenende war er mit seinen Freunden aus dem Fitnessstudio unterwegs gewesen. Sie war zu Hause geblieben, um sich auf eine Anhörung am nächsten Tag vorzubereiten.

Er hatte sie vom Berg aus angerufen, nur um ihr zu sagen, dass er sie liebte, und sich auf das Date mit ihr am Abend freute. Sie hatte gelächelt. Seine Stimme am Handy war so voller Vorfreude gewesen und so voller Liebe. Nach dem Anruf hatte sie ihr Handy neben sich auf den Schreibtisch gelegt – immer noch lächelnd.

Sie war ganz in ihre Arbeit vertieft, als eine Stunde später ihr Handy wieder geklingelt hatte. Dieser zweite Anruf war unerwartet und kam von Kyles Freund Jim, der anscheinend in höchster Panik war.

„Er ist abgestürzt“, hörte sie ihn sagen.

„Was? Wer?“ Sie begriff nicht, was Jim gesagt hatte. „Was ist los, Jim? Gib mir mal Kyle.“

„Es ist Kyle. Kyle ist … unten.“

„Gib ihn mir bitte mal“, hatte sie nur entgegnet, dann aber gehört, wie das Handy zu Boden gefallen war.

Es war still geworden, aber im Hintergrund hatte sie Schreie gehört, und da hatte ihr ganz langsam gedämmert, dass etwas wirklich Schlimmes passiert sein musste.

„Kyle!“, hatte sie in ihr Handy geschrien. „Kyle!“

Später hatte sie erfahren, dass er zu diesem Zeitpunkt bereits tot gewesen war. Als die Rettungskräfte den Berggipfel erreicht hatten, hatten sie nichts mehr für ihn tun können, hatte man ihr gesagt. Der Sturz war tödlich gewesen. Ein schneller Tod.

Dieser Anruf hatte ihr Leben ein für alle Mal verändert. Der Traum vom Heiraten war ausgeträumt. Von da an war es immer weiter bergab gegangen. Sie hatte schon immer gern etwas getrunken, aber nach Kyles Tod war der Alkohol ihr Verbündeter gegen den unerträglichen Schmerz geworden. Und dann hatte sie den Punkt erreicht, wo sie ihn brauchte wie die Luft zum Atmen.

Sie erinnerte sich an den Tag, als sie zum ersten Mal zu einem Treffen der Anonymen Alkoholiker gegangen war. „Immer einen Tag nach dem anderen“, hatte es dort geheißen, und daran hatte sie sich geklammert, jeden Tag wieder neu. Das sei die einzige

Möglichkeit, mit der Sucht fertig zu werden, hatte man ihr gesagt und damit recht gehabt. Sie schaffte es wirklich nicht allein, doch mit der Unterstützung der anderen konnte sie einen Tag nach dem anderen irgendwie bewältigen. Doch unter alldem war immer noch der Schmerz über Kyles Tod da, so frisch und roh wie eh und je.

Sie musste das Verlangen nach diesem Drink überwinden, musste nur diesen Tag heute überstehen. *Nur einen Tag, Jesus. Nur diesen einen Tag.*

Hilf mir!

Kyle hatte nicht einmal mehr einen Tag gehabt. Kyle war tot. Für immer von ihr gegangen. Seit dem Anruf hatte sie alles, was um sie herum geschehen war, irgendwie nur noch verschwommen wahrgenommen. Die Beerdigung, das Zusammentreffen mit Kyles Familie, der Sarg, der vorn in der Kapelle stand, und dieses Wissen, dass er darin lag – das alles waren Erinnerungen, die so unerträglich waren, dass sie sie bis zur Unkenntlichkeit ausblendete.

Hilf mir, Jesus!

Wie sollte sie so weiterleben, immer gefangen zwischen dem Schmerz und der kurzfristigen Flucht in den Alkoholnebel? Für sie schien das Trinken die einzige Möglichkeit zu sein, noch irgendwie zu funktionieren. Aber die Frage war, ob sie tatsächlich noch funktionierte.

Sie brauchte diesen Drink einfach. Ein Glas würde schon helfen und keinen Schaden anrichten, nicht wahr?

Der Geruch des Whiskeys war unwiderstehlich.

Unser tägliches Brot.

So klug und stark und reich sie auch sein mochte, sie war trotzdem nicht in der Lage, all das zu ertragen und bei Verstand zu bleiben.

Gib mir heute mein tägliches Brot.

Was war ihr Brot?

Sie wiederholte den Satz und schaute dabei auf das Glas, das vor ihr auf dem Tresen stand. Das Kondenswasser war mittlerweile auf die Serviette gelaufen, die sich jetzt hässlich wellte.

Gib mir heute mein tägliches Brot, betete sie. Nur Gott konnte ihr jetzt helfen, so stark war der Drang.

„*Jesus*“, flüsterte sie.

Es war nur schwer zu glauben, dass es Gutes auf der Welt gab. Dass das Leben sich lohnte.

„*Jesus*", sagte sie noch einmal leise.

Wie sollte sie den Schmerz aushalten, der bei dem Gedanken, allein weiterzuleben, als gewaltige Welle in ihr aufstieg?

„*Jesus*", sagte sie ein drittes Mal.

Vielleicht gab es ja doch Hoffnung.

In der Stimme dieses Bergmanns und in den Stimmen ihrer Freunde bei den Treffen lag sie, diese Hoffnung. Es gab den Einen, der diesen Weg mit ihnen gehen konnte und der nicht mehr von ihnen erwartete, als dass sie es durch die nächste Stunde schafften. Ein Gott, der tief unten in dem Bergwerksstollen bei den Männern war und genauso bei ihr, in den Abgründen ihres Schmerzes.

Langsam legte sich Friede auf sie wie eine wärmende Decke. Mit einem langen Seufzer atmete sie aus, und dann folgte dem Frieden die Kraft.

„Alles in Ordnung bei Ihnen?", fragte Sam, weil sie den Kopf auf den Tresen gelegt hatte.

Sie blickte auf und antwortete: „Ja. Alles in Ordnung."

Dann schaute sie nach hinten zum Eingang, wo ein Lichtstrahl unter der Tür hindurch in die düstere Bar drang. Sie sah es als ein Zeichen und schaute wieder auf ihre Uhr. 13:45 Uhr. Es war noch nicht zu spät.

Das Glas auf dem Tresen hatte seine Macht verloren.

Serena Brumbell stieg vom Barhocker, nahm ihre Tasche in die Hand und legte einen Zwanzigdollarschein auf den Tresen.

„Sind Sie ganz sicher, dass alles in Ordnung ist?", fragte der Barkeeper noch einmal.

Sie nickte nur zur Bestätigung. Das Verlangen nach Alkohol war weg. Für den Moment hatte sie es wieder geschafft.

„Danke", flüsterte sie, und es war mehr als nur eine Höflichkeitsfloskel. Es war ein Gebet. „Mir geht es gut."

Sie ging zum Ausgang und stieß die Tür auf.

Draußen war es hell und schön. Menschen waren auf dem Weg zur Arbeit, oder sie holten ihre Kinder vom Kindergarten ab. Heute Abend würde Serena wieder mit ihren Freunden Hand in Hand im Kreis stehen. Ja, sie würde heute wieder dabei sein. Wieder ein Tag.

Und mit diesem Gedanken trat sie hinaus ins Licht.

Immer nur einen Tag nach dem anderen, mehr konnte sie nicht bewältigen, und mehr war auch gar nicht nötig. Sie strich sich den Rock glatt und richtete ihre Frisur ein wenig. Rein äußerlich sah sie perfekt aus, und innerlich wurde sie immer etwas besser und stärker. Sie brauchte gar nicht alles auf einmal zu schaffen, sondern nur immer den nächsten Moment durchzuhalten. Jesus war bei ihr, und solange sie ihr tägliches Brot von ihm bekam, konnte sie es schaffen.

Sie ließ ihr Auto stehen und ging die paar Straßen zum Gericht zu Fuß. Die Sonne fühlte sich herrlich an auf ihrem Gesicht. Sie hatte es geschafft. Jetzt kam die nächste Herausforderung – die Anhörung vor Gericht.

Sie hatte noch eine Viertelstunde Zeit, bevor sie vor Richter Cochran erscheinen musste, und zwar dieses Mal nicht als Anwältin, sondern als Angeklagte. Angeklagt wegen Alkohols am Steuer.

Sie konnte Richter Cochran jetzt wahrheitsgemäß berichten, dass sie seit drei Monaten keinen Alkohol angerührt hatte. Sogar einen Eid konnte sie darauf schwören. Aber sie würde ihm auch erzählen, wie sie das geschafft hatte. Nämlich durch das tägliche Brot, das Gott schenkte. Immer einen Tag nach dem anderen.

Der zweite Tag

„Danke, dass Sie auch an diesem Freitagnachmittag wieder die Hour of Power eingeschaltet haben, die Sendung, in der Sie telefonisch beim Sender WPRY Ihre Gebetsanliegen nennen können. In der Leitung haben wir jetzt Millie aus Tennessee. Welches Gebetsanliegen möchten Sie weitergeben?“

„Ich möchte einfach nur um Gebet für die eingeschlossenen Bergleute in West Virginia bitten. Zurzeit wird gerade ein Rettungsschacht zu ihnen nach unten gebohrt, aber ich habe gehört, dass es noch einen weiteren Einsturz gegeben haben könnte. Ich bete, dass Gott sie aus ihrer schrecklichen Lage erlöst und sie aus der Tiefe dort unten gerettet werden.“

„Vielen Dank, Millie. Es haben schon viele Menschen angerufen, um zum Gebet für die Bergleute aufzurufen. Zum Beispiel Sonja aus

Birmingham, Alabama. So, Sonja, jetzt sind Sie mit Ihrem Anliegen an der Reihe.“

„Ich mache mir Sorgen wegen der Gase dort unten im Stollen. Wäre es nicht tragisch, wenn die Rettungsbohrung zwar gelingt, die Männer aber schon tot sind, wenn man sie endlich erreicht hat? Wir sollten darum beten, dass das nicht passiert!“

„Vielen Dank für diesen hilfreichen Beitrag, Sonja. Auch das Rettungsteam hat schon seine Sorge wegen der gefährlichen Gase geäußert. Und hier ist noch ein weiterer Anruf, der die Bergleute in West Virginia betrifft. Er kommt aus Franklin, North Carolina. Jenny, Sie sind jetzt auf Sendung.“

„Ich habe gehört, dass einer der Bergleute heute Morgen das Vaterunser gebetet hat, und ich hoffe und bete ebenfalls, dass er erhört wird.“

„Danke, Jenny. Und jetzt ein kurzer Auszug aus der inzwischen schon berühmt gewordenen Aufnahme.“

„… und vergib uns unsere Schuld, wie auch wir vergeben unsern Schuldigern …“

„Das ist der Bergmann Manny Santos, der aus der eingestürzten Eastriver-Mine betet. Beten Sie heute bitte auch für ihn.“

Kapitel 6

Vergib uns unsere Schuld

Schwer atmend wachte Cat auf und schaltete die Nachttischlampe neben ihrem Bett ein. Der Albtraum war so real gewesen, dass sie sich jetzt hektisch umschaute und sich erst einmal orientieren musste. Als sie feststellte, dass sie im Haus ihrer Großmutter in Boiling Springs war, atmete sie vor Erleichterung erst einmal tief durch.

Die ständigen Berichte über die Bergleute, die nach einer Explosion unter Tage im Stollen verschüttet waren, die auf sämtlichen Fernsehkanälen liefen, mussten diesen Traum ausgelöst haben. Schon seit zwei Tagen schaute sie sich die Berichte über das Grubenunglück an, und die Tragödie ging ihr so nahe, dass sie am Vorabend lange aufgeblieben war, um auch noch die letzten Nachrichten über die Fortschritte der Rettungsarbeiten zu verfolgen.

In ihrem Traum war sie irgendwo an einem finsteren Ort gewesen und hatte Angst einflößende Geräusche gehört, eine Art Kratzen. Es war eine stockdunkle Höhle, in der sie eingeschlossen war. Verzweifelt hatte sie sich an den Wänden entlanggetastet. Dabei hatten dunkle Schwingen ihre Stirn gestreift wie Finger, und sie hatte wild mit den Armen um sich geschlagen, um die unsichtbaren Angreifer zu verscheuchen, die um ihren Kopf herumflatterten. Irgendetwas war an der Höhlenwand gelandet, und zwar so nah, dass sie praktisch den Atem dieses Etwas spüren konnte.

Sie musste blinzeln, weil das Licht ihrer Nachttischlampe sie blendete, und sie fuhr sich mit den Fingern durchs Haar – unendlich erleichtert darüber, dass sie jetzt wach war.

Vollkommen reglos lag sie eine ganze Weile im Bett, aber ihr Herz hämmerte immer noch wie wild. Sie war immer eine kleine Frau gewesen – klein, aber energisch und kämpferisch. Tim behauptete, er habe sich wegen ihres feurigen Temperamentes und der feuerroten Haare zu ihr hingezogen gefühlt, aber anscheinend war *sein* Feuer ziemlich schnell wieder erloschen.

Düstere Gedanken an Tim und die Scheidung schwirrten ihr im Kopf herum. Er hatte ihr so viel von ihrem Selbstvertrauen genommen, und das würde sie ihm niemals verzeihen. Je mehr dieser Gedanke jetzt von ihr Besitz ergriff, desto heftigerer Zorn stieg in ihr auf. Dass er sie verlassen hatte, machte sie wütender als alles, was er ihr in der Zeit angetan hatte, als sie noch verheiratet gewesen waren. Seit der Scheidung waren mittlerweile schon fünf Monate vergangen, aber ihr kam es immer noch so vor, als wäre es erst gestern gewesen.

Sie schüttelte den Kopf und hoffte, die negativen Gedanken verscheuchen zu können, doch sie kamen immer wieder zurück. Wie hatte er sie nur so behandeln können? Der Schmerz über sein Verhalten und über die Zurückweisung war furchtbar. Sie hatte geglaubt, dass er sie liebte, aber er hatte sie einfach abserviert.

Cat schaute auf den Wecker. Es war Mitternacht, sie hatte also erst eine Stunde geschlafen, aber wenn diese Gedanken erst einmal da waren, würde sie wahrscheinlich wieder die ganze Nacht kein Auge zutun und grübeln, das kannte sie schon. Seit Monaten ging das jetzt so, und nachts kam ihr meistens alles noch schlimmer vor als bei Tag.

„In Gesundheit und Krankheit …", hatten Tim und sie sich gegenseitig bei der kirchlichen Trauung vor der gesamten Gemeinde versprochen. Für sie hatte dieses Versprechen eine bindende Bedeutung gehabt … für ihn offenbar nicht.

Sie hielt die Luft an und hoffte, den Gedanken Einhalt gebieten zu können, und auch der Wut, die darauf unweigerlich immer folgte.

Noch einmal musste sie an ihren Traum denken, an das schwarze Wesen an der Höhlenwand, das gekratzt und geräuschvoll geatmet hatte. Aber Moment mal … da war doch was. Da war tatsächlich ein Geräusch. Sie lauschte intensiv und hörte ein Kratzen an der Decke über sich. Ein *echtes* Kratzen. Cat starrte hoch und horchte weiter. Da war es wieder, dieses Kratzen … nicht stark, aber doch deutlich zu hören.

Das war gar nicht in ihrem Traum gewesen. Da war wirklich etwas auf dem Dachboden. Sie zog sich die Bettdecke bis ans Kinn, als könnte die alte zerschlissene Decke sie vor dem bedrohlichen Unbekannten schützen.

Sie hatte das alte Farmhaus, das sie schon immer geliebt hatte, von ihren Großeltern geerbt. Ihr Urgroßvater hatte es mit eigenen Händen gebaut, aus den Feldsteinen, die er selbst aus dem Boden geholt und dann mit viel Liebe, Sorgfalt und Sachverstand zu felsenfesten Wänden verarbeitet hatte.

Genau wie die Ehe ihrer Großeltern war das Haus robust und solide – mit einem stabilen Fundament und erfüllt von Vertrauen, Liebe und Großzügigkeit. In der Beziehung ihrer Großeltern hatte es all das gegeben, was sie in ihrer eigenen gescheiterten Ehe nicht gehabt hatte.

Mucksmäuschenstill und ganz allein lag sie im Bett und konzentrierte sich auf die Zimmerdecke über sich. Da, schon wieder das Rascheln des geheimnisvollen Eindringlings auf dem Dachboden. Was das wohl sein mochte? War es ein Eichhörnchen oder eine Ratte … oder vielleicht sogar etwas noch Schlimmeres?

Cat schaute auf ihre Hände, mit denen sie sich an der Decke festkrallte.

Auf der gegenüberliegenden Seite des Zimmers stand ihr letzter Malversuch. Beim Aussuchen der Farben – Goldocker und Kadmiumrot – war sie so optimistisch und voller Hoffnung gewesen, aber als sie dann angefangen hatte zu malen, waren plötzlich die Gefühle hochgekommen, die sie tief in ihrem Innern vergraben hatte, und sie war erschrocken darüber gewesen, wie heftig und finster sie waren.

Jetzt war die vorherrschende Farbe auf der Leinwand Schwarz – marsschwarze Wirbel. Die schwarzen Tuben waren alle leer; ihre Dunkelheit war aufgebraucht. Morgen würde sie sich wieder auf den Weg zu dem Laden machen, in dem die Freizeitkünstler der Stadt ihre Materialien bekamen. Das Farbenkaufen war ihr einziges kleines Vergnügen, und auch an diesem Morgen war sie schon in dem Laden gewesen. Sie hatte sich eine kleine Auswahl von Farben zusammengestellt und überlegte noch, für welche sie sich entscheiden sollte, als sie bei einer Nachricht aus dem Radio aufhorchte. Es lief eine Sendung, bei der Zuhörer anrufen und ihre Gebetsanliegen nennen konnten.

Mit viel Hintergrundgeräuschen und Geknister war die Stimme von einem der verschütteten Bergleute aus dem Lautsprecher zu hören gewesen. „*Vergib uns unsere Schuld*“, hatte er voller Eindringlichkeit gebetet, „*wie auch wir vergeben unseren Schuldigern.*“

Vergeben?

Wut schäumte in ihr auf. Wut auf Tim.

Cat hatte sich schließlich für Marsschwarz entschieden und drei Tuben davon in den Korb geworfen. Nie im Leben würde sie Tim vergeben – und noch zwei Tuben Schwarz waren in den Einkaufskorb gewandert. Dazu war einfach zu viel vorgefallen. Nein, sie würde ihm nicht vergeben. Das hatte er einfach nicht verdient.

Cat lehnte sich zurück ins Kissen und wickelte sich angesichts der Kälte im Zimmer fest in ihre Bettdecke.

Wie hatte sie dieses Haus als Kind geliebt! Hier hatte ihre Großmutter in ihr die Freude am Malen entfacht, und der Dachboden war immer noch voll mit ihren Skizzenbüchern und frühen Werken: mädchenhaften Bildern von Pferden, Blumen und Schmetterlingen. Damals waren ihre Lieblingsfarben ungebrannte Umbra, Kadmiumgelb und Marsschwarz gewesen. Später hatte sie jahrelang nicht mehr gemalt, weil Tim das nicht wollte.

„Das macht nur Dreck und Unordnung!“, hatte er gesagt. „Und was das alles kostet! Mach lieber was Vernünftiges.“

Sie hatte daraufhin immer weniger gemalt und es irgendwann tatsächlich ganz aufgegeben.

Er hatte auch ihre Freundschaften zu anderen Frauen boykottiert. „Die ist doch eine Schlampe“, hatte er über eine Freundin geurteilt und über eine andere: „Die ist wirklich strohdumm. Ich will nicht, dass du dich mit Leuten wie ihr abgibst.“

Und so hatte sie auch ihre Freundinnen nach und nach aufgegeben.

Selbst von der Gemeinde hatte sie sich seinetwegen immer weiter entfernt. „Du glaubst dieses Zeug doch nicht etwa wirklich, oder? So blöd kann doch kein Mensch sein“, hatte er einmal nebenbei gesagt, und danach war sie nicht mehr in die Kirche gegangen.

Cat hatte versucht, ihm alles recht zu machen, doch was sie auch tat, es war ihm nie genug. Wenn jemand sie Cat nannte, dann korrigierte er die Person und sagte: „Catherine bitte.“ Tim kaufte ihr auch Kleidung und hatte dabei einen so ganz anderen Geschmack als sie. Und so wurde langsam Catherine aus ihr, eine Person, die sie selbst noch nicht einmal mochte.

Und dann war er einmal drei Tage länger als ursprünglich geplant auf einer Geschäftsreise geblieben. Als sie ihn in seinem Hotel anrief, war eine Frau an den Apparat gegangen und hatte gesagt: „Ich glaube, es ist deine Frau, Tim!" Und sie hatte schallend zu lachen begonnen. Es war seine Assistentin, die ihn auf die Reise begleitet hatte und später auch zugab, dass sie „was miteinander hatten".

Cat wusste nicht, was mehr wehtat – dass er sie einfach ausgemustert hatte oder dass es eine andere gab.

„Du bist gar nicht mehr die Frau, die ich damals kennengelernt habe", hatte Tim irgendwann über den Rand seiner Kaffeetasse hinweg zu ihr gesagt. Und da hatte er natürlich recht, denn sie hatte sich tatsächlich so sehr verändert, um ihm zu gefallen, dass sie ein ganz anderer Mensch geworden war.

„Aber du wolltest mich doch immer anders haben!", hatte sie widersprochen.

Worauf er nur entgegnet hatte: „Die Frau, die ich einmal geliebt habe, gibt es nicht mehr." Dann war er vom Tisch aufgestanden und gegangen, ohne sich noch einmal umzudrehen.

Das Kratzen hatte aufgehört. Es würde bald hell werden, aber irgendwann würde auch wieder der Abend kommen. Und der endlose Kreislauf aus Schmerz, Angst und Wut würde weitergehen.

Cat war jetzt endgültig wach und wusste, dass sie nicht wieder würde einschlafen können. Als sie den Kopf ein wenig zur Seite drehte und zur Nachttischlampe griff, hörte sie wieder ein leises Rascheln.

Sie erstarrte, denn das Geräusch kam eindeutig nicht vom Dachboden, sondern es war ganz nah, und als sie auf das Kissen neben sich schaute, riss sie vor Schreck die Augen weit auf. Denn dort, direkt neben ihrem Kopf, genau an der Stelle, wo eigentlich Tims Kopf hätte liegen sollen, saß eine Fledermaus.

Für den Bruchteil einer Sekunde dachte sie, sie wäre doch noch in ihrem Traum in der Höhle. Aber es war kein Traum, sondern Wirklichkeit. Auf dem Kissen neben ihrem Kopf, nur ein paar Zentimeter von ihrem Gesicht entfernt, saß eine Fledermaus.

Rutsch ganz vorsichtig von ihr weg, sagte sie zu sich selbst. *Und fass sie nicht an.*

Doch noch während sie so vernünftig dachte, verhedderte sie sich im Bettzeug und hörte sich selbst hysterisch kreischen. Sie schlug um sich und versuchte verzweifelt, sich aus dem Laken zu befreien, das sie wie mit Ketten ans Bett zu fesseln schien.

Natürlich scheuchte sie mit dem ganzen Radau die Fledermaus auf, die jetzt wild im Raum umherflatterte. Cat duckte sich, griff nach der Überdecke und warf sie mit dem letzten bisschen Mut, den sie noch hatte, auf die Fledermaus, die jetzt gefangen war. Nach diesem Manöver krabbelte sie in heller Panik ins Bad und knallte die Tür hinter sich zu.

Schwer atmend und mit rasendem Herzschlag drückte sie mit dem Rücken die Tür zu und ließ sich dann daran hinuntergleiten. Sie griff nach oben über ihren Kopf, schaltete das Licht an und suchte jeden Winkel des Raumes ab, um sich zu vergewissern, dass nicht noch mehr Fledermäuse im Haus waren. Erst als sie ganz sicher war, lehnte sie sich wieder zurück und ließ den Tränen freien Lauf. Es gab niemanden, der ihr helfen konnte, keinen Menschen, der sich um sie und die Fledermaus auf ihrem Kopfkissen kümmerte.

Tim hatte sie in einem Chaos aus Scham und Schmerz sitzengelassen, und dafür hasste sie ihn aus tiefstem Herzen.

Nein, nie würde sie ihm das verzeihen! Niemals!

Sie hatte das Gefühl, nicht mehr weiterleben zu können, weil ihr alles so furchtbar viel zu viel schien. Den Kopf an einen Stapel Handtücher in dem Regal hinter sich gelehnt, schlug sie sich die Hände vors Gesicht und weinte heiße, wütende Tränen.

Der Vollmond schien durch das winzige Badezimmerfenster und warf Lichtquadrate auf den Fliesenboden. Ein wunderschöner grüner Nachtfalter saß auf dem Fenstergitter – *viridiangrün*, dachte sie.

Und als sie dort so allein in dem kleinen Bad saß, musste sie wieder an das Gebet des Bergmanns denken. Sie hatte das Vaterunser schon jahrelang nicht mehr gehört, aber jetzt, ausgerechnet in dieser Situation, fiel es ihr wieder ein, und sie erinnerte sich wieder an die Stimme im Radio, die gebetet hatte.

Den ganzen Tag hatte sie jedes Mal, wenn es Nachrichten gab, dieses Gebet gehört, und jetzt, auf dem Boden des winzigen Badezimmers, merkte sie plötzlich, dass ihre Welt wahrscheinlich genau so eng und dunkel war wie ein Bergwerksstollen. Doch das Mondlicht beruhigte und tröstete sie.

Sie begann zu beten: „*Vater unser im Himmel … vergib uns unsere Schuld, wie auch wir vergeben unseren Schuldigern.*“

Sie hielt inne.

Irgendwie hatte die Antwort auf ihren Kummer etwas mit Vergebung zu tun, da war sie sich ganz sicher. Aber sie konnte Tim einfach nicht verzeihen. Er war doch an dieser ganzen Sache schuld. Er hatte ihr so wehgetan. Gleichzeitig hasste sie aber auch die Art, wie sie lebte und wie sie dachte.

„Hilf mir, Gott“, betete sie. „Hilf mir bitte.“

Und dann schlief sie dort in dem kleinen Badezimmer auf dem Fußboden ein – bis ein Sonnenstrahl seinen Weg durchs Fenster fand und sie weckte.

Cat reckte sich leise stöhnend, weil sie durch die unbequeme Position auf dem Boden einen steifen Hals bekommen hatte.

Warum war sie überhaupt …? Ach ja, die Fledermaus!

Sie lachte leise in sich hinein. Jetzt, im hellen Sonnenlicht, kam ihr ihre Hysterie in der Nacht richtig albern vor. Doch bei der Vorstellung, dass die Fledermaus vielleicht immer noch in ihrem Schlafzimmer lauerte, bekam sie wieder ein wenig Angst.

Trotzdem ging sie hinüber zum Schauplatz des nächtlichen Überfalls. Die Bettdecke lag immer noch in einem wirren Knäuel auf dem Boden, und das Bett sah aus wie ein Schlachtfeld. Cat schnappte sich rasch ihre Jeans und ein T-Shirt, schloss die Schlafzimmertür wieder hinter sich und ging in die Küche, wo sie sich anzog und dann erst einmal tief durchatmete. Nie wieder würde sie das Schlafzimmer betreten, das war wohl klar. Sie würde noch heute ausziehen.

Dann schaute sie nach oben, als könnte sie durch die Zimmerdecke hindurch auf den Dachboden schauen. Da waren sie nämlich – diese Geschöpfe, die ungefragt in ihr Leben geflattert waren.

Sie konnte sich den Dachboden mit all den Kisten und Nischen dort oben lebhaft vorstellen. Als sie eingezogen war, hatte sie sich einmal dort hinaufgewagt, doch da war ihr nichts aufgefallen. Kurz hatte sie sogar mit dem Gedanken gespielt, sich da oben vielleicht ein Atelier einzurichten. Damals war dieses Haus für sie mit vielen Hoffnungen verbunden gewesen. Sie hatte geglaubt, dass sie vielleicht wieder malen würde – und was war geschehen? Ihr Leben war voller Fledermäuse ... und voller Hass und Wut.

Cat schüttelte den Kopf. Realistisch betrachtet: Ausziehen konnte sie natürlich nicht. Wo sollte sie denn hin?

Erst einmal schaltete sie die Kaffeemaschine ein. Kaffee half immer und gegen alles. Wurde sie vielleicht langsam verrückt? Sie mochte diese Frau absolut nicht, die aus ihr geworden war.

Sie dachte noch einmal an die Dunkelheit in der vergangenen Nacht und an ihr Gebet auf dem Badezimmerfußboden.

Gab es überhaupt noch Hoffnung für sie?

Langsam ging sie zu ihrem Laptop, gab das Suchwort „Fledermäuse“ ein und überflog ein paar Seiten. Keine Frage: Fledermäuse waren gefährlich. Besonders ihr Kot war aggressiv und außerdem übertrugen sie alle möglichen Krankheiten wie Tollwut.

Es war ein ekelhafter Gedanke, dass die Fledermäuse dort oben einfach so ihren Lebensraum mit besetzten und dann auch noch ihr Gift in ihrem Leben hinterließen.

Sie schenkte sich eine Tasse Kaffee ein, setzte sich an den Küchentisch und schaute sich online Bilder von Fledermäusen an. Eines davon hätte aus einem Horrorfilm stammen können: Es waren Hunderte von Fledermäusen darauf zu sehen, die wie eine dicke Traube zusammenklebten, aus der nur hier und da rosa Ohren und Krallen hervorragten.

Ob es auf ihrem Dachboden auch so aussah? Wer wusste schon, wie viele Fledermäuse sich da oben versteckten!

Dann fand sie ein Bild, das in Thailand aufgenommen worden war. Darauf war ein Mann abgebildet, der einem riesigen Vieh mit der Bezeichnung „Flughund“ die Flügel auseinanderzog. Die ausgebreiteten Flügel waren so lang wie ein Männerarm!

Schaudernd schaute Cat hinauf zur Decke. Wie groß mochten die Fledermäuse auf ihrem Dachboden wohl sein?

Dann las sie einige Leserfragen, die auf der Website gestellt wurden: *Wenn ich die Fledermäuse in Ruhe lasse, gehen sie dann von selbst wieder weg?*

„Es kann schon sein, dass sie wieder verschwinden", stand dort, „aber sie hinterlassen auf jeden Fall Schäden."

Kann man sie mit einer Falle fangen?

„Nein, Fallen helfen nicht, weil Fledermäuse immer in großer Zahl auftreten."

Na wunderbar. Das war ja genauso kompliziert wie ihr Leben.

Nach zehn Jahren Ehe war Tim einfach gegangen – zu einer anderen Frau, einer jüngeren natürlich. Und all die Jahre hatte Cat sich seine Misshandlungen gefallen lassen. Nichts anderes war es nämlich, was sie erlebt hatte: keine körperliche, aber verbale Misshandlung. Tim hatte ihr immer wieder gesagt, wie erbärmlich, wie dumm, wie unzulänglich sie sei – so lange, bis sie es selbst geglaubt hatte.

Beschäftige dich nicht mehr damit, sagte sie zu sich selbst. *Hör auf, dich mit solchen negativen Gedanken zu befassen. Du musst sie loswerden, genau wie diese lästigen Fledermäuse.*

Cat war müde, einfach nur müde. Sie hatte so viel Energie in ihren Hass gesteckt, dass sie völlig ausgelaugt war. Man sah ihr ihre Erschöpfung an, und sie wollte lieber gar nicht wissen, was die Leute über ihre dunklen Augenringe dachten.

Unzählige Gedanken schwirrten ihr im Kopf herum, so wie die Fledermäuse vermutlich auf ihrem Dachboden. Auch ihre Gedanken waren gefährlich, denn sie waren genauso giftig wie der Dreck, den die Fledermäuse hinterließen. Sie musste diese Gedanken unbedingt loswerden und verhindern, dass sie wieder zurückkamen. Auf jeden Fall wusste sie jetzt, worin das Problem bestand: Sie hatte Tim noch nicht vergeben und war immer noch unglaublich wütend auf ihn. Er lebte sein Leben einfach weiter, aber sie saß fest und war nicht in der Lage, weiterzumachen.

Sie recherchierte im Internet noch ein wenig weiter über Fledermäuse, aber sie fand dort nichts mehr, was ihr hätte weiterhelfen können. Für ihre schädlichen Gedanken gab es keinen Kammerjäger.

Die Tür zum Schlafzimmer – in dem immer noch die Fledermaus saß – war fest geschlossen, und auf dem Dachboden war es still. Die

Fledermäuse hatten sich wohl für den Tag zum Schlafen zurückgezogen. Cat dagegen wurde jetzt vom Sonnenschein nach draußen ins Freie gelockt. Sie schlüpfte in ihre Schuhe und ging hinaus in den Garten hinter dem Haus.

Aus den Wiesen stieg Nebel auf, und der Wald hinter den Weiden war von einem tiefen Kobaltgrün. In diese Richtung ging sie. Als kleines Mädchen war sie dort mit ihrer Großmutter viel auf den alten Wegen unterwegs gewesen, und sie hatte den Wald geliebt. Ihre Großmutter war eine tiefgläubige Frau gewesen, und in schweren Zeiten hatte ihr Glaube sie immer durchgetragen.

Bei diesem Gedanken fielen Cat wieder die Bergleute ein, die immer noch in großer Ungewissheit dort unten im Dunkeln auf ihre Rettung warteten. Auch ihre Großmutter hatte sich mit dem Warten ausgekannt, dachte Cat. Nach dem Krieg hatte sie endlos lange auf Nachricht von ihrem Mann geharrt.

„Mein Jesus geht meinen Weg mit mir", hatte sie immer gesagt, und manchmal eine Zeile aus einem alten Choral zitiert, die lautete: „Und er geht mit mir und spricht mit mir."

Cats Großmutter hatte immer von Jesus geredet, als stünde er direkt neben ihr, aber so greifbar und konkret hatte Cat ihn nie erlebt.

Als sie jetzt den Wald betrat, lugte die Sonne gerade über die Baumwipfel. Die Worte des Vaterunsers unterbrachen ihre Gedanken: „*... wie auch wir vergeben unseren Schuldigern ...*"

Jetzt, im Sonnenlicht, kamen ihr diese Worte gar nicht mehr so verwirrend vor. Sie blickte zurück, und auch das Farmhaus sah längst nicht mehr unheimlich und bedrohlich aus, sondern einfach nur wie ein ganz normales Haus.

Sie setzte sich auf einen Baumstumpf, auf den ein Lichtstrahl fiel – leuchtendes Weißgelb. Konnte sie Tim vergeben? Sie wollte die üblen Gedanken an ihn und ihre Wut loswerden, aber konnte sie das schaffen?

Allein ganz sicher nicht ... aber vielleicht mit Hilfe.

Jesus war bei den Bergleuten, und er war auch bei ihrer Großmutter gewesen. Vielleicht ... Sie schaute sich um und nahm jetzt wahr, wie viele unterschiedliche Farben es hier im Wald gab – unzählige Grün- und Brauntöne. Ihre Zuversicht wuchs, und als sie wieder aufstand, rief sie in den Wald hinein: „Jesus! Aus eigener Kraft kann ich ihm nicht vergeben. Ich brauche deine Hilfe."

Und dann atmete sie tief die frische Luft ein und ganz langsam und kraftvoll wieder aus. Die Lichtstrahlen, die zwischen den Baumkronen hindurchfielen, kamen Cat jetzt ein wenig heller vor, und sie verspürte eine neue Leichtigkeit und frische Energie.

Dort im lichtdurchfluteten Wald spürte sie sich plötzlich wieder und fühlte sich genauso kämpferisch und energiegeladen wie früher. Nicht armselig und wütend, sondern mutig und stark. Zum ersten Mal hatte sie die Hoffnung, dass sie weitermachen und es schaffen konnte, wieder sie selbst zu werden. Sich ihrer selbst wieder sicher zu sein.

Cat ließ die frische Morgenluft in ihre Lungen strömen und badete in den Sonnenstrahlen. Sie hörte die Vögel singen und schaute zu, wie der Nebel aus den Feldern aufstieg und langsam im Licht verpuffte. Ihre Seele wurde ruhig, und sie empfand einen lange vermissten inneren Frieden.

Aus diesem Frieden heraus kam plötzlich ein ganz neuer Gedanke in ihren Sinn: *Ich bin bei dir.* Und da begriff sie das Gebet auf ganz neue Weise. Gott würde ihr helfen zu vergeben.

„Ich bin bereit", sagte sie, stand auf und streckte die Arme nach oben, soweit sie konnte. Wie sie diesen Ort liebte! Ihre Leidenschaft und Entschlossenheit nahmen noch ein bisschen mehr zu.

„Die Fledermäuse müssen weg", sagte sie zu sich selbst und machte sich auf den Rückweg zum Haus.

Dort angekommen, ging sie schnurstracks zu ihrem Schlafzimmer und öffnete mutig die Tür. Die völlig verhedderte Bettdecke lag immer noch auf dem Fußboden, aber sie fasste sich ein Herz, hob das Knäuel ohne zu zögern vom Boden auf, trug es vorsichtig ins Freie und schüttelte die Fledermaus vorsichtig heraus. Das Tier flatterte auf der Stelle davon, und sie war überrascht, dass es sehr viel kleiner war, als sie es sich vorgestellt hatte.

„So, das wäre schon mal eine weniger", sagte sie voller Genugtuung zu sich selbst.

Jetzt, wo sie fest entschlossen war, sich von den Fledermäusen zu befreien, kam ihr das Ganze so einfach vor, und die Zuversicht, die sie dazu brauchte, kam wie von selbst.

Als Nächstes holte Cat eine große, stabile Plastikplane aus dem Keller, außerdem einen Hammer, Nägel und eine Leiter. Die Plastikplane nagelte sie an drei Seiten der Dachtraufe fest, so, wie sie es im Internet gesehen hatte. Tagsüber schliefen Fledermäuse ja, und am Abend wurden sie aktiv.

Bei Sonnenuntergang würden die Tiere zur Insektenjagd aufbrechen, dabei gegen die Plastikplane fliegen, daran herunterrutschen und nach unten wegfliegen können. Wenn die Tiere alle draußen waren, würde sie die Plane auch unten festnageln und dadurch verhindern, dass sie in den Dachboden zurückkehren konnten. Die Fledermäuse würden sich einen anderen Schlafplatz suchen müssen.

An diesem Abend setzte sich Cat in einem Liegestuhl nach draußen. Gegen die Abendkühle hatte sie einen Pullover angezogen und sich außerdem einen Becher heißen Tee mit hinausgenommen. Schon bald setzte der Gesang der Grillen und der Frösche ein, und ihr wurde wieder bewusst, wie schön es hier auf der Farm eigentlich war. Auch Glühwürmchen bekam sie zu sehen und musste daran denken, wie sie hier, genau in diesem Garten, als Kind Glühwürmchen gejagt hatte. Damals hatte sie sich geliebt gefühlt und war herrlich unbeschwert gewesen.

Sie schaute hinauf zum Dachüberstand.

Und plötzlich ging es los. Zuerst kam eine einzelne kleine Fledermaus heraus, flatterte gegen die Plane und flog dann darunter hindurch ins Freie.

„Auf Nimmerwiedersehen!“, rief Cat. Die war sie schon mal los.

Es folgten zwei weitere Fledermäuse. „Sehr gut! Ciao! Lebt wohl!“

Und dann quollen Dutzende, nein, *Hunderte* von Fledermäusen aus dem Dachboden wie eine schwarze Wolke. Sie prallten gegen die Plane oder wichen vorher aus, schossen hin und her, tanzten und flatterten und flogen über die Weide davon.

Als Cat das Schauspiel von ihrem Liegestuhl aus beobachtete, wurde ihr klar, dass sie keine Ahnung gehabt hatte, wie viele Fledermäuse dort auf ihrem Dachboden gelebt hatten. Sie flatterten durch die Luft und wirbelten umeinander herum, während sie sich vom Haus weg zum Wald hinbewegten, und die ganze Zeit kamen immer noch einzelne Nachzügler vom Dachboden, die dem Schwarm hinterhereilten.

Cat war absolut verblüfft über diese Unmenge von Fledermäusen, die hervorgeflattert kamen, und sie musste dabei unwillkürlich an all die vielen düsteren Gedanken denken, die sie so quälten. Ob sie diese Gedanken wohl auch ans Licht bringen und vertreiben konnte, genauso, wie sie es mit den Fledermäusen gemacht hatte? Sie wollte es jedenfalls versuchen. Als Erstes beschloss sie, sich hinzusetzen und Punkt für Punkt aufzuschreiben, weshalb sie so wütend war.

Erstens: Tim hat mir zehn gute Jahre meines Lebens gestohlen.

Ja, er hatte ihr Unrecht getan, sie schlecht behandelt und ihr einige der besten Jahre ihres Lebens geraubt, dachte sie und betrachtete dann den Gedanken einfach als Tatsache, aber ohne Wut. Und dann beschloss sie, ihm diesen Punkt zu vergeben. Dabei empfand sie eine ganz ähnliche Erleichterung wie in dem Augenblick, als die erste Fledermaus unter der Plane hervorgekommen und in Richtung Wald davongeflogen war. Es fühlte sich gut an.

„Und tschüs! Auf Nimmerwiedersehen!“, sagte sie dann auch, genau wie bei den Fledermäusen.

Vor Erleichterung atmete sie einmal tief durch.

Zweitens: Tim hat mich so viele Jahre schlechtgemacht und abgewertet, und ich habe ihm seine Lügen geglaubt.

Diese Lügen hatten so an ihrer Persönlichkeit gezehrt, und sie hatte sich so zum Negativen verändert, dass sie die Frau, die in dem gemeinsamen Leben mit Tim aus ihr geworden war, nicht mehr mochte. Und eins war sonnenklar: Er hatte sie nicht geliebt.

Als dieser Gedanke kam, traf sie eine Entscheidung. Sie würde ihm auch das vergeben. Dann wäre es weg.

„Auf Nimmerwiedersehen“, sagte sie wieder.

Drittens …

Cat überlegte einen Moment lang. Ja, es gab da sicher noch ein paar kleinere Punkte mehr, aber die beiden ersten waren die dicksten Brocken gewesen.

Sie konnte jetzt schon ein bisschen tiefer durchatmen. Oh ja, sie wusste noch sehr gut, was Tim getan hatte, und auch, was es sie gekostet hatte. Aber dann dachte sie an Jesus, an den Einen, der sie ganz und gar und absolut liebte, an den Einen, für den sie nicht erst Catherine werden musste – weil er Cat liebte.

Vergib uns unsere Schuld, wie auch wir vergeben unseren Schuldigern.

„Ich … vergebe … ihm", sagte sie, musste sich aber zu jedem einzelnen Wort zwingen.

„Ich vergebe ihm", sagte sie noch einmal – dieses Mal ein bisschen lauter und mit etwas festerer Stimme. Und dann atmete sie wieder durch.

Jesus hatte ihr vergeben, und mit Gottes Hilfe konnte sie auch Tim vergeben.

Ja, ich vergebe ihm, dachte sie und verspürte noch einmal einen richtigen Energieschub. Es war also wirklich möglich. Ja. In diesem Moment war ihre Wut verschwunden.

Sie konnte jetzt mit ihrem Leben weitermachen, ohne den alten Ballast, Tim konnte das nicht. Er würde immer noch derselbe sein, würde mit denselben Komplexen und Blockaden leben müssen, doch das war jetzt nicht mehr ihr Problem.

Wie die Fledermäuse, die vom Dachboden weggeflogen waren, kamen all ihre unschönen Gedanken ans Licht, aber damit würde sie fertig werden. Sie wollte sie nicht mehr haben, denn sie nahmen nur kostbaren Raum in ihrem Kopf ein. Der stand ihnen nicht mehr zu.

„Okay", sagte sie, während sie immer noch zuschaute, wie letzte einzelne Fledermäuse unter der Plane an der Dachtraufe hervorgeflattert kamen. „Ich vergebe ihm."

Als es getan war, überkam sie eine unerklärliche Freude, und ihre Gedanken waren leicht und frei wie Zugvögel.

„Danke, Jesus", sagte sie leise.

Genau wie den Fledermäusen würde sie es diesen negativen Gedanken nicht erlauben, wieder zurückzukommen, auch wenn sie es bestimmt versuchen würden. Doch inzwischen hatte sie die innere Plastikplane auch unten befestigt, und sie saß fest.

Die Sonne ging unter, und über Cat funkelten jetzt die Sterne am Himmel. Sie dachte wieder an den Dachboden und daran, wie viel Platz dort oben jetzt ohne die Fledermäuse war. Was für Möglichkeiten dieser Raum bot! Er würde ein perfektes Atelier abgeben.

Und dann kam ihr wie ein Lichtstrahl in tiefer Dunkelheit ein ganz neuer Gedanke. Morgen war Sonntag. Vielleicht würde sie in die kleine Kirche gehen, an der sie jeden Morgen vorbeikam. Es wurde Zeit, dass sie wieder mit der Familie Gottes in Kontakt kam. Und sie wollte Gott für das danken, was heute geschehen war.

Gleich am Montagmorgen würde sie jemanden damit beauftragen, den Fledermauskot zu entfernen und zu entsorgen, und dann würde sie ihre Kisten und auch ihr eigenes Gift ausräumen und beseitigen. Sie war bereit.

Das Haus mit seinem Knacken, Knarren und Ächzen war ein gutes Haus mit einem stabilen Fundament. Es brauchte nur etwas liebevolle Zuwendung.

Nach diesem Abschluss blieb Cat noch lange auf, denn sie barst förmlich vor neuer Energie. Und als sie dann schließlich ins Bett ging, konnte sie auch endlich wieder schlafen – tief und fest und friedlich. Sie brauchte ihre Kraft und Energie für den neuen Tag und für das ganze Leben, das noch vor ihr lag. Ihr Schlafzimmer war sauber und ordentlich, die alte Decke ersetzt durch ihren rotgrünen Lieblingsquilt, die sauberen Fenster glänzten, und auf dem Dachboden herrschte wieder Ruhe.

Sie schaute sich in dem sauberen Zimmer um und war erstaunt über das, was sie dabei empfand. Was für ein Gefühl war das genau? Ja, es war Vergebung. Befreiung. Ihr war vergeben, und sie hatte Tim vergeben. Gott liebte sie, und sie fühlte sich genauso sauber wie das Zimmer.

Als der nächste Tag anbrach und die Sonne strahlend durch die geputzten Fenster hereinschien, fiel Cats Blick auf die Staffelei in ihrem Zimmer, auf der ein Bild stand, das sie gemalt hatte. Es war zwar immer noch in ziemlich dunklen Farben gehalten, aber die Dunkelheit beherrschte die Leinwand nicht mehr so absolut, denn in der Mitte war ein leuchtend titaniumgelber Punkt zu sehen – intensiv und klar.

Er war ein Zeichen, so wie ein Stern am dunklen Himmel, wie ein Glühwürmchen bei Nacht auf einer Wiese … oder wie die Helmlampe eines Bergmanns tief unter der Erde.

Ein Licht in der Dunkelheit war immer ein erster Schritt, ein Schritt der Hoffnung. Es gab immer Hoffnung. Sie würde das Bild *Vergebung* nennen.

„Hier ist die Nachtausgabe von ‚Ihr Wohnzimmer', in der wir noch einmal über die verschütteten Bergleute in Eastriver, West Virginia berichten.
Es haben viele Hörer angerufen und Fragen zu dem Unglück und den Rettungsmaßnahmen gestellt, und deshalb haben wir Dr. Carl Medstrom zu uns ins Studio gebeten. Dr. Medstrom ist Ingenieur an der California-Tec-Universität und wird Hörerfragen zu dem Unglück beantworten.
Sie sind jetzt auf Sendung, Karen aus Kingsport. Karen?"
„Ich wollte nur sagen, dass ich für die eingeschlossenen Bergleute bete – dasselbe Gebet, das auch der Bergmann am ersten Tag von dort unten gebetet hat. Als ich seinen kleinen Sohn mit dem Teddybären im Fernsehen gesehen habe … also, das ist mir wirklich sehr, sehr nahegegangen."
„Welche Frage möchten Sie denn an unseren Fachmann stellen, Karen?"
„Mich würde interessieren, wie die Männer dort unten herausgeholt werden sollen. Ich habe gehört, dass dazu eine spezielle Bergungskapsel verwendet wird. Stimmt das?"
„Vielen Dank, Karen, das ist eine sehr gute Frage. Dr. Medstrom?"

„Es wird dazu eine Art Korb oder eben eine Kapsel aus Stahldraht verwendet, die einen Durchmesser von etwas über siebzig Zentimetern hat, das entspricht in etwa der Schulterbreite eines Mannes. Wenn die Rettungsbohrung zu den Männern im Stollen durchbricht, wird der Bohrer wieder herausgezogen, und in dem so entstandenen Rettungsschacht wird dann die Bergungskapsel zu den Männern heruntergelassen."
„Und wie viel Zeit braucht die Kapsel, um von dort unten einen Mann nach oben zu befördern?"
„Etwa eine halbe Stunde pro Person, und dann natürlich noch einmal die gleiche Zeit, um die Kapsel wieder herunterzulassen."
„Also, für mich klingt das ziemlich klaustrophobisch. Wir kommen gleich noch einmal zu Dr. Medstrom zurück, doch zuvor noch einmal die Stimme des Bergmanns, der kurz nach dem Unglück gebetet hat."
„… und führe uns nicht in Versuchung …"

Kapitel 7

Führe uns nicht in Versuchung

Steelhead wurde die große Regenbogenforelle genannt, die sich unter Wasser in den Spalten und Unebenheiten des Flussbetts versteckte. Aber heute war es vorbei mit dem Verstecken. Heute würde Martin sie fangen. Der kampferprobte und misstrauische riesige alte Fisch war eine Legende in diesem Abschnitt des Flusses, wo man Forellen fing, sie aber nicht tötete, sondern wieder einsetzte. Martin hatte schon etliche wilde Anglergeschichten über Steelhead gehört.

Da! Ein Stückchen vor ihm kräuselte sich das Wasser.

Martin ließ seinen rechten Fuß durchs Wasser gleiten und tastete nach einer Stelle im seichten Wasser, wo er sicheren Stand hatte. Seine Wathose hielt dicht, und er bewegte sich weiter nach links.

Oh, wie es ihm gefallen würde, mit der prachtvollen Färbung des Fisches – grün und rosa – und mit seiner unglaublichen Größe – er war über 75 Zentimeter lang – zu prahlen. Martin tastete zur Sicherheit noch einmal seine Anglerweste ab, um sich zu vergewissern, dass die Kamera auch wirklich in der oberen wasserdichten Tasche der Anglerweste steckte.

Vielleicht war ja heute sein Tag.

Die Sonne glitzerte auf dem schäumenden Wasser, das über dicke Felsbrocken im Flussbett rauschte. Am Ufer standen riesige alte Hemlock-Fichten, zwischen deren Ästen die Morgensonne hindurchschien. Mit einem tiefen, zufriedenen Seufzer nahm Martin die Szenerie in sich auf.

Es gab doch nichts Schöneres als einen Morgen am Fluss beim Fliegenfischen. Er liebte die Ruhe und den Frieden der Umgebung und freute sich auf die Herausforderung, die ihn erwartete.

Seine Arbeit war in letzter Zeit sehr stressig gewesen, mit vielen endlos langen Meetings, sodass er abends immer erst spät nach

Hause gekommen war. Bei dem Gedanken an seine Arbeit kam ihm sofort Delilah Chanell in den Sinn. Sie war der größte Stressfaktor von allen, seine schwierigste und anspruchsvollste Klientin, die fast seine gesamte Zeit für sich beanspruchte und ihn am liebsten ganz für sich allein gehabt hätte.

Da – wieder kräuselte sich an einer Stelle vor ihm das Wasser ein ganz klein wenig.

Ich krieg dich, Steelhead!

Martin warf die Angelschnur mit der Fliege an eine Stelle etwas stromaufwärts von der gekräuselten Wasseroberfläche. Als Fliege verwendete er die *Pale Morning Dun*, die ganz sachte auf der Wasseroberfläche landete und dann sanft flussabwärts trieb.

Doch es passierte nichts. Anscheinend hatte Steelhead kein Interesse an *Pale Morning Dun*. Nach ein paar weiteren Versuchen holte Martin die Schnur wieder ein.

Er liebte das Geräusch des Wassers, wie es über Steine plätscherte. Früher war er oft mit seinem Großvater an genau diese Stelle am Fluss gekommen. Er schob seinen Hut an der Krempe etwas zurück, damit er die Sonne im Gesicht spüren konnte. Die Probleme bei seiner Arbeit schienen ihm jetzt unendlich weit weg, einschließlich Delilah Channell.

Bei ihrem ersten Zusammentreffen hatte sie eine Schachtel mit Belegen und Formularen für das Finanzamt dabeigehabt, und als sie ihm die Schachtel gab, hatte sie sich ein wenig zu weit über seinen Schreibtisch gebeugt. Ganz deutlich erinnerte er sich jetzt wieder an ihre tief ausgeschnittene Bluse und den Duft ihres Parfüms.

Danach hatten die Anrufe begonnen. So viele Fragen hatte sie gehabt. Und dann kamen Geschenke.

Er hatte es sich zum Grundsatz gemacht, keine Geschenke von Klienten anzunehmen, weil er sich nicht der Bestechlichkeit verdächtigen lassen wollte, aber Delilah machte es einem wirklich schwer, Nein zu sagen.

Martin stand im Wasser und konzentrierte sich ganz auf das kleine Kästchen mit den Fliegen. *Pale Morning Dun* hatte nicht funktioniert, aber er hatte ja noch viele andere Optionen mit klangvollen Namen … *Wooly Booger, Hare's Ear Nymph, Blue Winged Olive, Parachute Adams* – es gab so viele Fliegen, mit denen man einen Fisch ködern konnte. Er war stolz auf seine große Kollektion, die er in unzähligen Stunden Handarbeit selbst angefertigt hatte. Jede einzelne davon war ein kleines Kunstwerk. Und dann war da noch die Wachtelfeder namens *Grey Ghost*, die wirklich unwiderstehlich für die Fische war.

Er verwendete viel Zeit und Sorgfalt darauf, dass die Fliegen wirklich echt aussahen, denn das war der Trick beim Forellen-Angeln. Die Fliege musste wie eine echte Eintagsfliege aussehen oder wie ein anderes entsprechendes Insekt. Für die Forelle waren Insekten wunderschön – lecker und verführerisch.

So, und jetzt musste er also entscheiden, mit welcher Fliege er es als Nächstes probieren sollte. Auf dem Weg zum Fluss hatte er noch im Angelladen vorbeigeschaut, um sich zu erkundigen, was die Forellen gerade bevorzugt jagten. Eintagsfliegen, hatte er erfahren. Danach hielten die Fische angeblich Ausschau.

Er befestigte die *Blue Winged Olive* am Vorfach, hielt dann einen Moment inne und schaute über den Fluss. Was für ein herrlich friedvolles Bild. Der Fluss war eher ein etwas größerer Bach, der über Steine und Felsen plätscherte. Immergrüne Bäume und Büsche säumten das Ufer, und er konnte den sauberen Duft von Fichten, aber auch den leichten Modergeruch ausmachen, der so typisch war für den Wald.

Er holte gerade mit der Angelrute aus, um wieder die Schnur mit der Fliege zu schwingen, als das Handy in seiner Tasche vibrierte. Eine Nachricht. Vielleicht brauchte Cindy ihn. Er holte das Handy aus der Tasche … und verzog das Gesicht. Die Nachricht war von Delilah Chanell.

Rufen Sie mich an ;-), stand da.

Er zog seine Weste zurecht und spürte dabei den nagelneuen Kescher auf seinem Rücken. Die Nachricht ignorierte er und steckte das Handy wieder in die Westentasche.

Jetzt fiel Martins Blick flussabwärts auf eine Stelle hinter einem Felsen. Bis dahin konnte er den Köder werfen, aber würde die Forelle auch anbeißen? Er hob die Angelrute zum Wurf an und hielt dann inne.

Was Delilah Chanell wohl wollte? Wieder dachte er an sie … und an die tief ausgeschnittene Bluse.

Nein, zurück zum Fisch.

Vor einer Stunde hatte er das Chaos zu Hause hinter sich gelassen. Er war früh aufgestanden, als Cindy und die Kinder noch schliefen. Ganz kurz hatte er in jedes der Kinderzimmer einen Blick geworfen und beim Anblick seiner kleinen Lieblingsmenschen so viel Liebe empfunden. Erst in Bens Zimmer, auf dessen Fußboden Autos in allen Größen und Formen verstreut waren, und dann in Stacys, in dem eigentlich alles pinkfarben war. Auf Zehenspitzen war er danach durch ein Minenfeld von Legosteinen im Wohnzimmer des kleinen zweistöckigen Hauses zur Haustür gegangen, wo seine Wathose, die Angelrute, die Rolle und das andere Zubehör schon bereitstanden.

Seine Ausrüstung zum Fliegenfischen stammte noch von seinem Großvater. Es war zwar alles alt und abgenutzt, aber dafür hatte es eine Geschichte, und das gefiel Martin. Der nagelneue Kescher auf seinem Rücken stach da richtig hervor. Er war aus lackiertem Walnussholz mit Intarsien aus Zuckerahorn, und in den Griff war eine Fliege aus glänzendem Messing eingearbeitet. Als er zu Hause aufbrach, hatte er kurz gezögert, bevor er den Kescher in die Hand genommen hatte, weil er sich nicht sicher war, ob er ihn mitnehmen sollte.

Inzwischen herrschte zu Hause wahrscheinlich das übliche fröhliche morgendliche Geplapper und Durcheinander, weil beide Kinder mit Volldampf in den Tag starteten, aber hier draußen war alles noch herrlich friedlich.

Er watete etwas weiter hinaus Richtung Flussmitte. *So, Steelhead, jetzt pass auf! Der* Blue Winged Olive *kannst du bestimmt nicht widerstehen.*

Die Strömung zerrte an den Stiefeln seiner Wathose, aber er behielt sicheren Stand. Diesen Abschnitt des Flusses kannte er wie seine Westentasche. Er begann die Angelschnur mit der Fliege rhythmisch in großen Achten über dem Kopf herum zu schwingen, sodass die Fliege nur eben über dem Wasser schwebte, um den Fisch anzulocken. Das alte Regenbogenforellenmännchen würde sehen, wie sich der Schatten der Schnur über dem Wasser hob und senkte, bevor dann die Fliege auf dem Wasser landete. Der Haken war sorgfältig unter den Federbüscheln und dem gewickelten Garn verborgen.

Zehn Minuten später hatte Martin jedoch immer noch keinen Biss gehabt. Auch die *Blue Winged Olive* war also offenbar nicht verlockend genug.

Als Nächstes holte Martin den *Wooly Booger* aus dem Kästchen und begutachtete erst einmal sein Werk. Die Silberperle auf der Fliege erinnerte ihn an die Ohrringe, die Delilah getragen hatte, als sie sich über seinen Schreibtisch beugte. Die hatten anmutig an ihren blassen, weichen Ohrläppchen gebaumelt – jedenfalls hatte es weich ausgesehen. Er hatte ihre Haut noch nie berührt, außer bei der Begrüßung, wenn er ihr die Hand gab, und bei diesen Gelegenheiten hatte sie die seine immer ein ganz klein wenig zu lange festgehalten.

Ihr erstes Geschenk war ein Füllfederhalter gewesen. „Ich habe Ihnen etwas mitgebracht", hatte sie gesagt und ihm ein Samtkästchen überreicht. „Damit können wir meinen Vertrag unterschreiben."

Der Stift hatte gut in der Hand gelegen und sich auch gut angefühlt. Elegant war er und sicher sehr teuer. Martin hatte gar nicht gewusst, wie billig und unhandlich seine Stifte aus dem Bürobedarf waren, bis er Delilahs Geschenk in der Hand hielt. Irgendwie sorgte sie dafür, dass er unzufrieden mit dem wurde, was er hatte.

Sie hatten den Vertrag unterschrieben, und er hatte ihr den Stift zurückgeben wollen, aber da hatte sie gesagt: „Er gehört Ihnen", und nach einer kurzen Pause: „Natürlich nur, wenn Sie ihn möchten."

Und irgendwie war es ihm vorgekommen, als ob sie ihm damit mehr anbot als nur den Stift, den er noch kurz in der Hand gehalten hatte. Dabei hatte er gesehen, wie sie sich mit der Zunge über die Lippen fuhr und sich noch weiter vorbeugte.

„Nein danke", hatte er geantwortet, woraufhin sich ihre rosa Lippen zu dem Schmollmund verzogen, den er mittlerweile schon häufiger zu sehen bekommen hatte.

Martin holte erneut zum Wurf aus.

Die Schnur legte sich wieder in Achterschleifen und schwebte wie eine Schleife in der Luft. Nach mehreren solcher Schwünge über dem Wasser landete der *Wooly Booger* schließlich exakt an der Stelle, die Martin berechnet hatte – nämlich in der sanften Strömung, die ihn unter die überhängenden Äste in einem langsam fließenden Abschnitt des Flusses trieb.

Dort warteten oft die großen Fische. In dem tiefen, ruhigen Wasser fühlten sich die Forellen sicher, aber auch dort bestand wahrscheinlich immer die Versuchung, sich von der Gruppe zu entfernen, um zur Wasseroberfläche aufzusteigen und einen Happen zu fressen.

Die Fliege tippte kurz und ganz leicht auf dem Wasser auf, genau wie eine aus Forellensicht wunderschöne, fette Eintagsfliege oder Mücke. Hoffentlich würde ein Fisch die Fliege sehen, die in diesem Moment von hinten effektvoll von der Sonne angestrahlt wurde. Lockend, lauernd. Der Fisch würde sich vorsichtig nähern, und wenn er dann anbiss, würde Martin bereit sein.

Der *Wooly Booger* trieb den ruhigen Abschnitt auf dem Wasser hinunter und dann an den überhängenden Ästen vorbei, ohne dass sich ein Fisch darunter rührte.

Regenbogenforellen waren wunderschöne Tiere, aber extrem scheu und deshalb sehr schwer zu fangen. Sie hatten eine prachtvolle Färbung, die viele Schattierungen von Hellrosa bis Dunkelgrün aufwies und darauf Sprenkel von Ocker bis Dunkelbraun. Und sie liebten kühles, tieferes Wasser.

Als Angler hielt man nicht nach dem Fisch selbst Ausschau, sondern nach seinem Schatten. Ab und zu sah Martin so einen dunklen Schatten, der sich auf dem Grund des Baches entlangbewegte.

Ein weiteres Mal holte Martin jetzt mit der Angelrute aus, und der Tanz der Fliege über der Wasseroberfläche begann von Neuem. Er ließ seinen Blick über den Fluss schweifen, um vielleicht noch eine andere Stelle auszumachen, an der er die Fliege platzieren konnte, aber dann beschloss er, es noch einmal unter den überhängenden Ästen am gegenüberliegenden Ufer zu probieren. Manchmal zahlte sich Hartnäckigkeit aus.

Die Fische würden mit dem Kopf stromaufwärts stehen, denn sie schwammen gegen den Strom und mochten deshalb Stellen, an denen sie nicht so viel Kraft verbrauchten, um am Platz zu bleiben. Und natürlich standen sie gern da, wo an der Wasseroberfläche das Nahrungsangebot möglichst groß und leicht zugänglich war. Sie mussten immer dafür sorgen, dass sie genügend Energie hatten, um später weiterzuschwimmen.

Der Morgen war noch jung und frisch, und von der Wasseroberfläche stieg leichter Dunst auf. Martin hatte alle Zeit der Welt. Frieden und Stille. Beim Auswerfen der Fliege ließ er seine Gedanken schweifen.

Sein Leben war wirklich fast perfekt.

Gegen Mittag wollten Cindy und die Kinder nachkommen, und sein Mund verzog sich zu einem Lächeln, als er an seine Frau und die Kinder dachte. Stacy war die Jüngere der beiden, die kleine Prinzessin.

„Papa dut", konnte sie jetzt schon sagen. Und das gefiel ihm. Papa gut.

Sie würden zusammen picknicken, und dann wollte er Ben zeigen, wie man den Köder auswirft. Ben war fünf und wollte so sein wie sein Papa. Sie hatten kürzlich angefangen, zusammen Baseball zu spielen.

Deshalb waren auch die Baseballkarten verführerisch gewesen, die Deliah ihm angeboten hatte. Er war noch nie mit den Kindern bei einem Spiel gewesen, aber trotzdem hatte er das Gefühl gehabt, dass irgendetwas an dem Angebot nicht richtig war, und es deshalb ausgeschlagen. Außerdem waren es Karten für Delilahs Privatloge gewesen, und die Vorstellung, dass Cindy und Delilah auf so engem Raum zusammen wären, gefiel ihm gar nicht. Mit ihren Seidenblusen und den lackierten Fingernägeln sorgte Delilah immer dafür, dass Cindy ihm ein bisschen gewöhnlich vorkam. Sie sah zwar trotz der beiden Geburten noch wirklich gut aus, aber …

Also hatte er auch dieses Geschenk von Delilah dankend abgelehnt, und auch da hatte sie wieder geschmollt.

Die Fische wollten auch beim *Wooly Booger* nicht anbeißen, sodass er die Schnur mit der Fliege wieder einholte, um sich eine andere Strategie zu überlegen. Er watete ein Stückchen weiter flussabwärts und betrachtete die kleine Sandbank, die vor ihm lag. Vielleicht war rechts davon die richtige Stelle. Er suchte eine neue Fliege aus, dieses Mal den *Parachute Adams*, und befestigte ihn am Vorfach. Dann schwang er die Angelrute schnell und geschickt und seufzte vor Stolz und Zufriedenheit, als der *Parachute Adams* sanft auf der anderen Seite der Sandbank landete. Vielleicht ließ sich Steelhead ja bei den Felsen unmittelbar hinter der Sandbank treiben, völlig ahnungslos, dass er es gleich mit einer riesigen Versuchung zu tun bekommen würde.

Martin war sehr überrascht gewesen, als Delilah eines Tages ohne Termin bei ihm auftauchte. Es war Mittagszeit, und er hatte sich gerade auf den Weg zum Essen machen wollen.

„Wir könnten doch bei einem leckeren kleinen Lunch ein wenig plaudern", hatte sie mit einem koketten rosa Lächeln gesagt.

Er hatte den Mund aufgemacht, aber kein Wort herausgebracht. Vielleicht war es ja wirklich ganz praktisch, beim Essen ein wenig zu plaudern. Er hatte nämlich noch ein paar Fragen an sie, und die Mittagszeit konnte er mit abrechnen. Doch auch da hatte sich wieder dieses nagende Gefühl eingestellt, das ihn letztlich dazu bewog zu sagen: „Tut mir leid, aber heute passt es leider nicht."

Martin holte die Schnur mit der Fliege wieder ein und warf sie sofort wieder aus, dieses Mal jedoch ein bisschen weiter. Er würde sie ganz genau richtig platzieren. Wenn man den richtigen Zeitpunkt erwischte, die richtige Stelle und den richtigen Köder, dann konnte man so gut wie alles fangen.

Auf der anderen Seite des Felsens sprang eine Forelle, und Martin richtete seine Aufmerksamkeit wieder auf den Fluss. Noch ein Fisch sprang und hinterließ beim Wiedereintauchen kleine kreisförmige Wellen an einer Stelle weiter vorn. Der Zeitpunkt schien ihm genau richtig, denn Forellen fraßen am frühen Morgen. Auch die Stelle war gut gewählt. Die Forellen, die jetzt an die Wasseroberfläche kamen, waren der Beweis dafür. Aber warum nahmen sie seinen Köder nicht an? Das herauszufinden war eigentlich das Interessanteste und Spannendste an diesem Spiel.

Vielleicht lag es an der Form der Fliege. Er brauchte eine noch verlockendere Fliege. Er rollte also die Schnur wieder auf und löste den Köder vom Vorfach. Dann nahm er das kleine Kästchen mit den Fliegen aus der Westentasche und schaute sich noch einmal alle an, die darin lagen. Fast am meisten Spaß beim Angeln machte die Strategie, also das sorgfältige Auswählen der Fliege, des Standorts und der Vorgehensweise. Man musste so denken wie der Fisch, also musste er jetzt so denken wie Steelhead. Was konnte ihn verlocken? Er nahm seine beste Fliege heraus – die Wachtelfeder mit der Silberperle – seine Lieblingsfliege … *Grey Ghost*.

Ja, *Grey Ghost* musste es sein! Vorsichtig nahm er sie aus der Schachtel und knüpfte sie an das Vorfach der Angel.

„So, jetzt krieg ich dich", sagte er und watete weiter auf die Stelle zu, an der er Steelhead vermutete.

In dem Moment summte wieder das Handy in seiner Westentasche. Ob es Delilah war? Er blieb stehen und holte das Gerät heraus. Nein, dieses Mal war es Cindy. Er drückte auf „Antworten" und hörte Cindy und dann auch die fröhlichen Stimmen der Kinder im Hintergrund.

„Guten Morgen, mein Schatz", sagte Cindy. „Wir fahren jetzt gleich los."

„Wie schön", antwortete er und konnte sich gut vorstellen, wie die drei noch etwas verschlafen am Frühstückstisch saßen.

„Hallo, Papa!", hörte er Bens Stimme durch sein Handy. „Kann ich nachher mit dir angeln?"

„Na klar, Kumpel", antwortete Martin.

Es folgte Gepolter, und dann war Stacys kleines Stimmchen am Telefon zu hören. „Papa!", krähte sie ins Telefon.

„Hallo, Stacy", antwortete er.

„Pikwik", rief sie.

Er lächelte und fragte: „Ja? Du kommst zum Picknick zu mir?"

„Pikwik", wiederholte sie noch einmal, und dann sagte sie: „Füh uns nich …"

Er hatte keine Ahnung, was sie damit sagen wollte, und lachte nur leise.

Dann kam Cindy wieder an den Apparat. „Was hat sie da eben gesagt?", fragte er seine Frau.

„Vermutlich sollte das *Führe uns nicht* heißen", antwortete Cindy lachend. „*Führe uns nicht in Versuchung*. Das hat sie in den Nachrichten gehört, bei den Berichten über die verschütteten Bergleute, von denen einer das Vaterunser gebetet hat. Sie kann es nur noch nicht ganz richtig sagen."

Martin schüttelte den Kopf und sagte lächelnd: „Die beiden bekommen auch wirklich alles mit. Bis gleich dann."

„Ja, bis gleich."

„Ich liebe dich", sagte Martin noch, steckte das Handy zurück in die Westentasche und lachte in sich hinein. – „Pikwik." „Füh uns nich." Stacy versuchte ununterbrochen, neue Wörter zu bewältigen, und das war so niedlich. Aber bis zum „Pikwik" blieb ihm noch eine ganze Menge Zeit.

Also, wohin würde ich schwimmen, wenn ich ein großer, zäher, alter Fisch wäre?, fragte er sich. *Möglichst tief nach unten*, lautete die Antwort.

Er watete ein Stück flussabwärts und hielt Ausschau nach der perfekten Stelle. Dort, wo Steelhead war, die alte Regenbogenforelle. Vielleicht dort hinter dem großen Felsen, wo wegen der starken Strömung das Wasser richtig schäumte. Martin watete zu dem Wasserstrudel hin und fand eine Stelle, an der er fest und sicher stehen konnte.

So, Steelhead, Achtung, jetzt geht's los.

„Ich weiß, dass du den hier haben willst", sagte er in Richtung der Wasseroberfläche, schwang dann wieder die Angel und freute sich an der Schönheit der fließenden Bewegung.

Die Fliege war perfekt, genau wie die Stelle. Er begann mit dem Schattenwerfen und berührte dabei mit dem *Grey Ghost* kaum das Wasser. Mit dieser Fliege würde er sich Steelhead ganz bestimmt schnappen.

Wieder hörte er, wie sein Handy summte – es war eine SMS eingegangen. Kam sie von Cindy? Ein kurzer Blick aufs Display – nein, sie war von Delilah.

Wie ist der Kescher? :-)

An dem Tag, als sie zu ihm ins Büro gekommen war, um ihm den Kescher zu schenken, hatte sie ihr Haar zu einem Pferdeschwanz zurückgebunden gehabt. Er hatte schon immer ein Faible für Pferdeschwanzfrisuren gehabt, weil sie ihn an Lisa erinnerten, das Mädchen, mit dem er auf der Highschool zum Abschlussball gegangen war.

Delilah hatte silberne Ohrringe getragen, die ihren Hals berührten, und so war sie mit dem Kescher hereingekommen. Mit genau dem Kescher, den er sich immer gewünscht hatte. Er war perfekt gearbeitet, elegant und wertvoll und eine echte Verlockung für ihn.

„Für Ihren nächsten Angelausflug", hatte sie lächelnd gesagt.

Irgendwie empfand er den Kescher gerade wie eine schwere Last auf seinem Rücken. Erneut schwang er die Angel und ließ die Fliege auf dem Wasser tanzen.

Der Kescher war wirklich prachtvoll und deshalb einfach unwiderstehlich für ihn gewesen.

Sie hatte an diesem Tag eine hautenge Bluse angehabt und dunkelrosa Lippenstift getragen, der unglaublich gut zu ihrem dunklen Haar passte – sie war wirklich in jeder Hinsicht wunderschön gewesen, einfach unwiderstehlich. Ja, er hatte den Kescher haben wollen – und auf einmal wollte er auch die Frau! Heftig und leidenschaftlich.

Ein plötzliches Geräusch vor ihm im Wasser holte Martin wieder zurück in die Gegenwart und zur Schönheit des Flusses. Die Sonne stand jetzt höher, und das Sonnenlicht fiel zwischen den Zweigen der Bäume am Ufer hindurch auf den Fluss. Noch einmal warf er die Angel aus, dieses Mal in den schäumenden Wasserstrudel, in dessen Nähe er die Forelle hatte springen sehen.

Als sich die Angelschnur ruckend bewegte und er einen leichten Zug spürte, ließ er die Rolle einschnappen und begann heftig zu kurbeln.

Zuerst kämpfte der Fisch mit ihm, aber dann … nichts mehr. Er war weg.

Martin ließ die Fliege noch einmal an derselben Stelle über dem Wasser schwingen und zog sie dann ein wenig weiter nach links, ganz nah über das Wasser, als glitte sie über die Wasseroberfläche.

„Komm schon", sagte er flüsternd. „Jetzt komm schon."

Er nahm eine winzige Bewegung am Köder wahr und konzentrierte sich auf die Fliege mit dem Haken daran.

Jetzt musste er den perfekten Moment abwarten, um mit einem kurzen Ruck an der Angel zu ziehen. Das durfte nicht zu früh sein, bevor die Forelle richtig zugeschnappt hatte, aber doch so rechtzeitig, dass sie die Fliege nicht wieder ausspucken konnte.

Martin verfolgte hoch konzentriert, wie die Fliege unter der Wasseroberfläche verschwand. Und dann … ein heftiger Ruck an der Angel, und er hatte ihn!

Martin hob die Angelrute, um den Fisch näher zu sich heranzuziehen, rollte ein Stück Schnur auf, hob wieder die Spitze der Angelrute und rollte wieder Schnur auf, sodass die Forelle immer näher kam. Während dieser ganzen Zeit kämpfte sie wie wild, und plötzlich war die Schnur wieder schlaff. Der Zug am anderen Ende der Schnur hatte aufgehört. Martin hielt die Luft an und sah noch ganz kurz den Schatten von Steelhead, wie er im schnellen Zickzack wieder in der Tiefe verschwand.

Aber im nächsten Moment straffte sich die Schnur plötzlich doch wieder, und der Kampf ging weiter.

Ziehen, Schnur aufrollen und wieder ziehen.

Die Regenbogenforelle sprang, und Martin erhaschte einen Blick auf die Schönheit und Kraft des Fisches, auf den bunt gefärbten und unglaublich langen Rücken, der im Sonnenschein glänzte, bevor er wieder im Wasser landete.

Einen weiteren Moment lang wehrte sich Steelhead heftig gegen den Haken – und dann war es wieder vorbei. Diesmal endgültig. Die Angelschnur wurde schlaff, und der Schatten des Fisches machte sich davon. Für heute war er in Sicherheit.

Martins Herz schlug heftig und schnell, und er atmete ein paarmal tief durch. Dann rollte er die Angelschnur weiter auf, während er das Wasser nach einem Hinweis auf den flüchtigen Steelhead absuchte, aber er konnte nichts mehr entdecken. Er hatte ihn beinahe gehabt!

Noch einmal atmete er tief durch und hatte immer noch ganz deutlich das Bild von dem prachtvoll in der Sonne glänzenden Fisch vor Augen. Und dann den Moment, wie der Schatten des Tieres im Zickzack wieder auf den Grund des Baches geschwommen war.

Frei.

Wieder summte sein Handy, und der Signalton erinnerte ihn an die SMS von Delilah, auf die er noch nicht reagiert hatte.

Wohin sollte das führen? Warum dachte er so viel an diese Frau? Er musste wieder an Stacys niedliches *Füh uns nich* denken.

Führe uns nicht in Versuchung, hatte Cindy gedolmetscht.

So wie die Forelle an seiner Angel um ihr Leben gekämpft hatte, musste auch Martin gegen die Versuchung ankämpfen. Die Gedanken und Gelüste, die er da gerade hatte, konnten sein Leben zerstören.

Ja, führe mich bitte nicht in Versuchung!, betete Martin.

Der Kescher, den er auf dem Rücken trug, war wirklich toll, aber er hätte ihn nicht annehmen dürfen, das wusste er ganz genau.

Martin dachte an Stacy und Ben und auch an Cindy, an ihre Freundlichkeit und Wärme, und er spürte, wie er innerlich von etwas befreit wurde, von einem unschönen Verlangen und einer Lust, von der er in dem Moment wieder gepackt worden war, als er die SMS von Delilah gelesen hatte.

„So sehr unterscheiden wir uns nicht voneinander, du und ich", sagte er in die Richtung, in der Steelhead verschwunden war. „Es muss nur der richtige Köder kommen, was?"

Einen Moment lang stand er einfach nur in dem fließenden Wasser. Er war nicht hilflos wie eine Forelle, denn er hatte nicht nur einen Verstand, um nachzudenken, sondern auch einen Gott, der ihm half, wo er selbst die nötige Stärke nicht aufbrachte. Er konnte sich entscheiden, daran hatte ihn seine kleine Tochter Stacy erinnert.

Martin wählte die Nummer seines Büros, und seine Assistentin Anne ging an den Apparat. „Tate und Elmore", meldete sie sich.

„Hallo, Anne, hier ist Martin", sagte er.

„Hey, Martin, was gibt es denn?"

„Ms Chanell hat ein paar Fragen wegen ihres Kontos. Können Sie bitte dafür sorgen, dass Matt sie deshalb zurückruft?", antwortete er.

„Ja, das veranlasse ich gern", versprach Anne, und dann verabschiedeten sie sich wieder.

Am Montag würde er den Kescher zurückgeben und die Betreuung der Klientin an Matt übertragen. *Führe uns nicht in Versuchung.* Er hatte ein gefährliches Spiel gespielt und dabei alles aufs Spiel gesetzt, was gut war in seinem Leben. Das Wasser glitzerte in der Sonne, und Martin empfand jetzt einen tiefen Frieden.

Er sah die Kinder, bevor er sie hören konnte. Sie standen am Ufer des Flusses, der so laut rauschte, dass alle anderen Geräusche davon übertönt wurden. Martin winkte und schaute zu, wie Stacy vor Begeisterung auf- und abhüpfte, als sie ihren Papa entdeckte. Ben winkte ihm mit seinem typisch lässigen Grinsen zu, und auch Cindy winkte strahlend und sah in Jeans und T-Shirt schöner aus denn je.

Martin drehte sich um und schaute auf den Fluss hinaus, der über die Höhlen und Winkel und die verborgenen Schätze im Flussbett hinweg rauschte.

„Ich komme wieder, mein Alter“, sagte er zu Steelhead, bevor er ans Ufer watete. „Wir sind noch nicht fertig miteinander!“ Das Wasser perlte von der Wathose ab, und der Kescher hing immer noch unbenutzt auf seinem Rücken.

Am Ufer angekommen, zog er die Weste und die Wathose aus, während Cindy die Decke ausbreitete und sich alle zum „Pikwik“ niederließen.

„Füh uns nich“, sagte Stacy.

„Du bist ein kluges Mädchen“, sagte Martin und dankte Gott dafür, dass er ihn knapp vor einer Katastrophe bewahrt hatte.

Er saß auf der Decke, den Arm um Cindys Schultern gelegt, während die Kinder auf ihm herumturnten.

Ja, das Leben war gut, und die Versuchung schien weit weg. Die Angelrute, die Spule, die Fliegen in dem kleinen Kästchen und das andere Angelzubehör waren verstaut bis zu einem günstigeren Zeitpunkt zum Fliegenfischen.

Nächstes Mal, dachte Martin, *nächstes Mal kriege ich ihn.*

Die nassen, glatten Felsen im Fluss, die vom Wasser umspült wurden, schimmerten in der Mittagssonne.

„Guck mal, Papa“, sagte Ben und zeigte auf einen Fischreiher, der offenbar auf Futtersuche war.

In diesem Moment empfand Martin einen tiefen Frieden darüber, wie gut seine Familie und das Leben waren.

„Papa dut“, sagte Stacy.

Martin musste lächeln. Ja, heute stimmte es wirklich.

„In einem Wettlauf gegen die Zeit setzen die Rettungskräfte ihre Bemühungen fort, die fünf Bergleute zu retten, die in etwa 900 Metern Tiefe in einem Stollen eingeschlossen sind. Hier das Neueste

über das Unglück von unserem Reporter Chad Rollins, der vor Ort in Eastriver, West Virginia, ist.
Was gibt es Neues über die Bemühungen der Rettungsdienste bei Ihnen vor Ort?"
„Ich muss leider sagen, dass ich keine guten Nachrichten habe, denn die Bohrspitze des Superbohrers ist abgebrochen. Der Superbohrer ist ja unter Polizeibegleitung Freitagnacht hier eingetroffen, und die Rettungsbohrung hatte um 6:12 Uhr eine Tiefe von 32 Metern erreicht, als die Bohrerspitze brach. Ich habe mit Mr Shelling, dem Leiter des Rettungseinsatzes, gesprochen."
„Keine Frage, das ist ein Rückschlag, aber wir geben die Hoffnung nicht auf. Nach intensiver Recherche haben die Fachleute vor Ort einen passenden Ersatzbohrer ausfindig gemacht, der in etwa vier Stunden hier eintreffen soll."
„Folgende Stellungnahme hat Doug Cafferty, Leiter der Eastriver Mine, abgegeben:
‚Bergleute sind zäh, und deshalb haben wir die berechtigte Hoffnung, dass die Männer das überleben werden!'"
„Während die Männer dort unten zwischen Hoffen und Bangen ausharren müssen, beten hier alle, dass die Sache gut ausgeht. Das Vaterunser, das der Bergmann Manny Santos dort unten im Stollen gebetet hat, wird hier in Eastriver, West Virginia, von allen gebetet. Das war Chad Rollins von den WATL News."

Kapitel 8

Erlöse uns von dem Bösen

Zwei Tage war Lorraine nicht mehr bei Gunther gewesen, aber ihm kam es vor wie zwei Jahre. Sein Zimmer im Pflegeheim am Park war zwar eigentlich sehr ruhig, aber Gunther empfand es so, als ob jedes Geräusch im gesamten Gebäude in sein Zimmer und seine Ohren drang. Jedes Summen und Piepsen jedes medizinischen Apparates, jedes Ticken jeder Uhr und jedes Wort, das irgendwo in dem Gebäude gesprochen wurde, gelangte in Zimmer 213 und drang mit Macht an sein Trommelfell. Das war eine der schlimmsten Folgen des Schlaganfalls: Sein Gehör war extrem empfindlich geworden.

Neben ihm lag, wie um ihn zu verhöhnen, ein Stapel mit den Romanen, die er geschrieben hatte. Spionageromane. Die Guten gegen die Bösen. Sein Held, Clive Manning, hatte Terrorzellen besiegt, Politiker beschützt, Intrigen aufgedeckt, niederträchtige Anschläge vereitelt und ganz allgemein die Welt sicherer gemacht.

Doch er würde keine Bücher mehr schreiben. Sein Romanheld würde keine waghalsigen Rettungsaktionen mehr starten. Clive war erledigt – genau wie sein Erfinder Gunther.

Er hasste sein Leben von Tag zu Tag mehr. Seine Tage verbrachte er damit, darüber nachzugrübeln, wie schrecklich es war und was er alles verloren hatte. Kein Radfahren mehr, keine gemütlichen Stadtbummel und keine Bücher mehr. Auch sein Agent rief nicht mehr an – eigentlich rief überhaupt niemand mehr an.

Er hatte die kleinen Dinge des Lebens gar nicht richtig zu schätzen gewusst. Wie gern er sich einfach rasieren würde oder auch nur den weichen Pyjama auf der Haut spüren. Was für ein Genuss wäre jetzt ein richtig heißer, starker Espresso, so wie er ihn oft mit Lorraine in dem Café am Marktplatz getrunken hatte.

Und auch Lorraine war weg. Das war das Allerschlimmste von allem. Er wusste wirklich nicht, ob er ohne sie weitermachen konnte.

Wo mochte sie wohl sein? In Gedanken ging er alle Möglichkeiten durch, was los sein konnte. Wenn er doch diesen Gedanken nur irgendwie hätte Einhalt gebieten können, denn sie waren alle negativ und zogen ihn noch mehr herunter. Falls das überhaupt möglich war. Aber ginge das in so einer Situation nicht jedem so? Nach all dem, was ihm zugestoßen war, stand es ihm doch wohl zu, pessimistisch und deprimiert zu sein.

Die Diagnose der Ärzte in Stockholm war hart gewesen: Locked-in-Syndrom nach Schädigung des Stammhirns, hatte es geheißen, als er mit dem Krankenwagen aus seinem Dorf hierher in die Klinik gebracht worden war. Das klang wie etwas, das in einem seiner Bücher hätte vorkommen können. Die Bezeichnung allein hatte schon eine starke Aussagekraft – es handelte sich um etwas Endgültiges, und man konnte sich sofort vorstellen, was damit gemeint war.

Am Locked-in-Syndrom erkrankt zu sein bedeutete, dass er sich nicht bewegen oder verständigen konnte. Es war eine vollständige Lähmung fast aller willkürlichen Muskeln in seinem Körper – außer den Augen. Der Arzt im Krankenhaus hatte die schlechte Nachricht sehr nüchtern und sachlich vermittelt, und Gunther war danach recht bald in eine Pflegeeinrichtung verlegt worden – in dieses Zimmer, in dem er wahrscheinlich für den Rest seines Lebens bleiben würde. Er hoffte nur, dass es bis dahin nicht so lange sein würde.

Schlimmer noch als die Hilflosigkeit seiner Situation war die Angst, die Angst vor dem Unbekannten und vor der Zukunft. Wie würde sein weiteres Leben aussehen? Konnte man das überhaupt Leben nennen? Wie sollte er denn so weiterleben? Was um Himmels willen sollte er bloß *machen* den ganzen Tag? Und warum? Je mehr er sich damit beschäftigte, desto verzweifelter wurde er. Die Angst schlich um ihn herum wie eine böse Macht, wie die Finsternis, über die er in seinen Büchern schrieb. Das Böse lauerte immer dort, wo es dunkel war.

Am Vormittag des Schlaganfalls waren Lorraine und er mit dem Fahrrad in die Stadt gefahren, um dort einen Kaffee zu trinken, nachdem Gunther schon seit dem frühen Morgen geschrieben hatte. Es war ein ganz besonders produktiver Arbeitsmorgen gewesen, und er war sehr zufrieden. Der Mann in seinem Buch, der fälschlich beschuldigt wurde, seine Frau vergiftet zu haben, wurde von der Polizei verfolgt, und ihm waren einige wirklich spannende Szenen gelungen.

„Mach doch mal eine Pause", hatte Lorraine aus der Diele gerufen, wo sie für die Radtour schon die Jacke angezogen und sich das Haar zurückgebunden hatte.

Er hatte nicht geahnt, dass es seine letzte Fahrradtour und sein letzter Kaffee sein würden. Er war schließlich erst 39, und der Schlaganfall hatte ihn ohne jede Vorwarnung ereilt.

Sie waren mit den Rädern auf die Straße gefahren, er wie immer ein Stückchen hinter ihr, um sie vor von hinten kommenden Autos abzuschirmen. Hunderte Male waren sie diese Straße schon entlanggefahren und hatten gerade den höchsten Punkt des Hügels erreicht, von dem aus es dann hinunter in die Stadt ging.

„Ich liebe dich, Gunther!", hatte Lorraine gerufen, als sie in hohem Tempo bergab gesaust waren, er immer noch dicht hinter ihr.

„Ich liebe dich noch mehr!", war darauf wie immer seine Antwort gewesen, und aus dem Tal hatte man das Echo ihres Lachens gehört.

Das Wetter war herrlich gewesen, und er erinnerte sich noch ganz genau daran, wie Lorraines Haar in der Sonne geglänzt hatte, an ihre schmale, aber starke Silhouette – die man besonders gut erkennen konnte, wenn sie kraftvoll in die Pedale trat. Seit drei Jahren waren sie nun verheiratet.

Er erinnerte sich an den Geschmack des Espressos, den sie draußen an einem Tisch vor dem Café am Marktplatz getrunken hatten, und an das Gurren der Tauben auf den Dächern über ihnen. In seiner Erinnerung war alles noch ganz frisch und klar. Er hatte vorgehabt, diesen Tag in einer Szene in seinem Buch zu verarbeiten, hatte es gar nicht erwarten können, wieder an den Computer zu kommen und seine Eindrücke und Empfindungen in Worte zu fassen. Und am Nachmittag hatte er Lorraine dann bei einer Tasse Tee das Geschriebene vorlesen wollen.

Er erinnerte sich an viele solcher Augenblicke voller Fröhlichkeit und Licht und Freude und Glück. Selbst jetzt noch konnte er dieses Licht spüren.

Wo mochte Lorraine nur sein? Das Licht in seiner Erinnerung begann zu flackern, und die finsteren Gedanken kamen herangeschlichen wie Schlangen. Sie war bestimmt abgehauen, hatte ihn verlassen, denn was war denn jetzt noch mit ihm anzufangen? Es wäre wirklich besser, wenn er tot war. Wo blieb sie nur?

Und er konnte seine Gedanken noch nicht einmal in Worte fassen und jemanden fragen.

Zwei Tage war es her, dass sie da gewesen war … eine Ewigkeit.

Und dann kam die Angst. Er war allein. Wahrscheinlich fuhr sie jetzt mit jemand anders Fahrrad. Sie hatte ihn verlassen, hatte ihn gleich durch einen anderen ersetzt. Natürlich konnte sie ihn so, wie er war, unmöglich noch wollen.

Er musste diese Gedanken unbedingt aufhalten, denn ihm war völlig klar, dass sie ihn herunterzogen und alles nur noch schlimmer machten. Er musste aufhören, so zu denken … aber denken war alles, was er noch konnte.

Schwester Schmidt betrat jetzt forsch das Zimmer. Hier hatten es immer alle eilig. Er konnte ihr Parfüm riechen und den frischen Duft ihres Shampoos. Wurden seine Sinne schärfer, weil er sich nicht mehr bewegen konnte? Aus dem Augenwinkel konnte er verfolgen, wie die Schwester im Raum umherging. Durch die fast vollständige Lähmung war er nicht einmal in der Lage, den Kopf zu drehen. Er strengte sich an, sie zu sehen, konnte aber die Augen nur vertikal und nicht horizontal bewegen.

„So“, sagte sie, strich seine Bettdecke glatt und schaltete mit der Fernbedienung den Fernseher ein.

Wie sollte sie auch wissen, wie sehr er Fernsehen hasste? Er war ein Mann des Wortes und brauchte deshalb das Gespräch. Er musste mit Menschen kommunizieren. Oft und tief gehend. Das war sein Lebenselixier. Er hatte eine neue Romanreihe geplant, und sein Agent und auch der Lektor waren schon sehr gespannt darauf gewesen, die ersten Seiten zu lesen, aber an dieses Projekt war jetzt natürlich nicht mehr zu denken.

Das Fernsehen war ein unerwünschter Eindringling in seiner Welt. Die Werbung war laut und aufdringlich und schrill und ging ihm extrem auf die Nerven. Diese ekelhafte, künstliche Dauerfröhlichkeit … Er schloss die Augen – das war die einzige

Körperfunktion, die er noch kontrollieren konnte, aber dadurch ließen sich leider Geräusche nicht ausblenden. Und die dröhnten jetzt durch den Raum, als hätten sie es gezielt auf seine Ohren abgesehen. Er wollte nicht fernsehen. Es ging ihm viel besser, wenn er sich mit seinen Erinnerungen beschäftigte.

Zum Glück war sein Gehirn randvoll mit Erinnerungen – an Szenen, die er erlebt hatte, Bücher, die er gelesen hatte, Reisen, die er gemacht hatte, Restaurants, in denen er gegessen hatte, und all diese Erinnerungen gingen ihm jetzt durch den Kopf.

Als er an seinem Roman *Katastrophe in Paris* gearbeitet hatte, waren sie eine Woche in Paris gewesen. In Gedanken erlebte er diese ganze Reise noch einmal, ging noch einmal mit Lorraine durch den Louvre und blieb vor der Mona Lisa stehen. Ihr Lächeln erinnerte ihn an Lorraine, ein eher zurückgenommenes als offen strahlendes Lächeln.

Der Einsatz des Lichts bei dem Gemälde war wirklich meisterlich, dieses Zusammenspiel von Hell und Dunkel und der Lichtschimmer in den Augen der Mona Lisa.

Der Gedanke daran machte ihn rastlos.

Als er *Die römische Kerze* geschrieben hatte, war er mit Lorraine in Rom gewesen, und sie waren durch endlos viele Hallen mit den schönsten Gemälden geschlendert. In einer dieser Hallen sollte Clive später auf die brutalen Leute vom gegnerischen Geheimdienst treffen.

Er hatte jede Bewegung und jeden Schritt genau geplant, als er sich, immer noch die imaginäre Pistole in der Hand, umgedreht und das Kruzifix entdeckt hatte. Der bleiche Körper von Jesus war von einem Oberlicht beleuchtet gewesen, und das dunkelrote Blut, das aus seiner Seite floss, bildete einen starken Kontrast zu dieser Blässe.

„Oh“, hatte Lorraine nur gesagt und war stehen geblieben, die eine Hand auf ihr Herz gepresst.

„Ja, das ist wunderschön“, hatte er gesagt. „Auf eine furchtbare Weise wunderschön.“

Da hatte sie ihn mit diesem zurückgenommenen Lächeln angeschaut, das er so an ihr mochte, und gesagt: „Ja, es ist wunderschön … auf eine furchtbare Weise.“

Er war überrascht gewesen, wie sehr ihn das Bild berührte, wie betroffen ihn auf einmal diese Ungerechtigkeit gemacht hatte, die Jesus widerfahren war, und wie dunkel sein Blut war. Und damals hatte es keinen Clive Manning gegeben, der ihn hätte retten können. Sogar seine Freunde hatten ihn verlassen. Wie unendlich einsam er sich gefühlt haben musste, dort oben, so ganz allein auf dem Hügel.

Lorraine und er hatten wie gelähmt dagestanden vor dem Leiden und den Schmerzen und dieser grausamen Art zu sterben.

„Und das hat er auch noch ganz bewusst und freiwillig getan", hatte Lorraine schließlich gesagt, immer noch die eine Hand auf ihrem Herzen.

Gunther hatte sich schon in der Grundschule rettungslos in Lorraine verliebt. Sie hatte ihn verteidigt, als ein anderes Mädchen sich über seine Stirntolle lustig gemacht hatte, und er hatte daraufhin ein Gedicht für sie geschrieben.

Als er zuschaute, wie sie auf der anderen Seite des Klassenraumes schüchtern das zusammengefaltete Blatt Papier öffnete, wie ihr Gesicht errötete, als sie sein Gedicht las, und wie sie dann mit einem Strahlen das Blatt in ihr Lehrbuch gesteckt hatte, da hatte er zum ersten Mal begriffen, welche Macht Worte haben.

Er kannte sie schon sein ganzes Leben lang.

Jetzt war sie weg, und nichts war mehr gut.

Der letzte Besuch von Lorraine war der schlimmste gewesen. Er hatte spüren können, wie frustriert sie über die ganze Situation war. Sie hatte zwar geredet – und er liebte es, wenn sie redete –, aber er hatte natürlich nichts sagen können. Und dann hatte sie ihn etwas gefragt, aber plötzlich mitten in der Frage innegehalten, als ihr wieder einfiel, dass er ja gar nicht antworten konnte. Daraufhin war sie in Tränen ausgebrochen.

„Es ist so schrecklich ... ich kann nicht ..."

Dann hatte sie ihn auf seine reglosen Lippen geküsst und den Raum verlassen.

Nie würde er den Blick vergessen, mit dem sie ihn angeschaut hatte, als sie sich noch ein letztes Mal zu ihm umdrehte, bevor sie das Zimmer verließ – eine furchtbare Mischung aus Mitleid und Liebe und Verzweiflung.

Und er hatte sie nicht zurückholen können – um ihr zu sagen, wie leid ihm alles tat, damit sie sich besser fühlte.

„Ach, ach, ach", sagte die Schwester, während sie sein Kissen aufschüttelte. „Diese armen Männer."

Gunther schlug die Augen auf und fragte sich, was sie wohl meinte. Er versuchte zu erkennen, was im Fernseher an der Wand gegenüber seines Bettes lief.

„Es geht immer noch um diese Bergleute", sagte die Schwester und strich sein Laken glatt. „Sie sind nach einer Explosion in einem Bergwerksstollen eingeschlossen."

Ein Niederbruch in einem Bergwerk. Männer, die in einem Stollen tief unter der Erde festsaßen. Furchtbare Vorstellung. Und so grausam vertraut …

In Gedanken richtete sich Gunther im Bett auf. Er hatte das Gefühl, dass er ebenfalls unter Tage festsaß, gefangen in den finsteren Tiefen seines Körpers und kaum in der Lage, mit der Außenwelt in Kontakt zu treten.

Dieses Grubenunglück interessierte ihn. Das war ein Szenario, wie es in einem Buch von ihm hätte vorkommen können, und dazu noch ein perfektes Gleichnis: Männer, die eingeschlossen waren, die absolute Dunkelheit dort unten im Stollen und eine unglaubliche Anspannung durch die Ungewissheit, ob es noch Hoffnung gab. Es war der perfekte Konflikt zwischen Mensch und Natur.

In der gesamten Literatur gab es nur drei mögliche Konflikte; das hatte er einmal gelesen, und er wusste, dass es stimmte.

Der erste Konflikt war der zwischen Mensch und Mensch; das waren Geschichten über Konflikte zwischen Einzelpersonen, Gruppen, zwischen Nachbarn oder zwischen Ländern.

Dann gab es den Konflikt zwischen Mensch und Natur, zu dem der dieser Bergleute gehörte. Die Natur hatte ihren Tribut gefordert, und die Männer kämpften jetzt gegen Tonnen von Erdreich und Steinen, gegen Angst und Dunkelheit und gegen die Gase, die dort unten austraten.

Und der dritte Konflikt war der des Menschen mit sich selbst. Es war der innere Kampf des Menschen mit seiner Natur. War dies das, was Gunther gerade erlebte? Er kämpfte gegen die Natur – seinen Körper mit seinen Einschränkungen. Ein Blutgefäß in seinem Kopf, das 39 Jahre lang perfekt funktioniert hatte, war eines Tages geplatzt. Den Grund dafür konnte ihm niemand sagen.

Die Schwester stand im Weg und versperrte ihm den Blick auf den Bildschirm. Ach, könnte er sich doch nur bewegen, nur ein ganz kleines bisschen, dann hätte er wenigstens an ihr vorbeischauen können. Aber nicht einmal das war möglich.

Sie nahm die Fernbedienung und schaltete auf ein anderes Programm um.

Grrrrrr. Diese Frustration!!! Er musste unbedingt die Geschichte dieser Bergleute verfolgen, musste erfahren, was passiert war und wie es mit ihnen weiterging.

Die Schwester kontrollierte noch routinemäßig die Infusion, die Magensonde und die Trachealkanüle und verließ dann wieder das Zimmer.

In dem neuen Programm lief eine Spielshow, die Gunther eigentlich gar nicht so schlecht fand, aber er konnte sich nicht darauf konzentrieren. Seine Gedanken kehrten immer wieder zu den Bergleuten zurück. Nach seinem Schlaganfall war ihr Schicksal das Erste, was ihn überhaupt wieder interessierte.

Er merkte, wie Zorn in ihm aufstieg, weil er nicht in der Lage war, wieder auf den anderen Sender umzuschalten. Er wollte unbedingt erfahren, wie es mit der Rettung voranging, denn er fühlte sich plötzlich auf eine Art mit ihnen verbunden, die er nicht beschreiben konnte.

Im Fernsehen bekamen die Kandidaten jetzt Buchstaben genannt und mussten raten, zu welchem Wort sie gehörten. Gunthers Verstand war völlig intakt – funktionierte vielleicht sogar besser als je zuvor. Wenigstens den hatte der Schlaganfall ihm nicht nehmen können. Er riet die Wörter, bis das Spiel zu Ende war.

„Und jetzt wieder zu den aktuellen Nachrichten“, unterbrach ein Sprecher die Sendung.

Gunther richtete seine Aufmerksamkeit jetzt ganz und gar auf den Fernseher.

„Ich bin hier vor Ort in West Virginia, genau an der Stelle, wo sich das Grubenunglück ereignet hat. Seit zwanzig Stunden sind jetzt die Bohrungsarbeiten für einen Rettungsschacht im Gange, aber kürzlich ist es zu einer tragischen Wende gekommen, denn der Bohrer, mit dem sich die Rettungsmannschaften zu den eingeschlossenen Kumpels vorarbeiten, ist abgebrochen." An dieser Stelle zeigte die Kamera eine Nahaufnahme von dem gebrochenen Metallbohrer, auf den man alle Hoffnung gesetzt hatte.

Gunther war so konzentriert bei der Sache, dass er spürte, wie jede Zelle seines Körpers lebendig war. Eine abgebrochene Bohrerspitze also. Das war ein schwerer Rückschlag für die eingeschlossenen Männer. Ob sie diese Verzögerung überleben würden? Gunther beobachtete die Miene des Reporters gebannt und versuchte, daraus Rückschlüsse zu ziehen.

„Es wurde bereits eine neue Bohrerspitze angefordert", fuhr der Reporter fort, „und man hofft, dass sie bis heute Mittag hier eintrifft. Und Folgendes haben wir gestern Morgen aus den Tiefen des Schachtes gehört."

Die Miene des Reporters wurde sehr ernst, als eine kratzige, knisternde Aufnahme abgespielt wurde. Es war die Stimme eines Mannes zu hören, der leise, aber mit tiefer Überzeugung betete: *„Vater unser im Himmel. Geheiligt werde dein Name. Dein Reich komme. Dein Wille geschehe, wie im Himmel, so auf Erden …"*

Gunther saugte die Worte förmlich auf. Sie beteten. Diese Bergleute beteten! Es war das Vaterunser.

Vielleicht gab es ja noch einen vierten Konflikt. Er war des Denkens im Grunde so müde, aber es war das Einzige, was ihm noch geblieben war. Vielleicht gab es also eine vierte Möglichkeit, nämlich den Konflikt zwischen Mensch und Gott.

Doch diesen Gedanken verwarf er sofort wieder. Wie konnte Gott ein solches Leid zulassen, wie er es erlebte oder diese Männer da in ihrem schwarzen Loch? Diese extreme Einsamkeit, Isolation und Verzweiflung?

Als der Mann betete: *„Erlöse uns von dem Bösen"*, stieg wieder Zorn in Gunther auf. Die Männer würden nicht gerettet werden. Es gab nichts und niemanden, der ihr Gebet hätte erhören können. Er schloss die Augen und versuchte, nicht weiter hinzuhören.

Eine neue Sendung begann, aber er konnte nur an diese Bergleute denken. Fünf waren es. Er stellte sich eine Explosion vor, einstürzende Tunnelwände, einen verzweifelten Versuch, noch rechtzeitig herauszukommen, offenbar ohne Erfolg, und dann hatten sich die Männer irgendwo eng aneinandergedrückt hingekauert … und einer von ihnen betete. Wieso betete er überhaupt? Es war doch sowieso sinnlos. Gunther würde nie wieder beten. Er hätte es ganz sicher getan, wenn auch nur die geringste Chance bestanden hätte, dass es etwas nützte. Doch es gab nichts, was seinen zerstörten Körper wiederherstellen konnte. Absolut nichts! Und genauso gab es auch nichts und niemanden, der Lorraine zu ihm zurückbringen konnte.

Jetzt kamen zwei Pflegehelfer ins Zimmer, setzten ihn in einen Rollstuhl und schnallten ihn darin fest. Sie stellten ihn in einem Wintergarten ab und fixierten mit Klettband seinen Kopf am Rollstuhl. Besucher, die vorbeikamen, starrten ihn an. Die meisten Tage verbrachte er in diesem Raum mit den blassgrünen, beigefarben abgesetzten Wänden, den abgenutzten Möbeln und den drei Rissen in der Decke. Er kannte jedes Detail dieses Raumes.

Vom Wintergarten aus konnte er das Kommen und Gehen der Besucher beobachten, aber Lorraine war nicht dabei. In seiner Fantasie sah er sie mit einem anderen Mann in einem Café sitzen – mit jemandem, der gehen und lachen und ihr das geben konnte, was sie brauchte … er musste aufhören zu denken.

In dem Fernseher im Wintergarten lief wieder die Berichterstattung über die verschütteten Bergleute.

„Ich weiß auch nicht, wieso die das die ganze Zeit bringen“, sagte eine Frau.

„Na, die Leute lieben eben Katastrophen“, erklärte ihre Freundin. „Die vielen verschiedenen Möglichkeiten, was alles schiefgehen kann – ein weiterer Einsturz oder giftige Gase. Je länger sie da unten sind …“

„Sie sind jetzt schon seit zwei Tagen da eingeschlossen“, sagte die Frau. „Da besteht doch bestimmt sowieso keine Hoffnung mehr.“

Gunther merkte, wie er für die Bergleute hoffte, dass sie irgendwie gerettet würden, aber wer sollte es sein, der sie aus ihrer schlimmen Lage erlösen und sie befreien konnte? Wer würde sie retten?

Bei diesem Gedanken wurde Gunther angst und bange. Wer würde *ihn* erlösen? Wer würde ihn aus seinem Körper befreien und aus den grausigen Gedanken, die ihn quälten, von diesen negativen Gedanken, die kamen und einfach nicht wieder aufhörten?

In den Nachrichten wurde noch einmal das Gebet des Bergmanns abgespielt, und da war er wieder, dieser Satz: „*Erlöse uns von dem Bösen.*“

In den Romanen, die er schrieb, siegte immer das Gute über das Böse, aber im Unterschied zum wirklichen Leben ging das in Büchern ja auch ganz einfach.

Er musste wieder an das furchtbare, aber schöne Bildnis des gekreuzigten Jesus denken, an das Bildnis eines Mannes, der allein war in seinen Qualen.

Die Bergleute wollten unbedingt gerettet werden, und deshalb war ihnen ihr Gebet um Erlösung von dem Bösen – von dem Eingeschlossensein dort in der Dunkelheit – bitterernst. Das brachte ihn erneut zu dem Mann am Kreuz, der diese Höllenqualen auf sich genommen und sich freiwillig dafür entschieden hatte, sich ganz auf das Leben in dieser Welt einzulassen.

Von den Folgen seines Schlaganfalls konnte Gunther nicht erlöst werden, so viel war ihm auch in seinem Zustand klar. Aber gab es Erlösung von seinen negativen Gedanken? Von seinen Verdächtigungen gegen Lorraine? Von seinen Vermutungen, was andere Leute wohl dachten? Für ihn lauerte das Böse in seinem eigenen Kopf. Worauf konnte er da hoffen?

In dieser Nacht lag er wach und starrte an die Decke.

„Erlöse mich“, betete er schließlich. „Erlöse mich von dem Bösen.“

Er dachte über das Gebet nach und änderte es dann ein wenig ab. „Gott, bitte erlöse mich nur einen Moment lang von dem Bösen. Zeig mir, dass es gute Momente geben kann.“

Seit dem Schlaganfall hatte er nämlich keinen einzigen guten Moment mehr erlebt. Das war die traurige Wahrheit. Dann schloss er die Augen und schlief tief und fest ein.

Am nächsten Morgen wachte er schon auf, bevor die Schwestern kamen und der Betrieb und die Hektik wieder losgingen. Die Berge, die er durch das Fenster sehen konnte, lagen noch unter einem Dunstschleier, aber am Horizont wurde es schon hell, und Licht fiel in sein Zimmer. Bisher war jeden Morgen alles nur dunkel gewesen, und er war sich nicht einmal sicher, ob er hier überhaupt schon einmal Licht gesehen hatte. Der Sonnenaufgang war ihm früher die liebste Tageszeit gewesen – und war es immer noch. Es war die Zeit des Tages, in der er immer am liebsten geschrieben hatte und am produktivsten gewesen war.

Und da kam ihm die Idee für eine Geschichte über einen eingeschlossenen Mann, eine Geschichte über den Kampf des Guten gegen das Böse, so wie seine Spionagegeschichten, aber diesmal wäre es eine Geschichte über ihn selbst. Und trotz der Hoffnungslosigkeit seiner Lage blieb diese Idee und verschwand nicht wieder.

Es war stark – dieses Verlangen, die Geschichte aufzuschreiben, sich mitzuteilen. Sein Agent hatte einmal gesagt, es sei ein untrügliches Zeichen dafür, dass man bereit sei zum Schreiben, wenn man einfach nicht mehr anders könne, als loszulegen.

Welche Ironie! Die Spionageromane, die neben seinem Bett aufgestapelt waren, kamen ihm jetzt unerträglich seicht vor. Denn jetzt hatte er wirklich etwas zu sagen – durch sein eigenes Leiden war seine Geschichte real und echt geworden.

Schwester Schmidt kam herein, machte sein Bett und fing dann an, ihm die Haare zu waschen. „So, jetzt mache ich Sie erst einmal ein bisschen hübsch“, sagte sie.

Das ist mir doch völlig egal, dachte er, hielt aber dann inne. Nein, er würde sich jetzt nicht auf irgendwelche negativen Gedanken einlassen. Er würde dem Bösen nicht nachgeben. Er war fest entschlossen, auf der Seite Gottes zu stehen. Des Guten, der Hoffnung, des Lichts.

Erlöse mich von dem Bösen, betete er.

Die Schwester rasierte ihn, und auch wenn er die Berührung im Gesicht nicht spüren konnte, nahm er doch den frischen Duft der Seife und den intensiven, fast scharfen Geruch des Rasierwassers wahr. Er konzentrierte sich auf die beiden Gerüche, die für Sauberkeit standen, und fand beide sehr angenehm.

Die Schwester lagerte ihn um und stopfte dann Kissen um seinen Kopf herum. „So, fertig", sagte sie.

In diesem Moment hörte Gunther Schritte auf dem Gang vor seinem Zimmer. Es waren leichte, aber energische Schritte, die ihm sehr vertraut vorkamen.

Ist das etwa Lorraine?

„Sie haben Besuch", sagte die Schwester lächelnd und strich ihm das Haar glatt.

Kann das wirklich sein?

Schwester Schmidt setzte ihren ganzen stabilen Körper ein, um ihn hochzuziehen und das Betttuch unter ihm zu glätten.

„Einen Moment noch", rief sie der Person auf dem Gang zu.

Nein, dachte er, *keinen Moment noch. Es ist Lorraine. Sie muss …*

„Okay, jetzt sind wir fertig", rief die Schwester, und dann kam wirklich und wahrhaftig Lorraine ins Zimmer. Lorraine mit ihrem weichen, blonden Haar und den blauesten Augen, die er je gesehen hatte. Lorraine, die doch nicht mit einem anderen Mann Kaffee trinken war oder mit dem Bus unterwegs nach Italien oder sonst etwas Schreckliches. Sie war hier bei ihm, und er hätte am liebsten geweint vor Glück.

Der Raum war erfüllt von Gutem. Die bösen Gedanken waren weg, und in diesem Moment war Gott wirklich da.

Lorraine setzte sich hin, nahm seine Hand und sagte: „Rate mal, wo ich gewesen bin, Gunther."

Er konnte wie üblich nichts sagen, aber sie redete ohnehin schon freudig erregt weiter. „Ich war in Paris und habe an einer Schulung mit einem Computerbildschirm und einem Sight Board teilgenommen."

Wie auf ein Stichwort schob in diesem Moment ein Pflegehelfer einen Wagen mit einem Laptop und einem Karton herein und packte eine Tastatur und einen Computer aus.

„Wart's nur ab", fuhr Lorraine fort. „Ich bringe dir bei, wie du mit mir kommunizieren kannst." Liebevoll sah sie ihn an und erklärte dann weiter: „Ich konnte es einfach nicht aushalten so. Ich musste einen Weg finden, wie wir uns verständigen können."

Gunther war so erfüllt von Glück und Freude und Erleichterung, dass er hätte platzen können.

Ob er auch leben konnte, wenn er nicht von diesem Körper erlöst wurde? Konnte er so leben wie der Mensch Jesus am Kreuz, der mit dem Bösen fertig wurde, nicht indem er sich davonmachte, sondern indem er es überwand?

Letztlich ging es doch darum, wie er dachte und seine Situation betrachtete. Die ganze Welt war in seinem Kopf.

Lorraine schaute ihn immer noch liebevoll an. Sie hatte ihn so angenommen, wie er jetzt war, aber konnte er sich auch selbst annehmen?

„... und dann", fuhr Lorraine fort, „bringe ich dir Schreiben bei."

Er schaute die Tastatur und den Computerbildschirm an. Der Cursor blinkte, als wartete er nur auf ihn. Aufmerksam hörte Gunther jetzt zu, als Lorraine ihm erklärte, wie er auf die Buchstaben schauen musste. Wenn er buchstabieren konnte, dann konnte er auch Worte zusammensetzen. Er würde sich verständigen ... und vielleicht sogar ein Buch schreiben können.

Intensiv schaute er auf das I.

„I", sagte sie und tippte ein I in den Computer ein.

Er schaute auf das C und dann auf das H.

„Ich", tippte sie.

Er wurde ganz aufgeregt, als er sich auf diese neue Art mitteilte. Er schaute auf das L, dann auf das I und das E, und sie sagte „liebe" und tippte es ein, und er genoss das Klicken der Tasten beim Schreiben. Ihre Hände lagen anmutig auf der Tastatur, und sie strahlte ihn mit Tränen in den Augen an. „Dich", fügte sie hinzu, ohne dass er etwas gemacht hatte.

Er schaute auf das M.

„Mehr", sagte Lorraine. „Ich liebe dich noch mehr", sagte sie und lachte dann laut auf.

Das war das schönste und fröhlichste Geräusch, das er seit seinem Schlaganfall gehört hatte.

Gunther dachte an sein Gebet der vergangenen Nacht. *„Gott, bitte erlöse mich nur für einen Moment von dem Bösen. Zeig mir, dass es gute Momente geben kann."*

Das hier war ein guter Moment – ein *wirklich* guter Moment, ein Moment der Hoffnung. Und wenn es *einen* Moment der Hoffnung gab, warum sollte es dann nicht auch mehr davon geben? Ja, es konnte mehr davon geben! In Gedanken ging er die unendlich vielen Möglichkeiten durch. Er würde sich wieder mitteilen und mit anderen Menschen verständigen können, und er hatte so viel zu sagen.

Der Mann am Kreuz hatte eine Absicht, ein Ziel, und sowohl die Dunkelheit als auch das Licht hatten einen Sinn. Er schaute den Lichtschimmer auf Lorraines Haar an, den Lichtstreif, der auf seine Krankenhausbettdecke fiel, und den blinkenden Cursor auf seinem Computerbildschirm.

In diesem einen Moment verspürte er Hoffnung – und er fühlte sich erlöst vom Bösen.

„Ich bin hier in Eastriver, West Virginia, wo alle ungeduldig auf das Eintreffen des neuen Bohrers warten. Er ist heute Morgen in Fairmont auf den Weg gebracht worden und müsste eigentlich bald hier eintreffen, doch die Frage ist, ob er noch rechtzeitig kommt. Auch wenn es hier niemand ausspricht, müssen alle an das Grubenunglück 2011 in Harrisburg denken, bei dem sich die Rettungsarbeiten verzögerten und die verschütteten Bergleute alle durch ausströmendes Gas ums Leben kamen, bevor die Rettungsmannschaften sie erreichen konnten. Doch die Familien hier beten für das schnelle Eintreffen des neuen Bohrers an diesem wunderschönen Tag in Eastriver, und alle hoffen das Beste. Hier noch einmal die Stimme des verschütteten Bergmanns Manny Santos, der im Stollen betet.“

„Dein ist das Reich …“

„Sie hörten Chad Rollins, WJBN.“

Kapitel 9

Dein ist das Reich

Der dritte Tag

Dr. Roger Engelbert bewegte das Paddel des Kanus nur sehr langsam durchs Wasser. Die Vegetation reichte wie eine Wand bis unmittelbar ans Ufer des kleinen Nebenflusses des Amazonas, und vom Geäst hoch über seinem Kopf hingen Ranken nach unten, von denen manche bis fast hinunter ins Wasser reichten. Alles war von einem feinen Dunst verhangen, sodass es ein wenig unheimlich wirkte, aber eine so unglaubliche Pflanzenvielfalt wie hier hatte er bisher außer in Lehrbüchern noch nicht gesehen.

Vor ihnen im Wasser regte sich irgendetwas. Das konnte alles von einem Fisch bis hin zu einer Riesenschlange sein. Danilo, der verantwortliche Guide, hob die Hand, und die kleine Begleittruppe verlangsamte das Tempo, indem alle aufhörten zu paddeln und sich nur noch von der Strömung treiben ließen. Man sollte niemals etwas stören, das sich vor einem unter der Wasseroberfläche versteckte.

Dr. Engelbert hatte während seines Doktorandenstudiums an der University of Ohio Fotos von Pflanzen aus dem Amazonasgebiet gesehen und die Vegetation schon damals grandios gefunden, doch erst jetzt wurde ihm klar, wie unzureichend diese Bilder gewesen waren. Es gab hier in der Wildnis Blätter, die so groß waren wie ein Kleinwagen, und auch alle anderen Pflanzenteile waren wie hundertfach vergrößert, jede Blattader so dick wie sein kleiner Finger und die Blattstängel wie die Stämme kleiner Bäume.

Danilo wartete eine Weile, ließ dann seine Hand wieder sinken, und die beiden Kanus glitten weiter – um die aufgewühlte Stelle herum, ohne das, was auch immer dort unter der Wasseroberfläche lauern mochte, zu stören. Fürs Erste jedenfalls.

Dr. Engelbert bestaunte die Pracht, von der er umgeben war, dieses unglaublich üppige und vielfältige Pflanzenreich. Mancher war vielleicht der Meinung, dass das Pflanzenreich in der Hierarchie dem Tierreich untergeordnet und deshalb geringer einzuschätzen war, aber er wusste es besser.

Auf dem Wasser trieb jetzt sanft schaukelnd ein riesiges Polster aus Wasserlilien neben ihnen her. Unglaublich große wunderschöne Bromelien hingen von den Bäumen herab, und gewaltige Farne, unter denen kleine gelbe Blumen mit purpurroten Sprenkeln hervorlugten, wuchsen über das Ufer hinaus und hingen in den Fluss hinein.

All das weckte eine Sehnsucht in ihm, eine Sehnsucht – ja, wonach eigentlich? Das hier war der Höhepunkt seiner Karriere. Er war ein Botaniker mitten in einem Meer von noch unentdeckten Pflanzen … und dazu noch mit einer Kamera ausgerüstet. Er betastete die Tasche seiner Weste und fühlte dabei die unverkennbare Erhebung seiner neuen Kamera, die er sich extra für diese Reise gekauft hatte, um damit all die neuen Orchideenarten aufzunehmen, die er zu sehen bekommen würde.

Und das Beste von allem war, dass auch die Geisterorchidee, die seltenste aller Orchideen, genau in dieser Gegend im Regenwald vermutet wurde. Er hatte ein Foto von einer solchen Orchidee gesehen, das im Corkscrew Swamp in Florida aufgenommen worden war, aber in der Wildnis hatte er die Pflanze noch nie gesehen. Sie gehörte zu einer gefährdeten Orchideenart, die sonst nur in Florida und auf Kuba vorkam – zumindest glaubte man das.

Diese Reise war für ihn eine echte Überraschung gewesen.

Der Institutsleiter Brogin hatte eines Tages seinen Kopf in Engelberts Büro gesteckt und gesagt: „Wir brauchen Sie, Engelbert.“ Das war letzten Dienstag gewesen, also erst vor einer Woche. Er hatte nur ungläubig blinzelnd und mit offenem Mund dagesessen. Es kam selten vor, dass jemand ihn in seinem Büro aufsuchte, und jetzt kam sogar der Institutsleiter Brogin persönlich zu ihm, um ihm zu sagen, dass er gebraucht wurde. Noch einmal musste er blinzeln – als wäre das Licht zu grell.

„Sie übernehmen das Orchideenprojekt am Amazonas. Howard hat die Grippe“, hatte Dr. Brogin gesagt und dabei mit einer Geste hinter sich gedeutet, wo seine Assistentin Henny mit einem Arm voller Unterlagen stand. Ihr Gesicht war sehr blass gewesen, und ihr blondes Haar hatte wie ein Heiligenschein in einem Kranz um ihren Kopf gelegen.

Als sie ihm das Flugticket und die Reiseunterlagen in die Hand drückte, hatte ihre Hand seine gestreift. Sie war daraufhin tiefrot geworden, und Dr. Engelbert hatte gemerkt, dass er ebenfalls errötete, als sie sich umdrehte, um wieder zu gehen.

Roger Engelbert hatte immer noch wie angewurzelt dagestanden, als Brogin zurückkam und fragte: „Und, Engelbert?"

Aber als Reaktion darauf hatte er nur ein paar Mal den Mund auf- und wieder zugemacht. „Lassen Sie sich heute Nachmittag auf der Krankenstation noch die nötigen Impfungen verpassen. Es ist ziemlich wild da unten", hatte Brogin zum Abschluss noch befohlen.

Da hatte ihn die Wirkung von Brogins Worten mit voller Wucht getroffen. Es war wild dort.

Schon seit er ein kleiner Junge gewesen war, hatte er immer alles über das Pflanzenreich erfahren wollen. Die unterschiedlichen Reiche hatten ihn schon immer fasziniert – *Animalia, Plantae, Fungi, Protista, Monera.* Er fand es beruhigend, dass in der Wissenschaft Ordnung herrschte. Von all den unterschiedlichen Reichen faszinierte ihn das Pflanzenreich, die Plantae, am meisten. Die Animalia waren aus irgendeinem unerfindlichen Grund eher beängstigend für ihn, und die anderen fand er langweilig. Aber Pflanzen waren so vielfältig, so schön und darüber hinaus auch noch nützlich. Er liebte blühende Pflanzen, aber auch Koniferen, Farne, Moose sowie Getreide und Obstbäume und Heilpflanzen – insgesamt waren über 500.000 Arten bekannt. Und es kamen immer noch neue hinzu. Durch die Fotos und die Präparate, die er von dieser Reise mitbringen würde, konnte er sich ein für alle Mal in der Welt der Botanik etablieren.

Und dann war da ja auch noch die Geisterorchidee! Auch wenn bisher noch nie jemand die Geisterorchidee, die es Gerüchten zufolge auch an einem kleinen Nebenfluss des Amazonas geben sollte, hier gefunden hatte.

Das erste der beiden Kanus bog jetzt ab und paddelte einen kleinen Nebenfluss hinauf, noch weiter in den Urwald hinein. Engelbert schlug nach ein paar Insekten, die um sein Gesicht schwirrten, und war dankbar für seinen neuen Hut und das Insektenspray.

Erst vor zwei Tagen hatte er gepackt, nachdem er zuvor all die neuen Sachen auf seinem Bett ausgebreitet hatte: seine Expeditionskleidung bestehend aus Cargohosen, wasserdichten Hosen, Hemden und Shirts aus Hightechfaser und einem Mücken abweisenden Schlafsack. Im Fernseher, der in seinem Schlafzimmer stand, waren gerade die Nachrichten mit Verkehrsmeldungen und Wetterbericht gelaufen, aber das alles war ihm plötzlich so entsetzlich langweilig und flach vorgekommen. Doch dann war ein Reporter mit der Geschichte des Tages an der Reihe gewesen.

„Ein Bergmann, der tief unter Tage verschüttet ist, wendet sich an Gott“, berichtete der Mann und schilderte dann kurz den Ablauf des Grubenunglücks.

Roger Engelbert hatte von seinem Koffer aufgeblickt und im Packen innegehalten. Katastrophen hatten ihn schon immer fasziniert. Für manche Leute war das Leben wirklich sehr kurz.

Der Reporter hatte dann berichtet, dass fünf Bergleute jetzt schon seit zwei Tagen in einem eingestürzten Bergwerksstollen eingeschlossen seien. Am ersten Tag hätten die Mitarbeiter der Rettungsmannschaften ein Mikrofon zu den verschütteten Männern hinuntergelassen, die in einem kleinen Hohlraum festsaßen, und man habe gehört, wie einer der Bergleute verzweifelt das Vaterunser gesprochen hätte. Danach sei durch einen weiteren Erdrutsch unter Tage der Kontakt zu den Verschütteten abgerissen. Der Reporter hatte innegehalten, und eine knisternde und rauschende Tonaufnahme wurde abgespielt.

„*Vater unser im Himmel …*“

Der Bergmann betete das Vaterunser. Ohne es zu wollen, waren Roger die Worte sofort wieder eingefallen, und seine Lippen hatten sie ganz von selbst mitgesprochen. Wie gut er das Gebet kannte. Bevor die Sache damals passiert war und seine ganze Welt kopfstand, hatte er es als kleiner Junge jeden Sonntag in der Kirche gebetet.

„*Dein ist das Reich …*“, hatte er zusammen mit dem Bergmann gesagt und dabei an diese Leute tief unter Tage in der Dunkelheit gedacht. Pflanzen konnten nicht im Dunkeln existieren, und auch die Männer würden dort nicht lange überleben.

Das Wort *Reich* saß in seinem Kopf, als wäre es tief eingeätzt. Das Reich Gottes war kein Reich der Ordnung, nicht so wie die klare Systematik der Naturwissenschaft mit ihren festgelegten Strukturen: Reich, Abteilung, Stamm, Klasse, Familie, Gattung. Das Reich Gottes schien ihm dagegen unberechenbar, wild und gefährlich.

Aber die Worte dieses Gebetes hatten ihn irgendwie angesprochen, und in diesem Moment der Schwäche und der Bedürftigkeit und auch der Angst vor der Reise hatte er zu Gott gebetet.

„Wenn das hier dein Reich ist, wo bist du dann? … Und vor allem: Wo *warst* du?“, hatte er gefragt, aber das war ein Gedanke, der nur ganz kurz aufblitzte.

Die Stimme des Bergmanns dort unten war so ernst und angstvoll gewesen, genau so, wie er sich auch gerade fühlte, aber das hatte nichts zu sagen. Gott wollte ihn nicht, und er wollte Gott nicht. Es war einfach zu viel vorgefallen.

Schon vor Tagesanbruch waren sie heute Morgen im Lager aufgebrochen und den Amazonas aufwärtsgepaddelt zu einem kleinen Nebenfluss, den sie ebenfalls ein Stück hinaufgepaddelt waren. Jetzt waren sie an der Stelle angelangt, von wo aus sie die letzten fünf Kilometer in den Urwald hinein zu Fuß bewältigen mussten, um dort vielleicht die Geisterorchidee zu finden. Es ging bei Roger Engelbert immer um Orchideen.

Er hatte sein ganzes Leben damit verbracht, Orchideen zu erforschen … es gab über 25.000 in der Natur vorkommende Arten und 100.000 Hybriden. Die Orchideen waren damit insgesamt die größte Familie blühender Pflanzen auf der Welt. Orchideen besiedelten jeden Erdteil, außer der Arktis, und die Orchideen aus dem Regenwald des Amazonas wurden wegen ihrer Schönheit und des intensiven Duftes besonders bewundert. Wer wusste, was Engelbert hier noch alles zu sehen bekommen würde? Das Allergrößte wäre natürlich, wenn er tatsächlich die Geisterorchidee fände, aber da wollte er sich keine allzu großen Hoffnungen machen, denn dass sie hier wuchs, war wirklich nur Spekulation.

Das, was sie bereits gestern an Pflanzen gesammelt hatten, übertraf in seiner Vielfalt alles, was er bisher jemals in botanischen Gärten gesehen hatte. Er dachte an die Präparate, die sie heute würden sammeln können, und vielleicht war ja sogar eine bisher noch nicht entdeckte Art dabei, der er dann einen Namen geben könnte. Engelbert vielleicht, womit sein Name dann in den Annalen der biologischen Forschung des Pflanzenreiches verewigt wäre. Oder Henny.

Er dachte an Henny und daran, wie sie ihn angeschaut hatte. Aber jemanden zu lieben, das war ebenfalls zu gefährlich, zu wild. Nein, nein, er wollte nicht an Henny denken.

Die Kanus schrammten das lehmige Ufer hinauf, er stieg aus und versank mit seinen neuen Gummistiefeln tief im schwarzen Morast. Seine Brille war schon wieder beschlagen, aber er hatte es aufgegeben, sie immer wieder abzuwischen. Er ließ seinen Blick über die Reihe von Bäumen schweifen und konnte keinerlei Weg oder auch nur Trampelpfad entdecken. Hinter der ersten Baumreihe war es stockdunkel. Er kratzte sich am Nacken.

Die Natur des Regenwaldes war wunderschön, aber es war drückend schwül. Sein Hemd klebte ihm am Rücken, und immer wieder verjagte er die schwarzen Fliegen, die ihn peinigten.

Die Guides versammelten sich jetzt am Flussufer oder hockten sich auf den Rand der Kanus und begannen, ihr Mittagessen auszupacken. Danilo brachte Roger einen Campinghocker, und Horas gab ihm ein in Zeitungspapier eingewickeltes Sandwich. Auf dem Zeitungsblatt waren auf verschiedenen Schnappschüssen die lächelnden Gesichter der verschütteten Bergleute abgebildet. Die Bilder waren vermutlich von der Zeitung irgendwie bei den Familien der fünf Männer aufgetrieben worden. Jetzt lächelten sie wahrscheinlich nicht mehr, und er musste wieder an die Worte des Gebetes denken.

Dein ist das Reich. Dieses Wort! *Reich.* Diese Vorstellung! *Reich Gottes!*

Dr. Roger Engelbert hatte schon vor langer Zeit beschlossen, nicht an Gott zu glauben. In der Naturwissenschaft war kein Platz für Gott, denn der war nichts als ein Produkt der Fantasie schwacher Menschen. So wie die Ureinwohner am Amazonas etwas brauchten, woran sie glaubten, um ein Gefühl von Kontrolle zu haben und sich in ihrem Umfeld nicht absolut ausgeliefert zu fühlen. Ihre

Stammestänze, ihre Opferzeremonien – das alles waren vergebliche Versuche, das Gefühl zu haben, sie könnten ihr Schicksal irgendwie mitbestimmen. Nein, es gab keinen Gott.

Was hatte diesem armen, bedauernswerten Bergmann denn sein Gebet gebracht?

Dein ist das Reich.

Sein Leben lang befasste er sich jetzt schon mit dem Pflanzenreich, mit dem Spezialgebiet der Anpassung. In seinem Masterstudium hatte er sich mit der Korallenwurz beschäftigt, einer Orchideenart, die aus Nordamerika stammte und sich ganz anders verhielt als die meisten anderen Pflanzen. Die Korallenwurz ernährte sich eher wie ein Tier, nämlich ausschließlich von einer ganz bestimmten Art von Pilzen, die wiederum nur an einer ganz bestimmten Baumart auftreten. Die Orchideen waren ihrer Umgebung perfekt angepasst, aber unfähig, ohne diese Pilze zu überleben – sie waren sozusagen Parasiten der Parasiten.

Auch er hatte sich nach den Vorfällen damals in der Kirche den Bedingungen seiner Umgebung angepasst. Nach dem, was Pater Kincaid ihm angetan hatte, hatte er seine Gefühle von seinem restlichen Leben abgeschottet und diesen Teil von sich ganz tief in seinem Inneren wie in einer Stahlkassette weggeschlossen, um zu überleben. Er hatte aufgehört, überhaupt etwas zu fühlen, und sich mit der Zeit allein immer wohler gefühlt, allein mit seinen Büchern und dem Labor. Aber genau wie die Korallenwurz hatte auch er dadurch eine Fähigkeit verloren, nämlich die, etwas zu fühlen.

„Der Garten Eden“, sagte Danilo mit einer ausladenden Geste mit dem Arm und meinte den Dschungel, der vor ihnen lag.

Dr. Engelbert nickte, und ihn beschlich leise Angst, als er in die Dunkelheit schaute, die sich vor ihnen auftat. Überall um die grünen Bäume herum und auf dem Pfad waren Schatten. Sie waren jetzt mitten im undurchdringlichen Regenwald. *Es ist wild da draußen,* hatte Brogin gesagt, und das stimmte wirklich. Der Wald war tatsächlich wild. Gefährlich, unberechenbar. Genauso wie die Liebe. Und auch wie Gott?

Er erinnerte sich jetzt, wie sicher er in seinem Büro gesessen hatte mit schönen Karten und Diagrammen vom Pflanzenreich an der Wand und ordentlich alphabetisch geordneten Büchern in den

Regalen sowie von ihm selbst gesammelten, ordentlich sortierten und etikettierten Präparaten. In seinem Leben drehte sich alles um Kontrolle. Kontrolle bedeutete Sicherheit. Er hatte aufgeblickt und gesehen, wie Henny ihn von der Tür aus angeschaut hatte, und da hatte er zum ersten Mal nicht an Ordnung oder Sicherheit gedacht, sondern sich gewünscht, dass da mehr wäre. Das Pflanzenreich genügte ihm nicht mehr.

Dieses Amazonas-Abenteuer barg Gefahren, genauso, wie auch Henny und Gott Gefahren bargen, aber daran wollte er jetzt nicht denken. Die Mittagspause war zu Ende, und Danilo bog an einer Stelle das üppige Grün zurück, hinter dem sich ein natürlicher Pfad in den Wald hinein auftat.

Dr. Engelbert zögerte kurz und ging dann durch das lange Gras zu dem Pfad hin. Als er ein Rascheln im Unterholz hörte, blieb er einen Moment lang stehen. Irgendetwas lauerte dort draußen. Danilo begann jetzt, sich mit einer großen Machete durchs Unterholz zu schlagen, während Dr. Engelbert direkt hinter ihm herging und das undurchdringliche Dickicht nach der seltenen und schwer zu findenden Geisterorchidee absuchte. Das hier war nämlich die Gegend, von der irgendjemand einmal behauptet hatte, dort eine solche Geisterorchidee gesehen zu haben. Bisher gab es allerdings noch keinerlei Bestätigung dafür, dass das wirklich stimmte.

Sie mussten Zweige zurückbiegen und über umgestürzte Bäume und Baumwurzeln steigen, sodass sie nur sehr langsam vorankamen. Außerdem war es im Urwald dunkler, als Engelbert erwartet hatte, und plötzlich bereute er es, dass er sich auf diese Expedition überhaupt eingelassen hatte. Die Dunkelheit bereitete ihm Unbehagen, und die langen Zeiten, in denen nicht gesprochen wurde, ließen ihm zu viel Zeit zum Nachdenken und Grübeln. Er kämpfte dagegen an, ständig nur an diese Dunkelheit zu denken, von der er umgeben war, aber je weiter sie in den Regenwald eindrangen, desto finsterer wurde es.

Er dachte an Henny, an ihr fröhliches Gesicht und diesen Heiligenschein aus Haar um ihren Kopf. Sie hatte wirklich etwas Strahlendes an sich.

Und dann musste er an die Dunkelheit in seinem Inneren denken. Da drinnen gab es kein Licht, und es war auch schon sehr,

sehr lange keines mehr dort hingelangt. Tränen brannten ihm in den Augen, und er dachte an die vielen finsteren Jahre, die hinter ihm lagen.

Der Urwald wurde immer undurchdringlicher, und Danilo musste mit der Machete immer fester in das Unterholz vor sich hauen, sodass es richtig laut war. Dr. Engelbert lief der Schweiß den Rücken und die Stirn hinunter, und er konnte nicht mehr sehen, was vor ihm war. Sie waren jetzt ganz und gar von hohem Gestrüpp umgeben, und wenn sie einen Schritt vorwärts machten, schienen die Pflanzen hinter ihnen sofort wieder zusammenzurücken.

Und noch eine Erinnerung überfiel ihn, die Erinnerung daran, wie die Familie ihre Siebensachen gepackt und mit Schimpf und Schande die Kirchengemeinde verlassen hatte. Wieso kam ihm das alles eigentlich ausgerechnet jetzt wieder in den Sinn? Wie zornig seine Mutter auf ihn gewesen war! Er war damals noch viel zu jung gewesen, um zu begreifen, was los war, aber rückblickend sah er sich einfach nur als einen Jungen – als einen kleinen Jungen sogar. Er war noch ein Kind gewesen. Es war nicht seine Schuld gewesen.

Er blieb auf dem Pfad stehen und schloss die Augen.

Als Danilo seine Schritte nicht mehr hinter sich hörte, drehte er sich um und sah ihn irritiert an. Er sagte aber nichts weiter, sondern holte nur seine Wasserflasche heraus und ging dann weiter. Die anderen Männer kämpften sich ebenfalls weiter voran, um einen Pfad durchs Unterholz zu schlagen, auf dem sie weiterkamen. Aber Dr. Roger Engelbert stand immer noch reglos da.

Mitten im Urwald, umgeben von Pflanzen und Laub, von Ranken und Lianen, von Gräsern und Gestrüpp, stand er einfach da und ließ zu, dass die Erinnerungen hochkamen und sich entfalteten. Die Stahlkassette in seinem Inneren war aufgesprungen, und da waren wieder Pater Kincaid, sein Talar, seine Glatze und die lebhafte Erinnerung daran, wie weh es getan hatte. Das Grauen. Dieses Grauen. Und dann kam die Finsternis, aber auch die ließ er jetzt zu, wagte es, sie zu fühlen.

Wo war Gott damals gewesen? Und wo war Gott jetzt?

Dr. Engelbert saß in seiner eigenen Finsternis fest. Genau wie die verschütteten Bergleute dort in West Virginia tief unter der Erde in dem Stollen wollte auch er aus seinem schwarzen, engen Loch heraus. Genau wie bei den Orchideen hatte seine Anpassung auch negative Auswirkungen.

Wo warst du?, wiederholte er sein Gebet von vorhin jetzt noch einmal. *Wo warst du, Gott?*

Und dann ging er seufzend ganz langsam weiter, gebeugt wie ein alter Mann, so unendlich müde von der Finsternis und der Angst.

Hilf mir.

Der Weg, den die einheimischen Guides freischlugen, wurde jetzt breiter und mündete in eine Lichtung. Dr. Engelbert war überwältigt von der Weite, die sich da plötzlich vor ihm auftat. Durch die Zweige der Bäume, die hoch über ihnen eine Art Kuppel bildeten, fielen Strahlen goldenen Lichtes, und die Baumstämme waren über und über von Orchideen bedeckt. Es sah aus wie die Kuppel einer riesigen Kathedrale.

Die Guides begannen die Lichtung zu überqueren und traten auf das weiche Moos, mit dem der Boden der gesamten Lichtung bedeckt war.

Aber Dr. Engelbert konnte nicht weitergehen. Zu sehr versetzte ihn diese natürliche Kathedrale in die Kirche seiner Kindheit zurück. Fast glaubte er, Orgelmusik zu hören, und schüttelte den Kopf. Er fühlte sich wieder wie damals als Junge im weißen Messgewand mit einer Kerze in der Hand beim liturgischen Einmarsch des Priesters und der Ministranten nach vorn zum Altar, immer mit der Angst im Nacken vor dem, was später mit ihm passieren würde. So lange hatte er das alles verdrängt, aber jetzt stieg es wie eine riesige Welle mit voller Wucht in ihm hoch, sodass er Panik aufkommen fühlte.

Die Lichtstrahlen, die durch die Baumkronen fielen, waren wie Finger, die hinunter auf die Lichtung reichten. Die Kirche St. Phillips dagegen war dunkel gewesen, nicht licht und hell wie dieser herrliche Tempel der Natur hier. Er holte tief Luft, trat einen Schritt vor in einen der Lichtstrahlen und ging in dem weichen Moos auf die Knie. Unerwartet begannen die Tränen zu fließen. Die Guides blieben überrascht stehen und standen wie erstarrt da, als sie ihn dort weinend auf dem Boden des Regenwaldes knien sahen.

Dr. Engelbert fühlte sich, als ströme Licht in sein Inneres hinein und fülle ihn mit Gutem, und plötzlich war ihm klar, dass nicht St. Phillips das Reich Gottes war, sondern das hier.

„Dein ist das Reich“, sagte Dr. Engelbert, blickte auf und war überwältigt von der Schönheit, die ihn umgab. Er hatte Pflanzen immer gemessen, analysiert und eingeordnet, dabei aber eigentlich nie richtig wahrgenommen, wie unfassbar schön sie waren.

Das Reich Gottes war gut. Es war nicht Gott, der ihm dieses Leid zugefügt hatte. Es war nicht Gott, der sein Vertrauen missbraucht hatte. Gott war gut, das zeigte ihm diese unfassbare Schönheit um ihn herum.

Aber wo war Gott damals gewesen, als er klein und hilflos gewesen war?

Als er sich diese Frage jetzt wieder stellte, kam ihm plötzlich noch eine Erinnerung: Hinter der Kirche hatte ein Gewächshaus gestanden. Er hatte tatsächlich das Gewächshaus vergessen gehabt! Dort hatte er seine allererste Orchidee gesehen. Inmitten all seines Schmerzes war er dorthin gegangen, und dort hatte es Schönheit gegeben. Noch einmal sah er sich jetzt klein und verletzt zwischen all den wunderschönen Blumen sitzen.

Sein ganzes Leben lang hatte er sich zu der Schönheit hingezogen gefühlt, doch der Schmerz und das Grauen hatten diese Erinnerung blockiert. Und erst jetzt kam sie ganz sachte wieder zurück. Gott hatte mit dem Bösen, das ihm damals angetan worden war, nichts zu tun, aber Gott hatte schon damals alles vorbereitet, dass er wieder heil werden konnte. Gott war bei ihm gewesen, hatte ihm die Orchideen gezeigt, seinen Ausweg. Und Gott war auch jetzt bei ihm.

Dr. Engelbert konzentrierte sich jetzt wieder auf die Orchideen hier auf der Urwaldlichtung, und plötzlich realisierte er, dass überall um ihn her weiße Orchideen in großen Büscheln an den Bäumen wuchsen – wunderschön, wie der sorgfältig angebrachte Blumenschmuck bei einer Hochzeit, unzählige Blüten …

Er drehte sich um und bestaunte eine Orchidee, die nur wenige Zentimeter von seinem Gesicht entfernt an einem Baumstamm wuchs. Sie war reinweiß, mit hängenden, spindelförmigen Blütenblättern, einfach traumhaft. Wie ein Heiligenschein. *Wie Henny.* Perfekt und wunderschön waren diese Orchideen. Er sah, wie sie sich an den Urwald mit seinem Mangel an Licht angepasst hatten, indem sie an den Baumstämmen empor zum Licht hinwuchsen.

So wollte er sich jetzt auch anpassen – zum Licht hin. Er wollte sich nicht mehr in der Finsternis herumdrücken und ihr angepasst sein.

„Dein ist das Reich", flüsterte er, und die Worte bewegten ihn tief im Inneren.

Jetzt fiel ein Lichtstrahl auf ihn und wärmte sein Gesicht, sodass er die Augen wieder schloss und sie dann ganz langsam und blinzelnd wieder öffnete, bis sich seine Pupillen auf die Helligkeit eingestellt hatten.

Er spürte eine neue Wärme in seinem Inneren, und es kam ein Friede über ihn, wie er ihn noch nie zuvor erlebt hatte.

Da stand er nun in seinen neuen Kleidern an diesem wilden Ort und fühlte sich in dem wachsenden, atmenden, lebendigen Chaos ganz und gar zu Hause. Alles war möglich.

Erst jetzt schaute er sich die Blüte, die sich unmittelbar vor seinen Augen befand, mit dem geübten Blick eines studierten Botanikers an.

Erstaunlich! Das war die größte Blüte, die er jemals gesehen hatte, mit einem Durchmesser von fast zehn Zentimetern. Sein Blick wanderte weiter die Pflanze hinauf, und dabei entdeckte er immer mehr Blüten. Aber Geisterorchideen hatten nur eine oder zwei Blüten, allerhöchstens jedoch zehn.

Dr. Engelbert fing an, die Blüten zu zählen. Eins, zwei … sechs … zwölf … achtzehn Blüten.

Er hielt inne und plötzlich begriff er: Das hier war nicht *eine* Geisterorchidee, sondern es waren viele!

Er zählte die Blüten von etlichen Geisterorchideen, die an einem einzigen Baumstamm hochwuchsen. Ihm blieb vor Staunen der Mund offen stehen, und dann verzog er ihn zu einem breiten Lächeln. Dr. Engelbert war umgeben von unzähligen Geisterorchideen, die mit ihren zarten weißen, spindelförmigen Blättern um ihn herum an den Bäumen wuchsen.

Endlich zückte er seine Kamera und begann zu fotografieren.

„Ist alles in Ordnung mit Ihnen?", fragte Danilo und schaute ihn an.

Dr. Engelbert nickte und antwortete nur: „Ja." Und das stimmte wirklich. Seit vielen, vielen Jahren hatte er zum ersten Mal das

Gefühl, dass alles in Ordnung war mit ihm. Oder zumindest sein könnte.

Er fotografierte, bis ihm die Augen wehtaten, dann setzte er sich auf einen umgestürzten Baum und machte sich Notizen in einem kleinen Büchlein. Danach sammelte er Präparate und ging dabei so exakt vor, wie er es nur konnte, nämlich indem er jedes kleinste Detail untersuchte und analysierte, bis alles präzise und bis ins Kleinste dokumentiert war.

„Können wir uns jetzt wieder auf den Rückweg machen?“, fragte Danilo und wischte sich mit seinem Halstuch den Schweiß vom Gesicht.

„Ja, wir können aufbrechen“, antwortete Dr. Engelbert und verstaute sein Kamerazubehör und die gesammelten Präparate in den entsprechenden Plastikbehältern.

Danilo ging wieder voran, und so kehrten sie zurück zu der kleinen Schneise zwischen den Bäumen, die sie auf ihrem Hinweg zu der Lichtung geschlagen hatten.

Am Rande der Lichtung drehte sich Dr. Engelbert noch einmal um und schaute zurück.

„Haben Sie etwas liegen lassen?“, fragte Danilo.

Was sollte er darauf antworten? Ja, es fühlte sich an, als hätte er eine große Last dort zurückgelassen, denn seine Schultern waren auf einmal so unbeschwert. Doch er sagte: „Nein, ich habe alles, was ich brauche.“

Und so gingen sie zurück zum Fluss, wo bereits die Kanus warteten, in denen sie mit der Strömung rasch zurück zum Lager glitten.

Dr. Engelbert brachte die Kamera in der wasserdichten Tasche seiner Weste in Sicherheit und konnte es schon jetzt kaum erwarten, die Fotos, die sehr schön geworden waren, dem Team zu zeigen. Die gesammelten Pflanzenpräparate würden die Welt der Botanik in Erstaunen versetzen.

Auf dem Rückweg kamen sie an einem Krokodil vorbei, von dem nur die Augen über der Wasseroberfläche zu erkennen waren. Es erschien ihm jetzt nur noch halb so bedrohlich wie noch auf dem Hinweg.

Er hatte wirklich etwas auf der Lichtung zurückgelassen. Wie diese Bergleute im Schacht hatte er aus der Finsternis Gott angerufen. Er hatte Licht gefunden und die Finsternis hinter sich zurücklassen können. Sie war jetzt Vergangenheit.

Das Wasser glitzerte im Sonnenlicht, als Dr. Engelbert das Paddel eintauchte und mit der Strömung flussabwärts paddelte.

Die Sonne ging langsam unter, und der Abendgesang der Vögel setzte ein. Am Ufer war immer noch die Wand aus üppig wucherndem Blattwerk zu sehen, aber jetzt kam ihm das alles nicht mehr bedrohlich vor, sondern exotisch, lebendig und traumhaft schön.

Er erinnerte sich noch einmal an das Gebet, das er zu Hause in seiner Wohnung gesprochen hatte, nachdem er den Bergmann im Fernsehen gesehen hatte.

Wo warst du?, hatte er Gott gefragt.

Als er jetzt auf die Orchidee in seiner Hand schaute, wusste er, dass sein Gebet erhört worden war. Gott war hier bei ihm, und er war die ganze Zeit da gewesen.

Die Blüte lag in seiner Hand, klein und zart, wie eine Seele. *Blüten sind nicht nur der Schönheit wegen da*, dachte er, *sondern sie sind nötig, damit die Pflanzen überleben können.*

Er würde sie Henny nennen.

„Und jetzt wieder Nachrichten aus der Eastriver-Mine in West Virginia. Was gibt es dort Neues, Chad?"

„Die neue Bohrerspitze ist heute Mittag eingetroffen und bereits eingebaut worden, und die Rettungsbohrung für die Bergungskapsel kann fortgesetzt werden. Bei mir ist jetzt Ike Shelling von der Firma Shelling Engineering, von der die Rettungsarbeiten hier vor Ort koordiniert werden. Mr Shelling, wann rechnen Sie denn damit, dass Sie zu den Männern durchbrechen?"

„Wenn die Rettungsarbeiten weiterhin planmäßig verlaufen, dann müssten wir sie eigentlich am frühen Sonntagmorgen erreicht haben."

„Ist die Bergungskapsel, in der die Männer hochgeholt werden sollen, denn einsatzbereit?"
„Ja, sie ist gestern hier eingetroffen und wird jetzt noch einmal genauestens überprüft, bevor sie dann für ihre Aufgabe bereit gemacht wird."
„Und jetzt ist auch Doug Cafferty bei uns, Direktor der Eastriver-Mine. Mr Cafferty, wie ist es da unten für die Männer jetzt?"
„Es ist sicher sehr belastend, aber die Männer, die dort unten festsitzen, sind stark, und sie wissen, dass wir alles tun, um sie herauszuholen. Sie werden auf jeden Fall das Ihre tun, um durchzuhalten."
„Wie sind denn die Bedingungen dort unten?"
„Nun, die Batterien der Gruben- und Helmlampen sind wahrscheinlich inzwischen alle leer, sodass sie in der völligen Dunkelheit sitzen. Wie belastend das sein muss, können Sie sich sicher vorstellen."
„Danke, Mr Shelling und Mr Cafferty. Es gibt sicher viele Menschen, die an die Bergleute da unten denken und für sie beten. Hier noch einmal die Stimme von Manny Santos, der das Vaterunser betet."
„… Denn dein ist das Reich und die Kraft …"

Kapitel 10

Und die Kraft

Der Tornado kam mit einer Wucht, mit der niemand gerechnet hatte. Er raste durch die Stadt Rocksboro, entwurzelte 100 Jahre alte Eichen und deckte Häuser ab. Bei einigen der Häuser waren die Fassaden abgerissen, sodass man hineinsehen konnte wie in komplett eingerichtete Puppenhäuser. Bei einem Haus blickte man direkt auf die Gästetoilette, neben der das Klopapier noch ordentlich auf der Rolle hing. Die Straßen waren übersät mit umgestürzten Bäumen und Trümmern.

Mack war schon dabei, seine Ausrüstung im Truck zu verstauen, als sein Handy summte. Es war sein Chef Dillon. Mack drehte sich zu Marie um, die ihm vom Fenster ihrer kleinen Wohnung aus zuschaute. Er hielt sich mit der einen Hand das Handy ans Ohr, während er mit der anderen weiter den Truck belud.

„Komm wieder zurück zur Station, so schnell du kannst … und bring dein Werkzeug mit", sagte Dillon. Er vertat keine Zeit mit langen Vorreden … der Strom war weg, und es war ihr Job, die Sache wieder in Ordnung zu bringen, und zwar so schnell wie möglich.

„Alles klar", antwortete Mack, ohne zu fragen, was los war. Nach 22 Jahren als Stromleitungsmonteur wusste er es auch so: Nach so einem heftigen Sturm gab es überall Probleme. Stromleitungen waren gerissen und heruntergefallen, es gab umgestürzte Transformatoren, und im gesamten Stadtgebiet war der Strom ausgefallen.

„Wo fangen wir an?", fragte er, während er die hintere Ladeklappe seines Trucks schloss und dann noch einmal zurück zur Wohnung ging, wobei er über abgebrochene Äste und Zweige steigen musste.

„Der Tornado hat die gesamte Stromversorgung im Gefängnis von Rocksboro lahmgelegt", antwortete Dillon. „Der Gouverneur ist völlig außer sich."

Mack blieb mitten im Vorgarten stehen und sagte einen Moment lang gar nichts. Das Gefängnis von Rocksboro. Schon allein beim Gedanken daran krampfte sich sein Magen zusammen. Er schaute in die Ferne über die Felder auf eine riesige Eiche, die vom Sturm entwurzelt worden war und deren Wurzeln jetzt nackt und bloß in den Himmel ragten, so als hätte ein Riese den Baum ausgerupft wie ein Unkrautbüschel.

Die Worte *Gefängnis von Rocksboro* bewirkten bei Mack, dass er sich genauso entwurzelt fühlte wie der riesige alte Baum.

„Ich kann mir vorstellen, dass die Wachleute da jetzt ziemlich nervös sind", sagte Mack schließlich und trat dabei nach einem heruntergefallenen Ast.

„Ja, nehme ich auch an. Wir müssen uns schleunigst darum kümmern. Wenn der Gouverneur mit unserer Arbeit nicht zufrieden ist, könnte uns das unseren Job kosten."

„Okay, ich bin in zehn Minuten da."

Mack schaute zum Himmel hinauf, der sich gerade zu einem bedrohlichen Schwarzblau verdunkelte. Das war kein gutes Zeichen, weil es auf einen neuen Sturm hindeutete, aber die richtig dunklen Wolken ballten sich jetzt weiter westlich. Im Laufe des Tages hatte der Himmel im Süden – in der Richtung, wo das Gefängnis lag – einen seltsamen Dunkelblauschimmer angenommen, das hatte Mack schon den ganzen Nachmittag beobachtet. Für Leitungsmonteure war das Wetter sehr wichtig, denn die Leitungen an sich, besonders die Hochspannungsleitungen, waren schon gefährlich, aber Blitze waren noch mal etwas ganz anderes – eine unberechenbare und nicht zu kontrollierende Urkraft.

Doch was auch immer das Wetter ihnen bescheren würde, sie würden reparieren, was zu reparieren war. Sie gaben bei so etwas nicht auf, arbeiteten, wenn es sein musste, bis spät in die Nacht und kamen dann am nächsten Tag früh wieder, um in Ordnung zu bringen, was dann immer noch nicht funktionierte.

Marie stand in der Küche und schaute zum Fenster hinaus in Richtung der dunklen Wolken. Bevor der Strom ausgefallen war, hatten sie im Radio gehört, wie einer der verschütteten Bergleute in West Virginia das Vaterunser gebetet hatte. Bei der Stelle: *… denn dein ist das Reich und die Kraft*, war das Radio ausgegangen, und der Alarm war losgegangen. Was für eine Ironie!

Wo keine Kraft war, blieb es dunkel.

Im Zwielicht der Abenddämmerung hatten Marie und Mack sich eng aneinandergekuschelt, während der Sturm über sie hinweggefegt war. Marie hatte gebetet und sich an Mack geklammert, aber er betete nicht mehr. Damit hatte er vor zwei Jahren aufgehört, als die ganze Sache passiert war, als es den Anschein gehabt hatte, dass die Kraft der Dunkelheit die Kraft des Lichtes in ihrem Leben besiegt hatte.

„Musst du los?", fragte sie, obwohl sie die Antwort ohnehin schon wusste.

„Ja", antwortete er.

„In die Stadt?"

„Nein", sagte er zunächst und überlegte, ob er es ihr sagen sollte, aber da fragte sie schon in drängendem Tonfall nach: „Was ist denn los?"

Sie würde es ja sowieso erfahren, also antwortete er, so beiläufig und locker er konnte: „Im Gefängnis ist der Strom ausgefallen."

Sie wendete den Blick vom Fenster ab und starrte ihn an, aber er wich ihrem Blick aus. Er wusste, was sie dachte, und er wollte es nicht hören.

„Dann könntest du ihn doch besuchen", sagte sie trotzdem.

„Aber wir gehen gar nicht rein", entgegnete er.

„Wenn du schon mal da bist, könntest du doch …"

„Ich habe zu tun", wiegelte er ab.

„Er möchte dich sehen, Mack", sagte sie fast flehend.

Mack war so gut wie nie ärgerlich auf Marie, aber jetzt schnauzte er sie an: „Ich werde *nicht* zu ihm gehen, Marie, und es ist mir völlig egal, ob er mich sehen will oder nicht. Ich habe ihm einmal vertraut, und den Fehler mache ich nicht noch einmal."

Tränen stiegen in ihre Augen, und sofort fühlte Mack sich wie ein Schuft.

Das Wetter und die Gefahren, die die Stürme für ihn bei der Arbeit mit sich brachten, machten sie beide nervös und dünnhäutig. Auch durch ihr Leben war ein Tornado gefegt und hatte Dinge zerstört und bloßgelegt. Wenn so ein Schaden erst einmal angerichtet war, konnte er nur schwer wieder behoben werden.

Seit zwei Jahren saß Maurice jetzt schon im Gefängnis von Rocksboro. Seit zwei Jahren hatte Mack ihn aus seinem Leben gestrichen, und er hatte nicht vor, daran etwas zu ändern. Ihm war schon vorher klar gewesen, dass es nicht gut war, das Gefängnis überhaupt zu erwähnen, denn es war nie gut, an alten Wunden zu rühren.

„Tut mir leid", sagte er.

Ihr Blick wurde ein wenig weicher, sie nickte und sagte: „Sei bitte vorsichtig, ja?"

„Bin ich doch immer", entgegnete er und gab ihr einen Kuss.

Das stimmte. Er war wirklich immer vorsichtig.

Die Arbeit war gefährlich, und man musste aufpassen wie ein Luchs, wenn man im Dunkeln mit heruntergefallenen Stromleitungen hantierte. Da fasste man schon leicht einmal eine Leitung an, auf der Strom war, und wenn das passierte, war man auf der Stelle tot. Die Kraft der Elektrizität war etwas Gefährliches, wenn man sie nicht unter Kontrolle hatte, so wie diese Leitungen, die scheinbar harmlos auf dem Boden lagen, aber immer noch unter Strom standen.

In letzter Zeit hatte Mack allerdings das Gefühl, so gar keine Kraft mehr zu haben, weder kontrollierte noch unkontrollierte. Er fühlte sich innerlich wie betäubt, ja fast wie abgestorben, und auch aus Maries Blick war die Helligkeit verschwunden. Wenn man zu viel Leid erlebte, dann gab man irgendwann auf.

Seine Arbeit war das Einzige, was Mack noch hielt und was ihn weitermachen ließ, denn zu Hause in ihrer Wohnung war es immer so still. Sie hatten ihr Haus und ihre gesamten Ersparnisse verloren, um Maurices Anwalt bezahlen zu können. Sie hatten ihm geglaubt, als er gesagt hatte, er habe nichts mit der Sache zu tun, aber dann war die Wahrheit ans Licht gekommen, und alles Licht und Leben war ihnen abhandengekommen. Eine Zeit lang hatten sie bei Maries Bruder gewohnt, so lange, bis sie wieder genug zusammengespart hatten, um die Kaution und die Miete für eine Wohnung zahlen zu können.

Seit sie in die Wohnung in Rocksboro gezogen waren, schien die ganze Geschichte einen immer größeren Keil zwischen ihn und Marie zu treiben. Sie waren jetzt in der Nähe von Maurice, und Marie hatte gleich nach dem Einzug angefangen, ihn zu besuchen. Mack wusste, wohin sie jeden Samstagvormittag ging, aber das gestand er sich und ihr nicht ein. Er wollte einfach nichts mehr von dieser ganzen Sache wissen. Maurice hatte ihm den Stecker herausgezogen, den Stecker zu seinem Leben und seinen Träumen – er hatte den Strom ausgeschaltet, sodass er innerlich völlig kraftlos war, hatte ihm Unrecht getan, und Mack wollte dafür auch keine Entschuldigung hören.

Maurice hatte sich für die Finsternis entschieden. Ein paar der Dinge, die er getan hatte, waren wirklich unfassbar. Unter anderem hatte er Leute ausgeraubt, Drogen verkauft und Menschen verletzt. Ja, er hatte sogar einen Mann getötet. Das hatte man ihm vor Gericht nachweisen können, und Mack und Marie hatten völlig entgeistert und wie vom Donner gerührt dagesessen, als die Beweise präsentiert wurden. Maurice hatte die Gang und das Leben auf der Straße seiner Familie vorgezogen.

Mack fuhr sehr langsam aus der Auffahrt vor der Wohnung, weil er dicke Äste und Trümmerteile umfahren musste, die auf der Straße verstreut lagen. In Gedanken war er schon bei der Arbeit, die vor ihm lag. Er würde zum Team stoßen, sie würden gemeinsam den Kranwagen der Firma mit Material und Werkzeug beladen und sich dann auf den Weg zum Gefängnis machen. Unterwegs würden sie alle abgerissenen und heruntergefallenen Stromleitungen und Transformatoren reparieren, an denen sie vorbeikamen.

Manchmal war schon mit einem Blick zu erkennen, was los war, zum Beispiel, wenn sie eine Leitung entdeckten, auf der ein Baum lag. Aber oft brauchten sie auch eine Weile, bis geklärt war, wo genau das Problem lag, und sie es behoben hatten.

Manchmal war es mit dem bloßen Auge auch gar nicht zu erkennen, wenn etwa ein Kabel im Boden gebrochen war oder eine Verbindung in einem Transformator sich gelockert hatte oder eine Sicherung durchgebrannt war. Mack war immer bewusst, dass überall in ihren Häusern und Bürogebäuden Menschen darauf warteten, dass der Strom wieder ging. Die Leute waren auf ihn angewiesen.

Er dachte an Maurice, und der Zorn, den er auf seinen Sohn empfand, erhob sich wieder wie ein großer, hässlicher Drache. In den Monaten vor dem Prozess hatte er es nicht über sich gebracht, das, was Maurice getan hatte, als Mord zu bezeichnen, aber genau das war es.

Das Schlimmste an der ganzen Sache war für ihn, dass es nicht in seiner Macht gestanden hatte, Maurice positiv zu beeinflussen. Marie und er hatten zwar bemerkt, dass Maurice sich veränderte, dass er abends lange wegblieb, oft aggressiv und wütend war, dass er die Schule schwänzte und nicht mit ihnen sprach, aber alle Versuche, mit ihm zu reden, und auch Maries Gebete hatten nicht verhindern können, dass er immer weiter abrutschte – in die Gang und in den Abgrund.

Als Mack aus ihrem Wohngebiet auf den Highway fuhr, schaute er in den Sonnenuntergang. Der Himmel färbte sich gelb und orange, und überall lagen Trümmerteile herum. Hoch über ihm in einem Baum hing eine Jeans, und er kam an einer Kommode vorbei, in der nur noch die oberste Schublade steckte. Sie stand halb offen und offenbarte die ordentlich gefaltete Unterwäsche von irgendjemandem. Es war wirklich erstaunlich, was ein Tornado alles zutage brachte.

„*Sei vorsichtig*“, hörte er noch einmal Maries Stimme in seinem Kopf. Er dachte an die Sturmschäden und an die Arbeit, die vor ihm lag. Tatsache war, dass mehr Kollegen ums Leben kamen, weil sie den elektrisch geladenen Kranwagen anfassten, als durch einen Blitzschlag. Der Kran auf der Ladefläche kam manchmal mit einer Leitung in Berührung, sodass der ganze Wagen elektrisch geladen war, und wenn dann jemand aus dem Team etwas vom Wagen holen wollte und ihn berührte – zapp, das war's dann. Der Strom war nicht wählerisch, er suchte sich immer den kürzesten Weg in den Boden.

Ja, die Arbeit war gefährlich, das stand fest, aber sie gab ihm auch das Gefühl, wichtig zu sein und gebraucht zu werden.

Als Mack bei der Station ankam, war Dillon schon dabei, den Kranwagen zu beladen. Gemeinsam brachten sie die Vorbereitungen zu Ende, und dann stieg das fünf Mann starke Team ein, um zum Gefängnis zu fahren.

Auf der Fahrt lehnte Mack seinen Kopf gegen das Fenster und schloss die Augen. Er musste wieder daran denken, was Marie gesagt hatte: „Er möchte dich sehen."

„Justizvollzugsanstalt Rocksboro", las er kurz darauf auf einem Wegweiser.

„Hier sieht doch eigentlich alles ganz gut aus", sagte einer der Männer auf der Rückbank und verrenkte sich den Hals, um durch das Autofenster die Leitungen am Highway entlangsehen zu können.

„Der Tornado ist ja auch nicht hier, sondern südlich vom Gefängnis durchgezogen", erklärte Dillon.

Sie fuhren am Gefängnis vorbei, das völlig unbeschädigt aussah, aber etwas unglaublich Bedrückendes an sich hatte. Die Scheinwerfer an den Ecken des Gebäudes waren aus, genau wie die Straßenbeleuchtung an der Zufahrt zum Parkplatz. Gebäude ohne Stromversorgung hatten oft dieses tote Aussehen, besonders in der Abenddämmerung.

„Das sieht ja wie ausgestorben aus", sagte Mack.

„Kein Saft, kein Leben", entgegnete Dillon. Das sagte er immer, wenn es einen Stromausfall gab. So, als würde ohne Strom alles Leben zum Erliegen kommen.

Aber im Inneren des Gefängnisses war mehr als genug Saft und Kraft – Mannstärke. Das Gefängnis war voll mit Menschen, die ihre Körperkraft eingesetzt und Gewalt angewendet hatten, um zu bekommen, was sie wollten, Menschen wie Maurice. Nein, Mack wollte nicht an Maurice denken. Sein Sohn hatte ihn schon zu viel Kraft und auch anderes gekostet.

„Wir fangen am Highway an", sagte Dillon jetzt.

Sie fuhren am Gefängnis vorbei und bogen dann auf den Highway ein. Dillon stieß einen Pfiff aus, als er das Ausmaß der Schäden entdeckte. Sie waren noch gar nicht weit auf der Straße gefahren, als sie die ersten umgestürzten Strommasten sahen. Der Tornado hatte offenbar eine etwa 500 Meter breite und anderthalb Kilometer lange Schneise geschlagen, auf der alle Strommasten umgeknickt waren.

Dillon fuhr an den Straßenrand, und noch bevor der Kranwagen richtig zum Stehen gekommen war, stiegen die Männer schon aus und holten ihre Werkzeuge und Werkzeuggürtel von der Ladefläche. Mack fing an, den Mast vorzubereiten, während sich die anderen um die Stromleitungen kümmerten.

So arbeiteten sie sich vor, ersetzten Masten und brachten die Leitungen wieder an. Fünf Stunden schufteten sie ohne Pause und waren fast fertig, als Dillon Mack die Autoschlüssel zuwarf und sagte: „Nimm du den Wagen, Mack, und kontrolliere die Verteilerkästen im Gefängnis, während wir das hier fertig machen. Wenn du drinnen fertig bist, kommst du wieder hier vorbei und sammelst uns ein."

Mack fuhr langsam und musste immer wieder dicken Ästen auf der Fahrbahn ausweichen. Als er zu der Abzweigung zum Gefängnis kam, hielt er an und schaute zu dem großen Gebäude hinüber. Wie eine Festung ragte es aus der grünen Umgebung auf – dunkel und unheilvoll. Die Sonne ging jetzt unter, aber das Licht, das in der Ferne noch hinter den Wolken hervorblitzte, schien an dem Gebäude vorbeizuscheinen.

Dort drinnen war Maurice.

Mack spürte einen Stich in seinem Inneren und schlug mit der flachen Hand fest aufs Lenkrad. Er wollte das hier nicht machen – das nicht fühlen. Solche Gefühle waren besser irgendwo tief in seinem Innern vergraben aufgehoben. Doch als er das Gefängnis vor sich sah, kamen ihm die Tränen, und er schlug noch einmal heftig auf das Lenkrad.

Kraft. Er konnte Maurice nicht kontrollieren. Er konnte gar nichts kontrollieren. Aber bedeutete das nicht, dass die Finsternis mehr Kraft hatte und damit das letzte Wort behielt? Oder war Finsternis einfach die Abwesenheit von Kraft und Licht?

Der Schein der untergehenden Sonne spiegelte sich in einer der Scheiben des festungsähnlichen Gefängnisses, und der kleine Funken Hoffnung, den das bei ihm entfachte, gab ihm den Mut, weiterzufahren.

„Sei vorsichtig", hatte Marie gesagt.

Er parkte den Wagen in der gekiesten Auffahrt. Der Gefängnisbeamte kontrollierte seinen Ausweis und begleitete ihn dann zum Verteilerkasten. Es sah hier drinnen genau so aus, wie man sich ein Gefängnis vorstellte – endlose Gänge mit tristen, graublauen Wänden, die schon seit Jahren einen frischen Anstrich gebraucht hätten.

„Arbeiten Sie schon lange hier?", fragte Mack den Mann.

„Schon mein ganzes Leben. Eigentlich ist es ein ganz guter Job, außer bei Zwischenfällen wie dem Stromausfall jetzt. Es ist gar nicht so, dass die Gefangenen alle übel wären, aber man muss sie im Auge behalten. Manche warten nur auf die Chance, sich zu verdünnisieren."

Mack öffnete den Verteilerkasten und begann die Schaltkreise zu prüfen, während der Wachmann neben ihm stand und die Taschenlampe hielt.

„Haben Sie hier einen Häftling namens Maurice Jackson?", fragte Mack und versuchte dabei möglichst gleichmütig zu klingen.

„Ah, kennen Sie Maurice?", erkundigte sich der Mann.

Mack wandte sich wieder dem Schaltkasten zu und antwortete einsilbig: „Familie."

„Ich kann mich nicht erinnern, Sie schon mal gesehen zu haben. Haben Sie denn Maurice schon hier besucht?"

„Nein."

„Wir können gern auf dem Rückweg bei seinem Zellenblock vorbeigehen, wenn Sie ihn sehen möchten", bot der Wachmann an. „Das macht mir keine Umstände."

„Nein, danke", antwortete Mack nur, schloss die Tür des Schaltkastens wieder und packte sein Werkzeug zusammen. Er hielt einen Moment inne, beugte sich über die Werkzeugkiste und ließ sich mit dem Einräumen mehr Zeit, als nötig gewesen wäre.

Die Gänge lagen im Schatten, und das Gefängnis wirkte tief und dunkel wie eine Höhle. Er musste wieder an den eingeschlossenen betenden Bergmann tief unten in dem Bergwerksstollen denken und daran, wie viele Gebete wohl von dort unten aus dem Dunkeln aufstiegen.

Wie viele Gebete waren auch aus seiner ganz persönlichen Dunkelheit aufgestiegen, damals, als Maurice verhaftet worden war.

„Schießerei zwischen Straßenbanden", hatte es lapidar geheißen. Sogar in den Nachrichten war darüber berichtet worden … mit einem Fahndungsfoto von Maurice. Mack war völlig überrumpelt gewesen, als er es gesehen hatte, und Marie neben ihm hatte vor Schreck und Überraschung laut aufgeschrien. Auf dem Foto hatte ihr Sohn eiskalt und brutal ausgesehen. Ihren lieben, sonnigen Maurice gab es nicht mehr – an seine Stelle war ein Gangster getreten.

Hatte die Finsternis denn wirklich so viel Kraft? Eigentlich war es doch Gott, der alle Macht haben sollte.

Seit der Geschichte mit Maurice ging Mack nicht mehr in die Kirche. Er hatte die Sache mit Gott aufgegeben, aber hier, in dieser Dunkelheit, sehnte er sich nach irgendeiner Art von Hoffnung, einem Zeichen, dass dieses dumpfe Gefühl in seinem Inneren, diese Lähmung, irgendwann weichen würde. Konnte auch seine eigene Kraft wiederhergestellt werden? Konnte Gott ihn wiederherstellen?

Er dachte an die Bergleute, wie sie in ihrer Verzweiflung im Dunkeln beteten, dachte an die Leitungen, die tief unter der Erde unterbrochen waren.

Es war seine Aufgabe, dafür zu sorgen, dass wieder Kraft in Form von Strom floss, nur bei sich selbst konnte er das nicht. *Dein ist die Kraft.*

Dein ist die Kraft.

In dem, was der Bergmann da gebetet hatte, erkannte Mack die Kraft und Macht Gottes. *Dein ist die Kraft*, stimmte er zu, und dann fügte er noch ein anderes Gebet hinzu: *Bitte gib mir meine Kraft zurück.* Er war so müde. Er wollte nicht mehr in der Dunkelheit leben.

„Fertig?", fragte der Wachmann.

„Kann ich doch noch auf Ihr Angebot zurückkommen, Maurice zu sehen?", fragte er etwas kleinlaut.

„Ja, sicher", antwortete der Wachmann, und Mack folgte ihm den trostlosen Gang entlang in den Besucherbereich von Zellenblock B.

Der Raum war zu diesem Zeitpunkt leer, und Mack versuchte sich vorzustellen, wie es dort wohl aussah, wenn es zur Besuchszeit laut und voll war. Er visualisierte Marie auf einem der Stühle, wie sie über den Tisch hinweg mit Maurice redete, und fragte sich, worüber sie wohl sprachen.

„Nehmen Sie schon mal hier Platz“, sagte der Wachmann.

Mack setzte sich auf einen weißen Plastikstuhl an einen der kleinen grünen Tische, und der Wachmann ging weg. Mack musste wieder an die schlimme Zeit vor etwa zwei Jahren denken. Maurice hatte so viele Fehler gemacht – Fehler, die Mack und Marie teuer zu stehen gekommen waren.

In dem Moment ging die Tür zum Besuchsraum wieder auf, und Maurice kam herein. Er trug die grüne Gefängniskleidung, und sein Haar war ebenso stumpf und glanzlos wie sein Blick. Die Haft forderte ihren Tribut.

Als Mack Maurice so sah, überkam ihn ein furchtbarer, beinahe körperlicher Schmerz, und er kam sich plötzlich entsetzlich dumm vor. Was machte er hier eigentlich? Was wollte er ihm mitteilen? Er hatte sich noch nicht einmal überlegt, was er sagen sollte, wenn sie sich träfen.

Maurice setzte sich Mack gegenüber und sagte: „Schön, dich zu sehen.“

Mack machte den Mund auf, aber es kam nichts heraus.

„Ist zu Hause alles in Ordnung?“, fragte Maurice und runzelte besorgt die Stirn.

„Deiner Mutter geht es gut“, antwortete er und fuhr fort: „Eigentlich bin ich hier, um die Stromleitungen zu reparieren. Der Tornado hat am Highway auf anderthalb Kilometern Länge alle Masten abgeknickt.“

Maurice schaute nach unten. „Dann war also erst höhere Gewalt nötig, um dich hierherzubringen, was?“

Mack sah die dunklen Ringe unter Maurices Augen und sagte: „Ja, sieht ganz so aus.“

Sein Sohn sah blass und kaputt aus. Das Leben im Gefängnis war sicher hart … Vielleicht war es ein Fehler gewesen, dass er sich doch noch entschlossen hatte, Maurice zu sehen.

„Es tut mir leid“, sagte Maurice plötzlich. „Alles, was ich getan habe, tut mir so leid.“

Mack runzelte die Stirn und entgegnete nur: „Dass du dich entschuldigst, bringt uns auch nicht weiter.“

„Ich bitte dich um Verzeihung. Ich war dumm, wirklich dumm“, wiederholte Maurice noch einmal.

Da merkte Mack, wie ihm die Tränen kamen. In dem grellen Licht der Notbeleuchtung über ihnen sah das Gesicht seines Sohnes noch so jung aus.

An einer Stelle in seinem Herzen pochte und schmerzte es. Es war die Stelle, an der die Kraft blockiert gewesen war, und genau dort brandete jetzt ein solcher Schmerz auf, dass er kaum auf dem Stuhl sitzen bleiben konnte.

Er holte einmal tief Luft, und als er danach wieder zu Maurice aufblickte, sah er ihn plötzlich mit ganz anderen Augen. Er sah ihn so, wie Gott ihn wahrscheinlich sah: als einen Jungen, der einen Fehler gemacht hatte, einen Fehler, der ihm jetzt unendlich leidtat. Er war ein Junge, der Heilung und Vergebung brauchte, genau wie auch Mack selbst.

„Ist schon gut, Maurice", sagte Mack und meinte es wirklich so. „Es ist okay."

Der Zorn und die Bitterkeit schwanden, und jetzt sah er den Jungen, der ihm am Tisch gegenübersaß, und zwar nicht den, der ihn so enttäuscht hatte, sondern einfach nur einen Jungen, der Fehler gemacht hatte und Vergebung brauchte.

Maurices Gesicht leuchtete auf, und dann liefen ihm Tränen übers Gesicht.

„Ich verzeihe dir, mein Junge", sagte Mack.

Maurice schaute Mack an, und die Zeit stand still, als sich die Blicke der beiden in dem dämmrigen Raum begegneten.

„Ich verzeihe dir auch, Papa."

In dem düsteren, beinah gespenstischen Licht, das mithilfe eines Generators erzeugt wurde, schaute Mack Maurice über den Tisch hinweg an und streckte dann seine Hand aus. Maurice nahm sie, und einen Moment lang lagen ihre Hände ineinander, bis sich der Wachmann warnend räusperte und sie die Hände wieder vor sich auf den Tisch legten.

Mack saß eine Weile einfach ganz ruhig auf seinem Stuhl. Es kam ihm vor, als hätte er ein ganzes Leben darauf verbracht.

Er verspürte eine Kraft in sich, die ihn in Erstaunen versetzte – die Kraft, weiterzumachen. Die Kraft, nicht die Vergangenheit zu vergessen, sondern sie loszulassen und die kaputten Stellen heilen zu lassen.

Dein ist die Kraft. Das stimmte wirklich. Gott war die Quelle aller Kraft.

Die Angst war weg, und der Schmerz ließ nach, und jetzt kamen die Erinnerungen an seinen kleinen Sohn Maurice. An den kleinen dunkelhaarigen Jungen, der auf seinen Schultern gesessen hatte und ihm im Schwimmbecken in die Arme gesprungen war. An den kleinen Jungen, der mit ihm angeln gegangen war und ständig um ihn herum gewesen war, wenn er arbeitete. An den jungen Mann, der so schrecklich auf die schiefe Bahn geraten war. Die Erinnerung an den Zorn und den Frust darüber, keinen Einfluss mehr zu haben auf diesen jungen Mann, seinen eigenen Sohn.

Mack holte noch einmal tief Luft und sah, wie sein Sohn wieder zur Tür hinausging, zurück in seine Gefängniszelle. Der Schmerz, den er so lange unterdrückt hatte, der Schmerz darüber, seinen Sohn zu verlieren, kam jetzt wie eine gewaltige Woge zurück. Wieder stiegen ihm die Tränen in die Augen, aber er machte sich nicht die Mühe, sie wegzuwischen.

In dem Moment flackerte das Licht, der Motor des Generators ging tuckernd aus, und der Jubel der Gefangenen und des Wachpersonals hallte durch das ganze Gefängnis.

„Alles wieder in Ordnung. Wir haben wieder Saft", hallte es durch die Gänge.

„Ja", murmelte Mack, stand auf und ging ins Licht.

„Wir schalten jetzt in die Vereinigten Staaten, wo wir eine Geschichte verfolgen, an der die ganze Welt Anteil nimmt. In Eastriver, West Virginia, sind nach einer Explosion in einem Bergwerksschacht fünf Männer in einem eingestürzten Stollen eingeschlossen.
Was Sie hier sehen, ist ein riesiger Bohrer, der einen fast ein Kilometer langen Rettungsschacht in die Erde bohrt, durch den dann eine Bergungskapsel hinuntergelassen wird, um die Männer von dort unten heraufzuholen. Ungewiss ist allerdings nach wie vor, ob die Rettungsbohrung für die Männer, die dort unten in einem Hohlraum festsitzen, noch rechtzeitig kommt. Sind sie überhaupt noch am

Leben? Der anfänglich hergestellte Kontakt zu ihnen ist abgebrochen. In dem Stollen treten gefährliche Gase aus. Auch die Explosion am Donnerstag wurde durch Methangas verursacht. Den fünf Bergleuten bleibt nichts anderes, als zu warten.
Und die Stimme, die Sie gleich hören, ist inzwischen auf der ganzen Welt zu hören gewesen. Es ist die Stimme von Manny Santos, der betet."
„… Denn dein ist das Reich und die Kraft und die Herrlichkeit …"

Kapitel 11

Und die Herrlichkeit

Sandy konnte nicht schlafen, aber so war es immer, wenn er auf Schatzsuche war. Das Geräusch von Autohupen und Verkehrslärm stieg von den Straßen zu ihm herauf in sein Hotelzimmer, und die Bässe der Musikanlage in der Hotelbar unter ihm brachten sein Bett zum Vibrieren. Ihm standen Schweißperlen auf der Stirn. Er konnte selbst kaum glauben, dass er tatsächlich in Tasmanien war. Und erst recht konnte er nicht glauben, dass er allein hier war.

Er schaute auf die andere Seite des Doppelbettes, die Seite, auf der eigentlich Lena liegen sollte. Aber Lena war nicht da. Sie war … er wusste gar nicht genau, wo sie war. Es war in letzter Zeit ziemlich hitzig zugegangen in ihrer Beziehung. Lena hatte einfach nicht eingesehen, wieso es ihm so wichtig war, immer wieder auf Schatzsuche zu gehen.

Sie hatten sich beim Tauchen kennengelernt, und anfänglich hatte sie seine Leidenschaft für die Schatzsuche sogar geteilt. Aber während bei ihm die Begeisterung noch zugenommen hatte, war ihre immer mehr geschwunden und dann erloschen.

„Ich liebe das Tauchen auch und den Thrill der Suche“, hatte sie gesagt. „Aber du bist ja richtig besessen davon. Du willst immer mehr und mehr und mehr. Du suchst nach etwas, das du niemals finden wirst.“

Was wusste sie denn schon?

Er nahm sein Tauchlogbuch vom Nachttisch und sah sich noch einmal die Einträge an.

4. November, 7:20 Uhr, 18 m
Tauchstelle: Finigal's Island, Tasmanien
Große Korallenformationen. Bin an einer Familie australischer

Schwellhaie, grünen Muränen, an Hirnkorallen, Barrakudas und Schwärmen von Segelflossendoktorfischen vorbeigekommen. Keine „Glory".

4. November 13:30 Uhr, 18 m
Tauchstelle: Finigal's Island, Tasmanien
Seedrachen – Zackenbarsche – eine rote Languste und Meeresschnecken, die um die besten Plätze auf den Felsen kämpften – Lippfische-Quallen. Keine „Glory".

Und so ging das Logbuch der letzten drei Tage weiter, an denen er getaucht war. Er war immer mit leeren Händen wieder aufgetaucht. Keine „Glory"!

Wo war sie, die „Glory" – die Fregatte, die vor über 200 Jahren auf den Weltmeeren gesegelt war und die einen Schatz an Bord gehabt hatte? Seit zehn Jahren war er jetzt schon erfolglos auf der Suche nach ihr … aber nicht mehr lange. Die Chancen standen gut, dass er heute, spätestens morgen den Schatz finden würde. Dann würde die „Glory" ihrem Namen – „Herrlichkeit" – alle Ehre machen!

Er dachte an die einzelne Goldmünze, die er sorgfältig in seinem Koffer versteckt hatte, und widerstand der Versuchung, aufzustehen und sie sich noch einmal anzuschauen. Das war nicht nötig, denn schon bald würde auch der Rest der Beute ihm gehören, und dann konnte er die glänzenden Münzen in ihrer Herrlichkeit so lange anschauen, wie er wollte.

Er hatte seine Hausaufgaben gemacht und folgende Fakten recherchiert: Das 500-Tonnen-Segelschiff „Glory" war 1806 von England aus in See gestochen. Die Ladung bestand aus Goldmünzen, die dringend in Australien benötigt wurden. Das Schiff ging auf See verloren, und keine der Münzen war wieder aufgetaucht, außer … Sandy dachte an die Goldmünze, die in seinem Koffer versteckt war. Irgendwo gab es noch viel mehr davon. Und er würde sie finden!

Die andere Seite des Doppelbetts sah so leer aus und das machte ihn traurig. Er hatte eigentlich gedacht, dass sie den Schatz gemeinsam finden würden, aber daraus würde nun nichts werden.

„Mir reicht's", hatte sie gesagt. „Entweder der Schatz oder ich."

Er hätte sich gerne für sie entschieden, wirklich. Aber dann war er doch mit der im Koffer versteckten Goldmünze zum Flughafen losgefahren. Er fragte sich, ob sie noch in seinem Haus wohnte oder ob sie schon ausgezogen war. Wohin sie wohl gehen würde? Er wollte nicht, dass sie wegging. Sie war das Beste, was ihm je passiert war.

Er musste daran denken, wie wenig gesellig er gewesen war, bevor er sie kennengelernt hatte. Fast schon ein Kauz. Seine Nachbarn hatten ihn nicht leiden können, hatten sich ständig beschwert über seinen verwilderten Garten und über das alte Boot auf seinem Grundstück, das er restaurierte. Doch als Lena eingezogen war, hatte sie ihm geholfen, alles schön herzurichten und die Nachbarn kennenzulernen, und sie hatte sogar ein Straßenfest organisiert. Plötzlich fanden alle Lena *und* Sandy einfach großartig.

Er schaute auf die Uhr. Es war inzwischen schon 1:05 Uhr. Er brauchte dringend Ruhe, um morgen fit zu sein, aber der Schlaf wollte einfach nicht kommen.

Die Schatzsuche hatte etwas an sich, das ihn vor Aufregung immer ganz kribbelig machte. Das Abenteuer, die Möglichkeiten, dass man auf etwas total Unerwartetes stieß, etwas Wertvolles entdeckte – all das gab ihm irgendwie das Gefühl, vollständig und wirklich lebendig zu sein.

Er liebte das Tauchen, besonders das Tauchen in Schiffswracks. Irgendetwas an alten Schiffen, tief unten auf dem Meeresboden, gab ihm das Gefühl, etwas mit ihnen gemeinsam zu haben. Er gab es zwar nur ungern zu, aber er war wie so ein altes, abgewracktes Schiff – kaputt, nutzlos, und niemand wollte etwas damit zu tun haben. So war es jedenfalls gewesen, bis Lena in sein Leben getreten war. Vor ihr hatte er sich in einer endlosen Abwärtsspirale befunden, hatte kaum Kontakte zu anderen Leuten gehabt und sich für nichts interessiert … außer dem Schatz. Die Beschäftigung damit verlieh ihm Energie und gab ihm das Gefühl, wichtig zu sein.

Er erinnerte sich noch gut daran, wie er beim Tauchen vor Key Largo zum ersten Mal eine Münze gefunden hatte. Bis heute war er erstaunt über den Rausch, den das bei ihm ausgelöst hatte. Und dann war da ein Tauchgang auf den Antillen gewesen, bei dem er auf ein altes Armband gestoßen war. Das Gefühl bei so einem Fund war wie der beste Trip der Welt, aber wie bei jeder berauschenden

Droge brauchte man dann immer mehr davon. Es war nie genug. Am nächsten Tag hatte er schon wieder an eine neue Schatzsuche gedacht – und an einen anderen Schatz.

Und dann hatte er den Brief gefunden – den Brief, der ihn zum größten Schatz von allen führen würde: zur „Glory" und ihrer „Herrlichkeit". Der alte vergilbte Brief war in der Seitenverkleidung des alten Segelbootes versteckt gewesen, das er gekauft hatte, zusammen mit einer zerknitterten und brüchigen Karte. Niemand wusste, wie lange beides schon dort in dem Versteck gelegen hatte. Und Sandy würde es auch nie erfahren, denn der ehemalige Bootsbesitzer war schon lange tot.

Doch die größte Überraschung war der kleine Stoffbeutel gewesen, der bei dem Brief lag. Als Sandy den Beutel geöffnet hatte, dessen Stoff schon ganz brüchig war, war die Münze herausgerollt, so glänzend, als wäre sie gerade erst geprägt worden. Lange hatte er sie angestarrt, völlig auf das Gold fixiert.

In dem Brief stand etwas von einem Schiff namens „Glory". Schon allein der Name hatte bewirkt, dass sich Sandys Nackenhaare aufstellten. Er hatte daraufhin begonnen zu recherchieren und war schließlich überzeugt, dass das Schiffswrack vor der Küste von Tasmanien liegen musste. In dem Brief war die Rede von einem Matrosen, der das Gold nahe der Stelle, wo das Schiff gesunken war, in einem kleinen Boot an die Küste geschafft und dort in einer Höhle versteckt hatte.

Auf der Karte von der Küstenlinie war die Stelle, an der sich angeblich die Höhle befinden sollte, mit einem grinsenden Piraten markiert. Stunden hatte Sandy über alten Karten verbracht, und als er seine Karte dann irgendwann mit der der Küstenlinie einer Insel vor Tasmanien verglichen hatte, war ihm klar, dass er einen Volltreffer gelandet hatte.

Im Internet hatte er nichts über ein Schiff namens „Glory" finden können, aber das war erstens nicht weiter verwunderlich und zweitens nur gut für ihn. Vielleicht war er sogar der Einzige, der überhaupt davon wusste, und niemand würde ihm zuvorkommen können. Er würde sich die Herrlichkeit der „Herrlichkeit" holen. Er würde es allen zeigen, und dann würden sie kommen und plötzlich alle etwas mit ihm zu tun haben wollen.

Seit dem Tag damals hatte er an dem Plan gearbeitet, die „Glory" zu finden, und nachdem er jetzt seit einer Woche hier auf der Suche war, hatte er das Gefühl, ganz nah dran zu sein. Noch ein guter Tauchtag mehr würde vielleicht schon genügen. Ob das Wetter halten würde? Es gab zwar Hinweise, dass sich ein Sturm zusammenbraute, aber noch nichts Konkretes.

Sandy stand auf und schaltete mit der Fernbedienung den Fernseher ein. In den 24-Stunden-Nachrichten war immer ein kleiner Ausschnitt mit dem Wetter eingeblendet. Zurzeit war es noch klar, aber im Osten braute sich etwas zusammen. Er kannte sich nicht besonders gut aus mit Wetterphänomenen, aber das dargestellte Sturmgebiet sah ziemlich groß und heftig aus.

Doch das war kein Problem. Er würde die „Glory" finden und in null Komma nichts wieder aus dem Wasser sein.

Sandy lehnte sich zurück und verfolgte die Nachrichten.

„… fünf Bergleute verschüttet", sagte der Reporter, und dann folgte das Bild von irgendeinem Kohlebergwerk irgendwo in den Vereinigten Staaten. Sandys Herz schlug ein bisschen schneller, weil er plötzlich ganz genau dieses Gefühl nachvollziehen konnte, irgendwo eingesperrt zu sein und nicht wegzukönnen. Er atmete einmal ganz tief durch, um gegen das Panikgefühl anzukämpfen, das sich bei diesem Gedanken in ihm hocharbeitete. Aber er würde ja nicht festsitzen. Er war frei. Und jetzt, wo Lena weg war, erst recht.

Eigentlich ist es sogar besser so, dachte er, aber das dumpfe Gefühl, das er dabei hatte, sagte etwas ganz anderes.

Sandy setzte sich auf und stellte den Ton des Fernsehers lauter. Einer der Bergleute sprach das Vaterunser. Als Kind hatte Sandy das auch gebetet – jeden Sonntagmorgen, wenn er in Anzug und Krawatte mit all den anderen Kindern in einer Reihe gesessen hatte. Damals hatte er sich so klein und unbedeutend gefühlt.

„Dein ist das Reich und die Kraft und die Herrlichkeit", beteten die Bergleute.

Dein ist die Herrlichkeit. Sandy grinste und veränderte im Geiste den Text: *Nein, mein ist bald die „Herrlichkeit". Ha!* Dabei hatte er ein klares Bild von dem Schiff und dem Schatz vor Augen, und das war wirklich … herrlich.

Er war jetzt hellwach und starrte an die Decke, während er darauf wartete, dass es Tag wurde.

Bei Anbruch der Dämmerung würde er seinen neuen Skipper treffen, ein Typ namens Chip, der angeblich der beste weit und breit war. Chip sollte ihn an eine etwas entlegene Stelle vor der Insel bringen, und Sandy hatte das sichere Gefühl, dass morgen *der* Tag sein würde.

Mit glänzenden, schimmernden Bildern von Goldmünzen im Kopf schlief er schließlich wieder ein.

Das kleine Boot wurde auf der offenen See von den Wellen hin- und hergeworfen, sodass Sandy sich an der Seitenwand festhalten musste. Der Kahn hatte sicher schon bessere Tage gesehen, aber er reichte aus, und dieser Chip schien wirklich schwer in Ordnung zu sein. Mit seinen zerschlissenen, fleckigen Khakishorts, dem Dreitagebart, einem uralten Basecap und dicken Muskelpaketen, um die er sicher von sehr viel jüngeren Männern glühend beneidet wurde, sah er original aus wie eine Figur aus einem Piratenfilm.

Er hatte im Laufe der letzten Jahre sicher schon so manchen Taucher durch diese Gewässer gelotst. Das Wichtigste war, dass er sich hier wirklich auskannte wie in seiner Westentasche … und dass er nicht nach irgendwelchen Genehmigungen und Tauchprotokollen fragte.

„Und Sie wollen also heute ein Schiffswrack finden?“, fragte Chip Sandy, ohne sich zu ihm umzudrehen. Zuvor hatte er sich ohne eine erkennbare Gefühlsregung die uralte Karte angeschaut, die Sandy ihm gezeigt hatte, und gesagt: „Ich hab mal gelesen, dass hier in der Gegend schätzungsweise mindestens tausend Wracks auf dem Meeresgrund liegen, aber wahrscheinlich sind es noch viel mehr, von denen keiner weiß.“

„Wow. Ja, das habe ich vor“, antwortete Sandy nun auf die Frage des Skippers.

„Es gibt nicht viele Leute, die auf diese Seite der Insel wollen – hier ist die See ziemlich rau“, meinte der Skipper, und das kleine

Boot schaukelte wirklich heftig in den Wellen, als sie jetzt auf offener See zu der Insel übersetzten. Chip zeigte auf die Tauchausrüstung und fragte: „Haben Sie alles dabei?“

„Ja. Wenn ich mich mit etwas auskenne, dann ist es Tauchen.“

Es war alles da: Tauchermaske, Schnorchel, Tarierweste, Flossen und die Tasche, um die Beute mit hochzubringen. Sandy kontrollierte noch einmal die Weste, zog dann sein Tauchermesser heraus und fuhr mit dem Daumen an der Klinge entlang. Für den Fall, dass er es brauchte, war es einsatzbereit.

„Gut.“ Chip konzentrierte sich auf das Meer und den Himmel. „Wir müssen heute gut auf das Wetter achten. Da braut sich ein schwerer Sturm zusammen. Vielleicht dauert es noch einen Tag, aber bei diesen Stürmen kann man nie wissen. Sie sind wie Frauen – ändern von jetzt auf gleich ihre Meinung.“

Sandy wünschte, Chip würde nicht andauernd vom Wetter reden. Schon am Morgen hatte er die Tauchtour beinahe abgesagt, aber Sandy hatte ihn dann schließlich noch überredet zu starten. Er brauchte nur noch einen Tag mehr, das spürte er in den Knochen.

Sie umfuhren jetzt die Inseln, und dann kam die westliche Küste in Sicht. Chip drosselte den Motor und sagte: „Da drüben ist es. In zwanzig Minuten sind wir da.“ Die Insel, auf die er zeigte, war jetzt näher, und Sandy konnte grob die Küstenlinie erkennen. Sie waren inzwischen weit weg von den üblichen Tauchplätzen.

Sandy begann damit, seinen zweiteiligen Taucheranzug aus sieben Millimeter dickem Neopren anzuziehen. Er hoffte, dass er ihn lange genug warm halten würde.

Als Chip den Motor ausschaltete, war Sandy bereit.

Die Wellen waren jetzt etwa einen halben Meter hoch, also gar nicht so schlimm. Wenn er erst einmal unter Wasser war, würde er den Wellengang gar nicht mehr merken.

Sandy checkte noch ein letztes Mal die Druckluftflaschen und gab Chip dann das „Daumen hoch“-Zeichen.

Chip nickte und sagte: „Ich achte auf die aufsteigenden Luftblasen und folge Ihnen mit dem Boot.“

„Es kann schon ein paar Stunden dauern“, sagte Sandy. „Wahrscheinlich mache ich eine kurze Pause hier oben und tauche dann noch einmal.“

Chip nickte, wandte aber ein: „Vorausgesetzt, das Wetter hält."
„Das wird es schon", beschwichtigte ihn Sandy.
„Bleiben Sie lieber von den Höhlen weg, da Sie allein da unten sind", ermahnte ihn Chip zum Schluss noch.
„Klar", log Sandy. Er war sich ziemlich sicher, dass er so gut wie alles tun würde, um endlich den Schatz zu finden.
Er setzte seine Tauchermaske auf, rückte sie zurecht und ließ sich dann rückwärts vom Heck des Bootes ins Wasser fallen.
„Auf zur *Herrlichkeit*", rief er in sein Mundstück hinein, als er aufs Wasser traf.

Chips Warnung blieb ihm sehr präsent im Gedächtnis. Es war noch gar nicht lange her, dass eine Taucherin, die Sandy kannte, in einer Unterwasserhöhle ums Leben gekommen war. Sie hatte die Orientierung verloren, und als die Luft knapp wurde, war sie immer tiefer in die Höhle hineingetaucht statt des ziemlich einfachen Weges zurück ins Freie. Sandy musste sich zwingen, nicht an die Gefahren, sondern an den Schatz zu denken. Natürlich war ihm klar, dass er eigentlich nicht allein tauchen sollte, und schon gar nicht in einer Höhle. Aber jetzt, wo Lena nicht mehr mit von der Partie war, hatte er niemanden, der ihn hätte begleiten können, denn er vertraute keinem anderen Menschen als ihr. Nach all den Mühen und Schwierigkeiten, die er bei der Suche nach der *Glory* bereits allein gemeistert hatte, war er jetzt so dicht davor, sie zu finden … und nun würde er den Schatz ganz sicher nicht noch mit jemandem teilen.
Konzentrier dich auf den Schatz, ermahnte er sich jetzt noch einmal selbst.
Unter Wasser war Sandy in seiner ganz eigenen Welt. Er sank auf den weichen, sandigen Meeresboden hinab, der von riesigen Hirnkorallen in unterschiedlichen Grün-, Blau- und Gelbtönen besiedelt war. Seine Füße berührten neben einem ganz besonders großen Exemplar mit vielen Vertiefungen den Boden, die leuchtend neongrün mit dunkelbraunen Säumen waren. Doch Sandy nahm die prächtige Koralle gar nicht wahr. Er rückte noch einmal die Druckluftflaschen

auf seinem Rücken zurecht und schaute nach oben, wo er den Boden von Chips Boot sehen konnte, das auf den Wellen tanzte.

Er war nun in ungefähr 20 Metern Tiefe, würde aber noch tiefer hinuntergehen, wenn er sich von den Korallen entfernte und mit der Suche begann. Erst einmal schaute er jetzt auf seinen Kompass, um sich zu orientieren. Er würde in Richtung der Felswand tauchen und sie dann anhand eines Rasters, das er im Kopf hatte, von Osten nach Westen systematisch nach dem Höhleneingang absuchen. Entschlossen setzte er sich in Bewegung, indem er kräftig mit den Taucherflossen lospaddelte.

Schon bald erreichte er die mit dunklen Eingängen gespickte Felswand und schwamm langsam an ihr entlang. Hier in Tasmanien gab es unzählige Höhlen an den Küsten, teilweise unter, teilweise über Wasser, und sie hatten alle etwas Unheimliches an sich. Nicht umsonst trugen sie Namen wie „Die Katakomben", „Der Totenkopf" oder „Das Rätsel" und hatten alle ihre gruseligen Geschichten.

In dem alten Brief, den er gefunden hatte, gab es eine sorgfältige und sehr genaue Zeichnung von der Höhle, deren Eingang sich in einem bogenförmigen Fels befand und mit einem grinsenden Piraten markiert war.

Beim Abscannen der Felswand sah Sandy eine Muräne, die aus einem Loch im Fels hervorschaute. Unter einer Felsklippe winkte irgendein Tier mit Tentakeln, und dann kam ein schimmernder Barrakuda vorbeigeschossen. Doch all das bemerkte Sandy kaum, so sehr konzentrierte er sich auf die Wand, in der er allerdings bis jetzt noch keinen bogenförmigen Felsen entdeckt hatte.

Zwei Stunden später schaute er zur Orientierung noch einmal auf seinen Kompass. Er war gut vorangekommen und hatte schon einen großen Teil der Wand abgesucht, aber bisher noch nicht das gefunden, was er suchte. Über ihm schaukelte nach wie vor Chips Boot.

Einen Moment lang ließ Sandy sich treiben und überlegte, ob er den Tauchgang beenden sollte. Er war seit zwei Stunden unter Wasser, also schon recht lange, aber es war noch Luft in den Flaschen.

Er seufzte in sein Mundstück hinein, aber er wollte sich von diesem ergebnislosen Tauchgang nicht entmutigen lassen. Die Höhle und der Schatz waren hier irgendwo, und er war ganz dicht dran, da war er sicher.

Er würde jetzt auftauchen, auf dem Boot die vorgeschriebene Pause machen und dann seine Suche fortsetzen. Doch genau in dem Moment, als er aufsteigen wollte, sah er eine bogenförmig gewachsene Koralle, hinter der die Öffnung zu einer kleinen Höhle verborgen zu sein schien. Die Koralle war von einem ungewöhnlichen Dunkelrot, aber auch das registrierte Sandy gar nicht. Er tauchte zu der kleinen Öffnung hin … die Höhle. War das etwa …?

Ja, es war tatsächlich eine Höhle mit einem gebogenen Eingang.

Sandy steckte den Kopf hinein, aber der Eingang war klein – viel zu klein, als dass er hindurchgepasst hätte –, weil sich offenbar im Laufe der Zeit einiges an Sand dort abgelagert hatte. Wenn es ihm jedoch gelang, einen Teil des Sandes abzutragen, passte er vielleicht doch durch die Öffnung.

Aus dem Augenwinkel bemerkte er ein wenig rechts von sich einen winzig kleinen Lichtblitz, so als ob etwas ganz kurz aufblinkte. Er wirbelte herum, wischte über seine Maske, schaute noch einmal hin, konnte aber nichts mehr entdecken.

Er konnte jetzt auf keinen Fall auftauchen. Dieser kleine Lichtblitz war auffällig gewesen, heller und stärker als die üblichen glitzernden Reflexionen von Fischschuppen oder dem schimmernden Perlmutt einer Muschel. Er durchkämmte den Sand an der betreffenden Stelle, doch ohne Ergebnis. Dann tauchte er noch einmal zurück zu der Stelle, von der aus er den Lichtblitz gesehen hatte, und tatsächlich – da war es wieder. Er hielt seinen Blick fest auf die Stelle gerichtet und bewegte sich mit kräftigen Beinschlägen in die entsprechende Richtung, als es erneut aufblitzte.

Es kam aus einem Büschel Seetang, in das er hineintauchte und vorsichtig mit den Fingern durch den Sand fuhr – bis er es hatte. Mit beiden Händen holte er den kleinen runden Gegenstand heraus … eine glänzende Münze! Mit dem Taucherhandschuh rieb er über die teilweise von Algen und Sand verkrustete goldene Oberfläche und sah sofort, dass diese Münze zu der passte, die er bereits hatte.

Ja! Er hatte ihn gefunden, den Schatz der *Glory*. Seine Herrlichkeit. Hier musste er sein. Er steckte die Münze in seinen Taucheranzug und schaute auf das Finimeter. Kaum noch Luftdruck in der Flasche. Er musste jetzt auftauchen. Das Herz schlug ihm bis zum Hals. Der Rest des Schatzes musste hier irgendwo ganz in der Nähe sein, höchstwahrscheinlich in der Höhle. Jetzt passte alles zusammen. Er war so nah dran!

Als Sandy wieder auftauchte, half Chip ihm erst zurück ins Boot und dann beim Ablegen der Ausrüstung.

„Es war echt schön da unten“, sagte Sandy, versuchte aber, nicht übermäßig begeistert oder gar euphorisch zu wirken. Die Pracht der Unterwasserwelt hatte ihn eigentlich noch nie besonders interessiert oder gar fasziniert. Schön war für ihn immer nur der Schatz.

„Ich möchte in ein, zwei Stunden noch einmal runter“, sagte er. So lange würde er warten müssen, damit der Stickstoff aus der Atemgasmischung aus seinem Körper entweichen konnte.

„Das Unwetter kommt näher“, gab Chip zu bedenken. „Ich weiß nicht, ob wir noch so lange hier draußen bleiben können.“

„Nur noch einen kleinen Tauchgang“, bat Sandy ihn. „Ich mache es auch wirklich kurz.“ Dabei griff er schon wieder nach einer Druckluftflasche.

„Ja, vielleicht noch ganz schnell“, sagte Chip und ließ die Augen über den Himmel schweifen.

Sandy folgte seinem Blick und sah die dicken Wolken hinter ihnen, die sich wie schwere Klumpen Schokoladenpudding über den Himmel schoben.

„Wir warten eine halbe Stunde ab und dann sehen wir weiter“, entschied Chip, lehnte sich auf dem Kapitänssitz zurück und öffnete eine Coladose. Sandy gab er auch eine. „Und … irgendwelche Hinweise auf den Schatz?“

Sandy merkte, dass seine Hand genau an der Stelle auf der Weste lag, wo er die Münze hingesteckt hatte.

„Nee, da unten war nicht viel los. Haben Sie schon mal einen Schatz gefunden?“

„Ja, hab ich.“

Jetzt horchte Sandy auf. Er beugte sich vor, um zu hören, wo der erfahrene Skipper schon Schätze gefunden und geborgen hatte. Er hatte bestimmt viel zu erzählen.

„Ich habe meine Frau gefunden“, fuhr Chip fort. „Und ich habe einen Sohn. Ich habe ein kleines Häuschen auf der Insel, und ich habe mein Boot. Das sind meine größten Schätze.“

Sandy verspürte einen Stich von Traurigkeit. Lena … sie war auch ein Schatz.

Und dann hörte er sich selbst sagen: „Ich habe auch eine Freundin.“

Sandy legte sich rücklings auf die Sitzbank und schloss die Augen, als ein leichter Regen einsetzte.

Lena machte sich nichts aus Gold. Es war ihr egal. Sicher, sie liebte das Abenteuer und den Nervenkitzel beim Suchen und Finden, aber das Gold an sich bedeutete ihr nichts. Wichtig waren ihr immer die Menschen. Zum Beispiel brachte sie dem Mann, der am Bootsanleger Handlangerdienste übernahm, immer ein Sandwich oder sonst irgendetwas mit, und wenn Nachbarn Hilfe brauchten, war sie immer zur Stelle. Und auch Sandy brachte sie immer viel Wertschätzung entgegen. Sie gab ihm das Gefühl, alles schaffen zu können, wenn er wollte.

„Du hast so viele großartige Eigenschaften“, hatte sie immer gesagt und dann einige davon aufgezählt. „Du weißt so viel; niemand kennt sich so gut mit dem Wasser aus wie du; du kannst Boote reparieren – und das auch noch in null Komma nichts. Du brauchst einen Motor nur zu hören, dann weißt du schon, was damit los ist. Du …“

Und so war es weitergegangen. Wenn sie seine positiven Eigenschaften und Fähigkeiten aufzählte, hatte er immer ein gutes Gefühl gehabt. Früher hatte er geglaubt, er hätte nichts Richtiges zu bieten, aber das stimmte gar nicht. Lena hatte ihn eines Besseren belehrt.

Chip stupste ihn jetzt am Arm an und sagte: „Das Unwetter kommt näher. Wir müssen zurück.“

Aber Sandy sprang auf, und ein unerklärliches Gefühl von Verzweiflung überrollte ihn. „Ich brauche noch einen letzten Tauchgang – nur einen ganz kurzen“, sagte er beinah flehend, griff nach einer frischen Druckluftflasche und schnallte sie sich um, nachdem er sich in seine Weste gezwängt hatte.

„Nein, das haut nicht mehr hin“, widersprach Chip. „Der Sturm kommt zu schnell näher.“

Sandy merkte selbst, dass der Wind auffrischte und auch die Wellen höher wurden. Chip hatte recht, aber Sandy konnte nicht anders. „Ich brauche nur eine Stunde", bettelte er. „Oder dreißig Minuten."

Er musste unbedingt noch einmal dort hinunter, und zwar heute noch. Nach dem Sturm würde der Meeresboden vielleicht völlig verändert sein, besonders bei einem so schweren Sturm wie dem, der jetzt auf sie zukam. Die kleine Öffnung in der Felswand wäre dann möglicherweise gar nicht mehr zu sehen, und er würde sie nicht mehr wiederfinden oder nicht hineinkommen. Wenn der Sand großflächig in Bewegung geriet, konnte es sein, dass der Höhleneingang für immer verschlossen war.

„Also gut. Dreißig Minuten", sagte Chip und sah Sandy mit zusammengekniffenen Augen an. „Keine Minute länger! In dreißig Minuten fahre ich los."

Sandy schaute auf seine Uhr. Es war 13:15 Uhr.

„Dreißig Minuten", sagte er. „Höchstens fünfundvierzig", und dann ließ er sich wieder rückwärts vom Heck des Bootes ins Wasser fallen.

„Der Sturm kommt!", schrie Chip ihm nach, aber Sandy war schon unter Wasser und auf dem Weg zum Meeresboden.

„*Das ist die letzte Chance*", betete er innerlich. „*Bitte, Gott, lass mich die Herrlichkeit finden.*"

Er orientierte sich kurz und tauchte dann in Richtung des Höhleneingangs, den er zum Glück auch fast sofort wiederfand. Er musste sich jetzt wirklich beeilen, und die Geschwindigkeit, mit der er den Sand vor dem Eingang wegschaufelte, hatte deshalb etwas Verzweifeltes. Um ihn herum wirbelte der Sand auf, als wäre ein Tornado am Werk. Er konnte nur etwa dreißig Zentimeter weit sehen, aber er grub trotzdem weiter, noch heftiger und noch schneller, bis er seinen Körper durch die Öffnung zwängen konnte, die er so zustande gebracht hatte.

Seine Uhr zeigte 13:25 Uhr an, aber das war Sandy in diesem Moment völlig egal.

Die Höhle fühlte sich noch kleiner an, als Sandy es sich vorgestellt hatte, aber als er sie mehr kriechend als schwimmend vorsichtig durchquert hatte, gelangte er zu einer größeren Kammer. Er fuhr mit den Händen schnell an den Rändern des Höhlenbodens entlang, grub seine Finger in die Ecken und Winkel, tastete nach irgendwelchen Anzeichen des Schatzes und zwang sich, sich keine Sorgen wegen Muränen und anderen Meeresgeschöpfen zu machen, die sich dort vielleicht versteckt hielten.

Nach einer ganzen Weile stießen seine Finger schließlich auf eine harte, unnatürlich gerade Kante. Beinah panisch warf er Sand und Geröll beiseite, die darum herum waren, und legte schließlich eine kleine Truhe frei.

Als er sich neben die Truhe kniete, hielt er kurz inne, und es wurde ganz still. Das einzige Geräusch, das noch zu hören war, war das seines Atems.

Ganz langsam öffnete er den Deckel der Truhe und schwelgte in dem Anblick, der ihm sich da bot – Goldmünzen. Hunderte von Goldmünzen. Er gönnte sich ein paar Minuten purer Freude über seinen Fund und schüttelte dann einmal kurz und heftig den Kopf, um sich wieder in die Realität zurückzuholen.

In Windeseile stopfte er die Münzen in den mitgebrachten Beutel und schaute wieder auf die Uhr, als er damit fertig war. Es war 13:45 Uhr. Die dreißig Minuten waren jetzt vorbei. Er fragte sich, ob Chip ihn wohl tatsächlich allein hier zurücklassen würde. Es war sicher das Vernünftigste, sich in Sicherheit zu bringen und zu hoffen, dass Sandy den Sturm unter Wasser irgendwie überstehen würde, aber es war ein starker Sturm, und Sandy hatte nicht mehr genug Atemluft, um stundenlang hier unten durchzuhalten.

Als er alle Münzen in den Beutel umgepackt hatte, hängte er ihn sich über den Arm und machte dann kehrt, um die Höhle schnell wieder zu verlassen. Dabei stieß er jedoch mit der einen Schwimmflosse gegen einen Felsbrocken, der dadurch ins Rutschen geriet und noch einen weiteren großen Felsbrocken mit in Bewegung brachte. Sandy konnte gerade noch rechtzeitig sein Bein wegziehen und sich in Sicherheit bringen, aber der dicke Felsbrocken landete genau auf seinem Beutel mit den Münzen, sodass nur noch die Nylonkordel zum Zuziehen frei lag – eine dünne Kordel, die zu all seiner erhofften Herrlichkeit führte.

Verzweifelt zerrte Sandy daran, aber der Beutel saß fest und ließ sich nicht herausziehen. Immer wieder zog Sandy an der Kordel und weigerte sich hartnäckig loszulassen, denn schließlich waren in dem Beutel all seine Träume.

Er versuchte um den dicken Stein herum eine Rinne zu graben, aber der Sand rutschte immer wieder zurück, sodass der Stein immer tiefer absackte und damit der Beutel natürlich auch. Der Sand wirbelte um ihn herum und verunreinigte das Wasser in der ohnehin schon düsteren Höhle, sodass er fast gar nichts mehr sehen konnte, und er zerrte immer heftiger und verzweifelter an der Kordel.

Die Herrlichkeit, dachte er. *Ich kann nicht ohne das Gold hier weggehen!*

Er stellte sich die glänzenden Münzen in dem Beutel vor und mühte sich ab, versuchte es immer wieder und war nicht bereit aufzugeben. Er veranstaltete ein gewaltiges Tauziehen mit dem Meer und war dabei zu verlieren, aber er konnte einfach nicht loslassen.

Über ihm kam der Sturm herangewalzt, und Chip wartete dort oben darauf, dass er wieder auftauchte. Doch wenn er den Beutel jetzt losließ, wäre der Schatz wahrscheinlich für immer verloren.

Als er jetzt noch einmal mit aller Kraft an der Kordel zog, um den Beutel mit den Münzen freizubekommen, stießen die Druckluftflaschen mit einem lauten „Klong!" gegen die Höhlenwand. Das dumpfe Geräusch in der Dunkelheit war unheimlich, und er hatte plötzlich das Gefühl, von etwas Düsterem, Bösen umgeben zu sein, das ihn verschlucken wollte. Als er an den grinsenden Piraten dachte, der auf der Schatzkarte die Stelle an der Küstenlinie markierte, kam er sich verhöhnt vor. Vielleicht würde er hier unten sterben.

„Bitte, Gott, gib mir die Herrlichkeit", sagte er noch einmal, während er weiter an der Kordel zerrte, die ihm jetzt vorkam wie ein dickes Kabel.

Dein ist die Herrlichkeit. Das Gebet des Bergmanns kam ihm plötzlich mit einer Macht wieder in den Sinn, die ihn überraschte. Er drehte sich zu der kleinen Öffnung der Höhle um, durch die schummeriges Licht hereinfiel.

„Ein Schatz ist nicht immer das, was man dafür hält", hatte Chip gesagt.

„*Dein ist die Herrlichkeit*", hatte der Bergmann gebetet.

Die Kordel in Sandys Hand hielt ihn fest. Er strengte sich noch mehr an und zog und zerrte. Winzige Salzwassertropfen sickerten ins Innere seiner Tauchermaske.

Das Licht außerhalb der Höhle lockte ihn, sodass er mit der Kordel in der Hand innehielt. Was machte er hier eigentlich? Was hatten ihm denn diese ganze fanatische Sucherei und der Kampf um Reichtum gebracht? Nichts. Ja, im Grunde brachte er ihn jetzt gerade sogar um. Aber wie konnte er es schaffen loszulassen?

Und dann ließ Sandy die Kordel los, die daraufhin sofort zu Boden sank und im Sand verschwand. Weg war sie. Der Kampf war vorbei.

Seine Atemzüge wurden wieder langsamer und Frieden kam über ihn.

Noch einen Moment lang verharrte Sandy so, aber dann tauchte er zum Eingang der Höhle zurück, hin zum Licht. Aber wie konnte es sein, dass von der Wasseroberfläche Licht bis zu ihm hinunterdrang, wo doch ein Sturm aufzog? Da hätte doch der Himmel eigentlich dunkel sein müssen. Aber dieses Licht war tatsächlich da.

Er zwängte sich aus der Höhle heraus und tauchte auf dem Meeresgrund in Richtung des Bootes. Auf dem Weg nahm er jetzt plötzlich all das wahr, was er zuvor gar nicht bemerkt hatte – prachtvolle Hirnkorallen in leuchtendem Orange und einen kleinen silbernen Fisch mit winzigen lila Punkten … alles war so unglaublich schön. Bunte Korallen, karibische Krustenanemonen und eine überreiche Vielfalt an Fischen in allen Farben und Formen, leuchtende Schwämme – eine spektakuläre Unterwasserwelt, für die er zuvor gar keinen Blick gehabt hatte. Es war prachtvoll, still, wunderschön, lebendig … und einfach herrlich.

Die Herrlichkeit Gottes umgab ihn von allen Seiten!

Einen Moment lang war er überwältigt von dem Gedanken, wie klein der Schatz war, den er gesucht hatte, im Vergleich mit der überwältigenden Schönheit um ihn her.

Dein ist die Herrlichkeit. Alle Herrlichkeit kam von Gott und gehörte deshalb ihm.

Die Finsternis der Höhle lang jetzt hinter ihm – das Dunkel und die hässliche Fratze der Gier. Aber vor ihm waren Licht und Schönheit … und ihm kam noch ein Gedanke: Lena.

Lass ihn bitte noch da sein, betete er, während er am Meeresboden entlangtauchte in Richtung der Stelle, wo das Boot warten sollte. Er schlug heftig mit den Flossen, um an die Wasseroberfläche zu gelangen, und dann durchbrach er sie wie ein Kind, das das Licht der Welt erblickt.

Und das Boot war noch da.

Er hielt sich seitlich am Bootsrand fest, nahm seine Maske ab, zog die Schwimmflossen aus und warf beides schwer atmend ins Boot.

Chip warf sofort den Motor an, und Sandy sah, wie der Sturm auf sie zurollte wie eine dunkle Wand, die vom Himmel bis hinunter aufs Wasser reichte. Doch er würde sie nicht mehr zu fassen bekommen.

Sandy lag völlig außer Atem auf dem Boden des Bootes. Er fühlte sich gut. Das Böse dort unten schien jetzt weit weg, und er merkte, dass er der Dunkelheit, in der er gelebt hatte, entronnen war.

„Und … haben Sie den Schatz gefunden?“, fragte Chip, während er mit Vollgas in Richtung Küste fuhr.

Sandy dachte an die Münzen dort unten auf dem Meeresgrund, die schon bald von dem dicken Felsbrocken weiter in den weichen Sandboden gedrückt und vermutlich niemals wiedergefunden und gehoben werden würden.

Chips Frage verwirrte ihn, und deshalb antwortete er nicht sofort. Er richtete sich auf dem Boden des Bootes halb auf und spähte über die Reling. Schwarze Wolken jagten in Richtung Ufer hinter ihnen her. Der Sturm kam jetzt rasend schnell näher. Vor ihnen, hinter Tasmanien, konnte Sandy strahlenden Sonnenschein durch ein paar kleine Wolken scheinen sehen. Vor ihm lagen Lena und der Rest seines Lebens.

„Chip?“

„Ja?“

„Ich glaube, ich weiß jetzt, was Sie mit dem größten Schatz gemeint haben.“

Chip lächelte zu ihm hinüber und sagte: „Das ist gut. Sehr gut.“

Und dort auf dem Boden des Bootes, auf der rasenden Fahrt zum rettenden Ufer, traf Sandy eine Entscheidung. Er würde heute noch nach einem Flug schauen und dann auf direktem Weg und so schnell er konnte, zu Lena fliegen, um sie zu fragen, ob sie ihm noch eine Chance gab.

Sandy lehnte sich mit dem Rücken an die Sitzbank und spürte, wie ihm der Wind ins Gesicht blies. Er konnte jetzt das große Ganze erkennen und wusste, dass er einem leeren Versprechen hinterhergejagt war.

Die Herrlichkeit – das war nicht der Schatz, sondern es war die Schöpfung um ihn her.

Dein ist die Herrlichkeit. Und Gottes Herrlichkeit war überall.

Sandy wusste, was er in sein Tauchprotokoll für diesen Tag schreiben würde:

6. November: Die Herrlichkeit gefunden!

„Vater unser im Himmel, geheiligt werde dein Name …"

„Wir warten mit den Familien beim Eastriver-Bergwerk und sprechen gemeinsam das Gebet, das wir vor ein paar Tagen noch Manny Santos haben beten hören, einen der Bergleute, die dort in einem Stollen in Mine 23 eingeschlossen sind.

25 Männer sind bereits tot geborgen worden, und schon morgen finden die ersten Trauergottesdienste und Bestattungen der Opfer statt. Doch für die fünf verschütteten Männer besteht immer noch Hoffnung.

Die kleine Gruppe von Angehörigen und Freunden wartet jetzt schon sehr lange ohne Kontakt zu ihren Lieben, die dort unter Tage festsitzen. Schon bald wird die Bergungskapsel zum ersten Mal hinuntergelassen werden. Wir schließen uns den Gebeten der Familien an, dass die Rettung noch rechtzeitig kommt.

Und hier ist noch einmal Manny Santos in der Aufnahme vom Tag des Unglücks, die wir ja inzwischen alle kennen."

„… in Ewigkeit …"

Kapitel 12

In Ewigkeit

„Ich habe wieder diesen Traum gehabt", sagte Ox und schaute Cliff dabei an.

Ox lag in seinem Pflegebett wie eine elfenbeinerne Erscheinung – im weißen Krankenhausnachthemd mit seinem schlohweißen Haar und dem bleichen Gesicht in den schneeweißen Kissen.

Cliff ließ die Stricknadeln und das Garn auf seinem Schoß ruhen und blinzelte ein paar Mal. Er war gerade dabei, Stricken zu lernen, aber seine großen Hände hantierten noch ziemlich ungelenk mit den Nadeln, und es lief nicht so, wie er es sich vorgestellt hatte.

Das rhythmische Klappern der Nadeln und die hinter ihnen herauswachsenden Maschen aus gelbem Garn, die sich langsam zu einem großen Gewebe verbanden, hatten etwas gleichzeitig Magisches und Gemütliches. Nur dass seine Nadeln nicht gerade rhythmisch klapperten, und das Gewebe des gelben Schals, den er strickte, war voller Unebenheiten und Knoten.

Er hatte immer wieder erlebt, dass für die Frauen, die er im Krankenhaus besuchte, Stricken anscheinend eine geradezu therapeutische Wirkung hatte. In mancherlei Hinsicht schien es bei den Damen mehr zu bewirken, als es seine 40 Jahre Dienst als Krankenhausseelsorger vermocht hatten.

Das leise Klappern hörte häufig nicht einmal dann auf, wenn er schlimme oder sogar die schlimmsten Neuigkeiten zu überbringen hatte. Die Hände behielten einfach den Rhythmus bei, und die Maschen verbanden sich unablässig weiter zu einem Gewebe. Und aus der Kraft dieser gleichförmigen Bewegung entstand ein Schal oder ein Babyschuh.

Er hatte gedacht, dass es ihn vielleicht beruhigen würde, zu stricken, wenn er bei Ox saß. Da hatte er nun schon so oft im

Krankenhaus an den Krankenbetten der unterschiedlichsten Menschen gesessen, aber noch nie zuvor hatte es ihn so mitgenommen. Doch bisher hatte ja auch noch nie sein bester Freund in einem solchen Bett gelegen. Er schaute die reglose Gestalt in dem Pflegebett an und sah dann auf seine Uhr. Drei Stunden hatte Ox dieses Mal geschlafen.

Ox fehlte ihm. Sie redeten zwar gar nicht so viel, aber seit Jahren schon saßen sie jeden Abend auf Cliffs Veranda vor dem Haus zusammen, Cliff in seinem Schaukelstuhl und Ox auf der Verandaschaukel. Manchmal erinnerten sie sich dann an irgendetwas.

„Mrs Magee", sagte Ox beispielsweise. Das war der Name ihrer Lehrerin in der vierten Klasse gewesen.

„Du meinst Mrs Magoo", entgegnete Cliff, und dann glucksten sie beide leise vor sich hin bei der Erinnerung an den nicht gerade schmeichelhaften Spitznamen, den sie ihr nach der Zeichentrickfigur Mr Magoo gegeben hatten – einem kahlköpfigen kleinen Mann mit Knollennase.

Mehr Worte waren gar nicht nötig. Die beiden Männer hatten eine gemeinsame Vergangenheit, und deshalb waren ganze Geschichten oft mit ein, zwei Stichworten erzählt. Andere Menschen fand Cliff anstrengend und ermüdend, denn lockere Konversation fiel ihm schwer. Mit Ox war das ganz anders.

„Ihr kleinen Schufte!" – das war alles, was er sagen musste, um sie beide zum Lachen zu bringen bei der Erinnerung an die Zeit, als sie aus dem Garten des Bürgermeisters Mais gestohlen hatten.

„St. Louis!", sagte einer von ihnen mitten in einem Gespräch, und schon war die Erinnerung wieder da, wie sie auf der Spielplatzschaukel immer höher und höher schaukelten und beide behaupteten, sie könnten bis nach St. Louis sehen. Und dann wussten sie ohne eine weitere Erklärung, dass der eine etwas sehen konnte, was der andere nicht sah.

So eine Freundschaft gab es nicht oft im Leben, und manche Menschen hatten wahrscheinlich ihr ganzes Leben nicht einmal eine einzige dieser Art.

Seit 85 Jahren waren ihre Geschichten untrennbar miteinander verwoben, und niemand kannte Cliff besser als der große Kerl dort vor ihm in dem Krankenhausbett.

Er strickte eine Masche, schob sie auf die andere Nadel und fragte sich dabei, ob er wohl mit 87 einfach zu alt war, um noch etwas Neues zu lernen. Das völlig verhedderte Garn auf seinem Schoß sprach jedenfalls dafür. In der Strickzeitschrift hatte das Bild so perfekt ausgesehen, die gleichmäßigen Reihen aus Garn, die als schicker Schal um den Hals eines Mannes in einem Glencheckjackett geschlungen waren. Das Foto hatte ihn dazu gebracht, Garn, Nadeln und Strickzubehör im Wert von 45 Dollar zu kaufen … Prinzip Hoffnung.

„Ich habe wieder diesen Traum gehabt", wiederholte Ox jetzt noch einmal, und seine Stimme klang schwach.

„Erzähl mir davon", forderte ihn Cliff auf, zog seinen Stuhl näher ans Bett und nahm Ox' Hand.

Er beugte sich etwas vor und legte seine eigene Hand unter die von Ox, um sein Gegenüber zu trösten und zu beruhigen, wie er es gelernt hatte, aber auch so, dass Oxford seine Hand jederzeit wegziehen konnte, wenn er die Berührung nicht mehr wollte. Oxfords Hand war alt und schrumpelig, aber immer noch stark.

„Ich war im Grant Park", begann Oxford zu erzählen. „Erinnerst du dich an den Grant Park?"

Oxford war immer noch genauso weiß wie das Bettzeug, in dem er lag. Seine Lippen waren trocken und rissig.

„Ich war mit Bobby zusammen." Seine Stimme war brüchig, aber eindringlich, und sein Blick strahlend. „Er war immer noch zehn Jahre alt, genauso alt wie damals, als er gestorben ist."

Cliff sagte nichts, sondern hörte einfach weiter zu. Nach 40 Jahren als Krankenhaus- und Hospizseelsorger war er sehr gut im Zuhören. Normalerweise lieh er Fremden sein Ohr, aber jetzt lag sein bester Freund vor ihm in dem Bett. Es war schwerer, jemandem zuzuhören, den man so gut kannte, besonders wenn diese Person im Sterben lag.

Oxford sagte einen Moment lang nichts und sammelte Kraft, um auch noch den Rest des Traumes zu erzählen. Cliff bot seinem alten Freund einen Schluck Wasser aus dem Plastikbecher an, der auf dem Nachttisch stand.

Ox beugte sich nur ein ganz klein wenig vor, trank mithilfe des Trinkhalms einen kleinen Schluck und legte sich dann wieder zurück.

„Der Traum“, erinnerte ihn Cliff jetzt. „Du wolltest von Bobby erzählen.“

Ox’ Augen strahlten wieder auf, und er fuhr fort: „Du warst bei mir, als er gestorben ist.“

„Ja, ich erinnere mich noch sehr genau daran.“

Cliff wusste noch sehr gut, wie sie als Jungen immer gemeinsam unterwegs gewesen waren – sie waren draußen umhergestreift und auf Bäume geklettert, hatten mit ihren Fahrrädern die Gegend unsicher gemacht und leer stehende Häuser erkundet. Damals hatten sie in der Stadt gelebt, in einem Viertel, das Grant Park hieß. Cliff selbst hatte noch bis zum vergangenen Monat dort gewohnt, und Ox hatte sein gesamtes Leben in dem Haus neben Cliffs verbracht.

Bobby war zwei Jahre älter gewesen als sie, und in ihrer Welt der Achtjährigen war er ein Riese gewesen. Er konnte einfach alles. Sein Tod war ihre erste Begegnung mit der beängstigenden Zerbrechlichkeit des Lebens gewesen.

Sanftes Licht fiel durch das Fenster des Hospizzimmers. Die Wände waren hellgelb gestrichen, und dadurch erinnerte der Raum eher an ein Schlafzimmer in einem Privathaus statt an ein Krankenhauszimmer.

Oxford räusperte sich leise und fuhr dann fort: „In meinem Traum ist er bei mir, und wir sind beide kleine Jungs. Nicht alte Knacker wie jetzt.“ Ox lachte, und dann ging sein Lachen in einen Hustenanfall über. Er schloss die Augen, öffnete sie dann wieder und packte Cliffs Hand fester. „In dem Traum sind wir zu den Schaukeln gegangen. Erinnerst du dich an die Schaukeln?“

Cliff nickte. Er konnte sich noch lebhaft an die Schaukeln aus Metall erinnern und an ihre Wettkämpfe. Sie schaukelten immer höher und höher und versuchten, einander dabei zu übertrumpfen. Er hörte es noch, das Quietschen von Metall auf Metall. Wenn es dann nicht mehr höher ging und sie an diesem höchsten Punkt die ganze Welt überblicken konnten, dann sprangen sie ab und flogen, von der Schaukel hochkatapultiert, in hohem Bogen durch die Luft. Ja, es war einen Moment lang wirklich wie Fliegen! Sie landeten dann in dem weichen Sandhaufen, der vor den Schaukeln lag.

Doch nach dem Tag, an dem Bobby gestorben war, hatten sie nie wieder dort gespielt.

Oxford schloss die Augen. Schweißperlen standen ihm auf der Stirn, und Cliff tupfte sie ihm mit einem kühlen Lappen ab.

„In dem Traum haben wir geschaukelt", fuhr Oxford dann fort. „In dem Traum ist Bobby glücklich und lacht."

„Er war immer glücklich", sagte Cliff und hatte plötzlich Bobbys strahlendes Grinsen vor Augen, als sei er ihm gestern zum letzten Mal begegnet. „Er war ein toller Junge."

„Was bedeutet der Traum, Cliff?"

„Ich weiß es nicht, Ox."

„Ich träume ihn immer wieder."

„Es ist doch ein schöner Traum", versuchte Cliff einen positiven Aspekt einzubringen.

„Ja, das stimmt", bestätigte Ox.

Cliff saß eine Weile einfach nur da und schaute seinen Freund an. Wie schon sein Name andeutete, war er ein zäher Bursche, ein Kämpfer, aber er verlor jeden Tag ein bisschen mehr an Boden, und alle Zeichen deuteten auf das nahende Ende hin. Vielleicht war das heute der letzte Tag seines Lebens.

Der Tod kam irgendwann zu jedem, und wenn das geschah, schien es Cliff immer so, als würde das Licht ausgeknipst. Im einen Moment war noch Strom da und der Raum war hell erleuchtet, und dann kam der Tod, und es war aus. Es floss keine Kraft mehr in den Körper, und es war vorbei.

Er hatte einmal gelesen, dass im Moment des Todes der Körper 21 Gramm leichter würde. Das sei das Gewicht der Seele, die in die Ewigkeit hinüberwechsle, hieß es.

Genau wie Cliff hatte Ox keine Angehörigen mehr. Er hatte außer Bobby keine weiteren Geschwister gehabt, und seine Mutter und sein Vater waren schon vor Jahren verstorben. Sie hatten die ganze Zeit immer in demselben Haus in Grant Park gelebt.

„Was ist denn das für ein Durcheinander?", fragte die Tagesschwester tadelnd, als sie ins Zimmer schaute und das verhedderte Garn auf Cliffs Schoß entdeckte. „Was haben Sie denn da bloß angestellt?" Dann fing sie an, ihm zu erklären, was er falsch gemacht hatte. „Sehen Sie, hier haben Sie eine Masche fallen lassen, und da haben Sie mitten in der Reihe die Richtung gewechselt. Und schauen Sie mal hier, wie das hier aussieht! Was für ein Chaos!"

Auch ihm fiel jetzt wieder auf, wie ungleichmäßig die Reihen waren, und er sah die vielen Löcher. Es sah auf jeden Fall ganz anders aus als der Schal in der Zeitschrift: hübsch und ordentlich, Reihe für Reihe, Masche für Masche reinste Perfektion. Aber im Leben gab es nicht viel, was perfekt war. Das Leben als solches war nicht perfekt.

Frustriert saß er da und wünschte, die Schwester würde sein Strickzeug einfach schnell in Ordnung bringen, aber eigentlich wollte er das auch wieder nicht.

Mit einem tiefen Seufzer sagte sie: „Vielleicht sollten Sie einfach noch mal von vorn anfangen. Ich würde es auch für Sie aufribbeln."

„Nein", sagte er mit Nachdruck. „Hier wird nicht von vorn angefangen."

Sie zuckte daraufhin nur die Achseln und begann, Ox' Bett zu machen.

„Ich würde ihn jetzt gern waschen", sagte sie, eine unausgesprochene Aufforderung an Cliff, das Zimmer zu verlassen.

Cliff steckte gehorsam sein Strickzeug zurück in den Stoffbeutel, strich sich die Krawatte glatt, stand auf, streckte seine arthritisch knackenden Knie und fand mithilfe seines Gehstocks, den er immer dabeihatte, sein Gleichgewicht. Er hatte in den 40 Jahren, die er jetzt schon als Seelsorger arbeitete, immer eine Krawatte getragen, und es war schwer, so alte Gewohnheiten noch zu ändern. Obwohl er jetzt schon lange im Ruhestand war, zog er immer noch jeden Morgen Hemd und Krawatte an.

Das Ende des Lebens und das, was an dem Übergang zwischen Leben und Tod passierte, hatten ihn schon immer interessiert. Vielleicht hatte das mit Bobby angefangen. Cliff war erst acht Jahre alt gewesen, als Bobby starb, aber dieses Ereignis hatte sein Leben von einem Moment zum anderen irgendwie auf eine andere Ebene gehoben. Er wurde sich der Kürze des Lebens bewusst, und er hatte es danach der Aufgabe gewidmet, Menschen zu helfen, die diese Welt verlassen mussten und in die Ewigkeit hinübergingen.

Vielleicht war das auch der Grund, weshalb er nie eine Frau genommen und eine Familie gegründet hatte. Ox dagegen hatte geheiratet und eine Zeit lang in San Francisco gelebt, aber seine Frau war schon vor vielen Jahren an Krebs gestorben.

Gott war es, der die Macht über Leben und Tod hatte, das Sagen darüber, wie lange jemand lebte und wann er starb. Gott allein hatte die Kontrolle über diesen Übergang zwischen Leben und Tod. Genau an dieser Stelle, dort, wo Menschen die Seiten wechselten, hatte Cliff viele Jahre gearbeitet. Es war ihm jedes Mal eine Ehre gewesen, dabei zu sein, und jeder dieser Menschen hatte den Tod anders erlebt.

Viele hatten geliebte, bereits verstorbene Menschen gesehen, die plötzlich mit ihnen im Raum waren, wie um sie hinüberzugeleiten. Eine sterbende Frau hatte sogar Jesus selbst am Fußende ihres Bettes erblickt. Irritiert hatte sie Cliff am Arm gepackt und gesagt: „Er möchte, dass ich mit ihm gehe, aber ich kann doch gar nicht mehr aufstehen. Wie soll ich denn aus dem Bett kommen?"

Cliff hatte einfach nur ihre Hand gehalten und ihr ins Ohr geflüstert: „Keine Sorge. Wenn es so weit ist, dann werden Sie es können."

Daraufhin hatte sich ihre Miene entspannt, und sie hatte mit so viel Liebe im Blick zum Fußende ihres Bettes geschaut, dass Cliff ebenfalls dorthin gestarrt und sich gefragt hatte, ob sie wohl über das Irdische hinaus in die Ewigkeit schauen konnte.

Cliff klackerte mit seinem Stock den Gang entlang zum Aufzug und fuhr in die erste Etage. Dort ging er langsam zu den Automaten mit den Snacks und verschaffte sich einen Überblick über das Angebot. In den drei Monaten, die er Ox jetzt schon hier besuchte, hatte er sich letztlich immer wieder für das Gleiche entschieden. Er nahm ein paar Münzen aus seiner Geldbörse, steckte sie in den Geldschlitz und wählte eine Packung Erdnussflips.

Danach blieb er vor dem Getränkeautomaten stehen, zog sich eine Cola light und ging dann in den kleinen fensterlosen Besucherraum, in dem ein paar Tische und Stühle standen. Hoch über ihm hing ein Fernseher an der Wand, in dem die Nachrichten liefen.

Er war gerade dabei, die Tüte mit den Erdnussflips aufzureißen, als er von vertrauten Worten in seiner Konzentration unterbrochen wurde. Da sprach irgendjemand das Vaterunser, und als Cliff genauer hinschaute, wurde ihm klar, dass es einer der verschütteten Bergleute war. Die Nachricht von dem Grubenunglück hatte er schon früher mitbekommen und den Fortgang verfolgt. Die eingeschlossenen Männer waren zwar immer noch nicht da rausgeholt worden, aber die Rettungsbohrung ging gut voran, und man hatte die Verschütteten schon beinahe erreicht.

Da gab es also einen Bergmann, der tief unter der Erde auf Knien betete, und es gab Familien, die für ihre verschütteten Lieben beteten. Er hatte das in seiner Laufbahn oft erlebt: Schon allein das Aufsagen dieses Gebetes konnte trösten und beruhigen, weil man das Gefühl bekam, dass Gott mit seiner Kraft in all das Schwere, scheinbar Aussichtslose hineinkam. Die Kraft Gottes, die durch das Gebet floss, geleitete viele Menschen aus diesem Leben hinaus.

Cliff hörte sich das gesamte Gebet an, bis zu den Worten „... *in Ewigkeit, amen.*"

Wie oft hatte er es schon für andere gebetet, wenn sie an der Schwelle zur Ewigkeit standen? Es tröstete und beruhigte immer. Er hätte es zwar nicht zugegeben – konnte es niemandem gegenüber zugeben –, aber jetzt, wo Ox dabei war, ihn zu verlassen; jetzt, wo die Erinnerung an Bobby wieder hochkam, da hatte er doch seine Zweifel. Gab es sie wirklich, die Ewigkeit? Er wusste es nicht. Und je näher er seinem eigenen Lebensende kam, desto häufiger zweifelte er.

Cliff nickte Schwester Sophie zu, als er am Schwesternzimmer vorbeikam, blieb stehen, lehnte sich auf den Tresen und schaute zu, wie ihre Finger beim Eingeben von Patientendaten über die Computertastatur huschten.

„Wie sieht es aus?", fragte er.

„Ich glaube, er hat es bald geschafft", sagte sie und lächelte ihn mitfühlend an.

Auch Cliff kannte die Anzeichen: Die Atmung veränderte sich, und die betreffende Person wurde schwächer und schlief immer mehr. Aber Ox hielt noch durch. Er war zäh und stur, und Loslassen war nicht sein Ding, egal, was es war.

„Denken Sie, noch heute Nacht?", fragte Cliff.

„Kann schon sein", antwortete sie leise.

Bevor er Oxfords Zimmer wieder betrat, lehnte er sich an den Türpfosten und spähte hinein. Der Schmerz bei der Aussicht, seinen Freund zu verlieren, machte ihm die Brust so eng, dass es richtig wehtat. Und das hier musste er ganz allein durchstehen.

Als er hereinging, schlug Ox die Augen auf und sagte mit schwacher Stimme: „Hallo."

Cliff setzte sich wieder neben das Bett und beugte sich vor. „Hey", antwortete er.

„Der Traum", sagte Ox. „Ich habe schon wieder den Traum gehabt", und dabei leuchteten seine Augen.

„Erzähl", forderte Cliff seinen Freund auf.

„Wir sind durch den Park gerannt, Bobby und ich."

„Ja …?"

„Und dann sind wir zu den Schaukeln gekommen. Bobby ist vorneweg gerannt. Erinnerst du dich noch, dass er bei Wettrennen immer gewonnen hat und wie er damit immer geprahlt hat?"

„Ja, das war typisch Bobby."

„Er ist auf die Schaukel gesprungen, hat mit dem ganzen Körper Schwung geholt, und als ich bei der Schaukel ankam, habe ich mich auch daraufgesetzt und versucht, genauso hochzukommen wie er. Wir haben beide wie die Wilden geschaukelt, doch er kam immer ein kleines bisschen höher als ich, auch wenn ich so hoch war, dass ich den Wasserturm sehen konnte, genau wie früher. Er hatte diese roten Lampen obendrauf. Erinnerst du dich?"

„Ja, ich erinnere mich gut."

„Er hat mit aller Kraft immer wieder Schwung geholt, immer mehr und noch mehr, und dann hat er mich angeschaut, mir zugelächelt, hat die Ketten an der Seite losgelassen und ist abgesprungen. Und ich habe gesehen, wie er geflogen ist – so wie früher immer."

„Ja, das mochte er immer so gern."

„Ich wollte auch loslassen, wollte auch fliegen, aber ich hatte Angst. Meine Hände haben sich an den Ketten festgeklammert, die Schaukel ist wieder zurückgeschwungen und … und …"

Cliff bemerkte die Tränen in Ox' Augen.

„Hey, das ist doch okay, Ox. Es war doch nur ein Traum." Er wollte, dass Ox damit aufhörte. Er wollte Ox' Traum nicht kennen, wollte nicht an die Schaukeln denken.

„Es kommt mir so vor, als ob das mehr ist als nur ein Traum, Cliff. Es lässt mich gar nicht wieder los.“

„Denk einfach nicht daran, Ox“, sagte Cliff zu seinem Freund. „Es ist nur ein Traum.“

Ox schwitzte jetzt leicht. „Ich werde einfach das Bild nicht wieder los, wie er mich angeschaut hat“, sagte er. „Mit diesem schiefen Grinsen, das er immer hatte. Wenn er so geguckt hat, hätte ich alles für ihn getan.“

„Ja, ich weiß genau, was du meinst.“

„Ich habe Angst, Cliff. Immer wieder habe ich diesen Traum, und jedes Mal habe ich Angst.“

Cliff nahm Ox' Hand, und so saßen sie einfach schweigend zusammen. „Es ist okay“, sagte Cliff nach einer Weile. „Jeder hat doch Angst. Das ist völlig normal. Was wäre denn, wenn du loslässt?“

Ox schloss die Augen und antwortete: „Ich weiß es ja nicht. Ich weiß es einfach nicht.“

Wieder waren sie einfach nur zusammen, ohne dass ein Wort fiel. Cliff schaute zu, wie Ox wieder wegdämmerte. Sein Atem ging jetzt mühsamer und flacher. Cliff bemerkte den Unterschied zum Vortag. Sein alter Freund hielt noch durch, aber nur noch mit knapper Not.

Cliff holte seinen angefangenen Schal hervor und ordnete die Maschen auf den Nadeln. Sein Werk sah tatsächlich ziemlich erbärmlich aus. Es war jedenfalls nicht so geworden, wie er es sich vorgestellt hatte. Er lachte leise auf. Es war ein bisschen so wie das Leben: Am Anfang hatte man eine ganz bestimmte Vorstellung davon, wie es werden sollte. Er hatte zum Beispiel eine Frau und Kinder angenommen gehabt und später dann Enkelkinder. Er hatte sich vorgestellt, bestimmte Dinge zu besitzen; ein Boot, ein Auto – etwas Spektakuläreres als seinen alten Ford Focus.

Er fand langsam wieder in den Strickrhythmus, und der Schal wurde länger. *„Higgenbotham“*, sagte er vor sich hin. Er grinste und musste dann sogar laut vor sich hin glucksen.

„Was ist denn so lustig?“, fragte eine Frauenstimme. Er hatte gar nicht bemerkt, dass die Schwester wieder ins Zimmer gekommen war.

Er schüttelte nur den Kopf und erklärte: „Um das zu verstehen, hätten Sie dabei gewesen sein müssen.“

Ox hätte es jedenfalls verstanden. *Higgenbotham*, das sagten sie, wenn etwas verloren und vorbei zu sein schien, in Wirklichkeit aber noch gar nicht war.

Es war in dem Sommer, als sie zwölf waren, bei dem Baseballspiel der Yorktown Yankees gegen die Davis Dodgers. Sie hatten bei den Dodgers gespielt und um einiges zurückgelegen. Es war ein langes Spiel, und ihre Lage schien aussichtslos. Alle Bases waren besetzt und zwei Spieler schon ausgeschieden. Joey Higgenbotham war an der Reihe, den Ball zu schlagen. Eigentlich war da nichts mehr zu machen. Sie hatten verloren – zumindest glaubten sie das.

„Lasst es ruhig angehen, wir haben sie doch schon", riefen die Yankees von ihrem Unterstand aus, und Ox und Cliff hatten schon angefangen, ihre Sachen zusammenzupacken.

Als sie hörten, wie der Ball den Schläger traf, schauten sie noch einmal aufs Spielfeld. Nach Higgenbothams Schlag segelte der Ball im hohen Bogen über den Zaun hinweg. Auf den Tribünen brach Jubel aus, und alle sprangen auf. Im einen Moment hatten sie schon als Verlierer ihre Sachen gepackt, und im nächsten rannten sie als Sieger aufs Spielfeld!

Das bedeutete *Higgenbotham*!

Er würde Ox daran erinnern, wenn er aufwachte.

Der Tag ging in die Nacht über, aber Ox wachte nicht mehr auf, sondern stöhnte nur ab und zu. Sophie gab ihm Morphium gegen die Schmerzen, und Cliff hielt seine Hand oder sang ihm Choräle vor, die sie beide mochten.

Irgendwann döste Cliff ein, und als er wieder aufwachte, sah Ox ihn blinzelnd an. Er schien in einem Körper gefangen, der nicht mehr funktionierte, aber er sah friedvoll aus. Ein paar Mal machte er den Mund auf, wie um etwas zu sagen, aber es kam nichts.

Cliff nahm das Wattestäbchen, das auf dem Nachttisch lag, und befeuchtete ihm damit die Lippen.

„Ich habe runtergeschaut", sagte Ox schließlich mühsam und keuchte nach jedem Wort, weil ihn das Sprechen so anstrengte.

„Wo?“, fragte Cliff und beugte sich noch weiter vor, um ihn besser zu verstehen.

„Ich habe runtergeschaut“, wiederholte Ox noch einmal.

„Der Traum? War es in dem Traum?“

Ox nickte. „Bobby und ich waren wieder auf der Schaukel.“

„Ja?“

„Er ist abgesprungen.“

„Das ist okay, Ox.“

Ox schüttelte den Kopf. „Ich habe runtergeschaut“, sagte er ein drittes Mal, jetzt mit mehr Nachdruck. „Von der Schaukel, und er war da.“

„Wer? Wer war da?“ Cliff wusste nicht, was Ox meinte, aber es war normal, dass jemand in seinem Zustand ein wenig unzusammenhängend redete. Er stand jetzt beinahe an der Schwelle zur Ewigkeit.

„Als Bobby losgelassen hat.“

Ox sprach immer noch von dem Traum. Sein Gesicht war jetzt so entspannt, wie Cliff es noch nie zuvor bei ihm erlebt hatte.

„Ich habe gesehen, dass er da wartet.“

„Wer?“

„Jesus. Jesus hat da gewartet, um uns aufzufangen. Bobby ist geflogen, und da waren die weit ausgebreiteten Arme, die ihn schon erwartet haben.“

Cliff saß regungslos da, aber Ox sah ganz aufgeregt aus und packte Cliff mit neuer Kraft am Arm.

„Ich habe gesehen, wie Jesus bereitstand, um Bobby aufzufangen und nach Hause zu bringen!“

Jetzt schloss Oxford die Augen wieder und ließ seinen Kopf nach hinten aufs Kissen fallen. Das Sprechen hatte ihn so angestrengt, dass er nach Atem rang.

Cliff rückte ganz nah heran und legte seinen Kopf auf Ox’ Brust. Dort an der Grenze stand Jesus, um Ox zu sich zu holen, und schloss dabei gleichzeitig noch seinen Lebenskreis, indem er die losen Enden zusammenfügte. Er strickte aus fehlerhaftem Garn wunderbar unvollkommen-perfekte Maschen, und er benutzte dazu Bobbys Tod, den größten Schmerz in Ox’ Leben.

Bobbys Krankheit war schnell und heftig gekommen. Eines Tages beim Schaukeln war er einfach zusammengebrochen. Sie waren hoch geschaukelt an dem Tag, und Bobby hatte kraftvoll immer mehr Schwung geholt, bis er den Wasserturm sehen konnte.

„St. Louis!“, hatte Bobby gebrüllt, dann hatte er losgelassen und war in hohem Bogen von der Schaukel gesegelt. Er war auf dem Sandhaufen gelandet, hatte sich überschlagen und dann plötzlich vor Schmerzen laut aufgeschrien.

Jetzt, 72 Jahre später, erinnerte sich Cliff wieder ganz genau an jede Einzelheit. An das Gras, die Löwenzahnblüten und auch das Geräusch, mit dem Bobby auf dem Boden aufschlug.

Ox und Cliff waren nach ihm abgesprungen und lachend zu ihm hingerannt, weil sie dachten, er mache einen Scherz, denn Bobby alberte ständig herum. Er wälzte sich wie wild auf dem Boden, und als er sich schließlich mühsam aufsetzte, musste er sich übergeben.

Es war also gar kein Scherz. Sie waren losgerannt, um seine Mutter zu holen, und sie hatte Bobby nach Hause getragen und auf dem Weg mit ihnen geschimpft, dass sie immer so wild spielten.

Niemand hatte begriffen, dass Bobbys Schmerzen nicht von einer missglückten Landung, sondern von einem entzündeten Blinddarm kamen.

Heutzutage hätte das sicher viel schneller diagnostiziert und behandelt werden können, aber damals war die Medizin noch nicht so weit gewesen, und Bobby war noch am selben Tag zu Hause gestorben.

Ox und Cliff hatten draußen vor dem offenen Fenster gekauert und gelauscht. Sie hatten gehört, wie Bobby vor Schmerzen gestöhnt hatte, aber es war entschieden worden, ihn nicht ins Krankenhaus zu bringen. Am nächsten Morgen war er tot gewesen.

Schwester Sophie kam herein und stand jetzt bei Cliff an Ox’ Bett.

Ox atmete tief und rasselnd, und Cliff saß schweigend da und hielt die zerbrechliche, fast zarte Hand.

Es war so weit. Die Hässlichkeit des Sterbens war beinah vorbei, und schon bald würde dieser heilige Moment des Übergangs in die Ewigkeit kommen.

Cliff betete für seinen Freund, und die Worte des Vaterunsers kamen ihm fast automatisch über die Lippen. Als er am Ende angekommen war, sprachen die Worte „in Ewigkeit" ihn auf eine Art an, wie er sie bisher noch nie verstanden hatte.

Auf der Uhr über dem Bett sah man, wie die Minuten verstrichen, aber für Cliff stand die Zeit still.

Ox' Atem war jetzt schwer und angestrengt, und als Cliff seine Hand drückte, kam keine Reaktion mehr. Er wartete, betete aber still weiter.

Und dann, mitten in der Nacht, geschah es.

Ox öffnete die Augen.

Cliff beugte sich vor und drückte den Knopf, um die Schwester zu rufen, konzentrierte sich dann aber wieder ganz auf seinen Freund und betete innerlich weiter. *In Ewigkeit. Lass es wahr sein, Herr, bitte lass es wahr sein. Es muss einfach wahr sein, dass er in die Ewigkeit geht.*

Ox schaute ihn nicht an, sondern sah aus, als wäre sein Blick auf etwas gerichtet, das außerhalb ihres Blickfeldes lag, sogar außerhalb des Zimmers.

Cliff folgte dem Blick, konnte aber nichts sehen, außer den Hospizmauern.

Stimmte es?

Ox lächelte genau in dem Moment, als Schwester Sophie ins Zimmer gestürmt kam und neben Cliff trat.

Und dann hob sein Freund mit geballten Fäusten die Arme und beugte sich nach vorn, sodass sein Kopf vom Kissen abhob.

„St. Louis!", sagte er keuchend.

Dann atmete er aus, und es klang wie ein letzter Hauch.

Die Fäuste lösten sich und seine Arme waren weit ausgebreitet, als er die unsichtbaren Ketten der Schaukel losließ.

Cliff war klar, dass Ox etwas sah, das er selbst nicht sehen konnte.

Sein alter Freund sank wieder zurück aufs Kissen. Das Leben in dem alten Körper war zum Abschluss gekommen, und der Traum hatte ihm den Weg dorthin gebahnt. Seine Hände hatten die imaginären Ketten der Schaukel losgelassen, und jetzt flog seine Seele auf direktem Weg in die Arme von Jesus, genau so, wie es vor 72 Jahren auch schon bei seinem Bruder gewesen war.

Gott war jenseits des Zimmers, jenseits von Raum und Zeit.

Reglos stand Cliff neben Sophie am Bett. Er freute sich für seinen Freund, aber um seiner selbst willen war er traurig. Wie würde es ihm ergehen, wenn er an diesem Übergang ankam? Er glaubte, dass Jesus auch auf ihn warten würde, so wie es bei Ox gewesen war. Und er wusste, dass Ox ebenfalls dort auf der anderen Seite auf ihn warten würde – in der Ewigkeit.

Bis dahin blieb ihm das hier. Die Welt und das, was sie noch für ihn bereithielt.

„Kommen Sie zurecht?“, fragte Sophie ihn.

Er nickte nur.

Ox war tot. Er war nicht mehr der alte gebrechliche Körper dort in dem Bett, sondern er hatte die Grenze zur Ewigkeit überschritten.

Cliff wandte sich ab und suchte seine Sachen zusammen. Er nahm sein Strickzeug. Das gelbe Garn fühlte sich weich und warm an in seinen Händen. Der Schal war genauso ein Durcheinander wie das Leben, aber er wollte keine einzige Masche davon wieder aufziehen. Solange Gott ihm die Kraft gab, würde er weitermachen, und eines Tages, wenn der Schal ganz fertig war, würde er ihn sich um den Hals schlingen, und er würde ihn wärmen. Die Reihen würden vielleicht mit der Zeit und mit mehr Übung gerader und gleichmäßiger ausfallen, aber dieser erste ungleichmäßige Abschnitt würde bleiben.

Ox war ohne ihn an einen anderen Ort weitergezogen. Er konnte jetzt Dinge mit eigenen Augen sehen, die sich Cliff vorerst noch vorstellen musste.

„St. Louis“, murmelte Cliff lächelnd. Er drehte sich noch einmal um, warf einen letzten Blick auf das Bett und verließ dann das Zimmer.

„Sie brechen gerade zu ihnen durch“, rief eine Frau in Rot im Besucherraum aus, als er daran vorbeikam. Cliff blieb einen Moment stehen und schaute die Gruppe an, die sich dort um den Fernseher versammelt hatte. Auf dem Bildschirm herrschte hektische Aktivität.

„Sie brechen jetzt jeden Moment zu ihnen durch“, wiederholte die Frau noch einmal und rang vor Aufregung die Hände.

Cliff dachte an die Männer dort tief unter der Erde und an die Ungewissheit der vergangenen drei Tage.

Für ihn war es ganz ähnlich gewesen. Auch er war mit Ox zusammen an einem Ort gewesen, der weit weg zu sein schien von der Welt, und Ox war jetzt zu etwas Neuem aufgebrochen.

Cliff dachte an den Bergmann, der gebetet hatte: *„In Ewigkeit.“*

„Higgenbotham“, sagte er leise.

„Wie bitte?“, fragte die Frau in Rot, ohne den Blick vom Fernseher abzuwenden.

„Ach, nichts“, entgegnete Cliff nur, drehte sich um und machte sich auf den Heimweg. Aber er hatte das Gefühl, dass in diesem Moment irgendwo an einem anderen Ort im Jenseits Ox lächelte.

„Wir stehen an dem Ort, an dem sich das schwerste Grubenunglück seit zehn Jahren ereignet hat. Die Bergungskapsel ist mittlerweile eingetroffen und wird jeden Moment das erste Mal heruntergelassen, um die fünf tapferen Bergleute heraufzuholen, die dort immer noch eingeschlossen sind. Möglicherweise sind sie im Laufe der nächsten Stunde bereits auf dem Weg nach oben.
Als vor drei Tagen das Mikrofon hinuntergelassen wurde, haben wir die Stimme von Manny Santos aufgenommen, der das Vaterunser sprach. Hier jetzt noch einmal das bekannte Gebet aus einer Tiefe von 900 Metern.“

„… in Ewigkeit. Amen."
„Bleiben Sie dran, wir berichten laufend über den Fortgang der Rettungsaktion. Einen Moment noch. Es sieht so aus, als gäbe es Neuigkeiten …"

Kapitel 13

Amen

Schulter an Schulter saß Manny zusammen mit den anderen Männern in der Dunkelheit. Wenn jemand in ihre kleine abgeschottete Nische in dem Stollen hätte schauen können, hätte er die fünf Männer wahrscheinlich gar nicht gesehen, denn sie waren alle rußgeschwärzt von der Kohle und saßen an die schwarze Stollenwand gelehnt. Alles war schwarz in schwarz.

„Der Kleine" saß rechts von Manny, Tiny links von ihm, und dann kamen Ralph, Buck und schließlich der alte Bermann aus Pursglove. Die drei Tage Ungewissheit, in denen sie nicht gewusst hatten, was draußen geschah, kamen ihnen endlos vor. So musste es für Jona im Bauch des Fischs gewesen sein oder für Lazarus im Grab. *Oder für Jesus*, dachte Manny – Jesus, der drei Tage in dem Grab gelegen hatte, aber dann auferstanden war. Ob es Hoffnung für sie gab? Sie waren so nah dran.

Über ihnen ging das Knirschen und Schaben weiter. Wie weit der Bohrer noch von ihnen entfernt war, konnte er nicht einschätzen.

„Alles in Ordnung, Manny?", flüsterte der Kleine.

„Ja, alles okay", antwortete Manny, der wegen der feuchten Kälte, die ihm bis in die Knochen gedrungen war, seine Hände und Füße schon seit geraumer Zeit nicht mehr spürte.

Ihre Lampen waren schon längst ausgegangen – aber durch den letzten kleinen Lichtschimmer des Zifferblattes von Mannys Armbanduhr wussten sie wenigstens, wie spät es war. Die Stunden waren unendlich langsam dahingeschlichen, und sie hatten im Laufe der Tage immer wieder das Vaterunser gebetet. Manny hatte während dieser endlosen Wartezeit oft die Hoffnung verloren, sie irgendwann wiedergefunden und dann wieder verloren.

Vater unser im Himmel …

Schon sein Vater hatte dieses Gebet unter Tage gebetet, das wusste er genau, und in den vergangenen drei Tagen hatte er es getan, unzählige Male, und dabei jedes Mal an seinen kleinen Sohn Toby gedacht. Ob Toby wohl ohne ihn würde weiterleben müssen, so wie auch er selbst ohne Vater aufgewachsen war?

Jedes Mal, wenn er an Toby dachte, kam ihm wieder die Erinnerung daran, wie er seinen Vater an den Berg verloren hatte. Wie anders sein Leben wohl verlaufen wäre, wenn er länger einen Vater gehabt hätte? Er wünschte Toby jedenfalls wirklich nicht, das auch erleben zu müssen.

Sie warteten und lauschten dem Geräusch des Bohrers, der den Rettungsschacht vorbereitete. Seit gestern Morgen hörten sie es jetzt schon. Zuerst war es nur schwach gewesen, und sie hatten sich besorgt gefragt, ob wieder irgendwo ein Einsturz stattfand, denn um sie her hatte das Gestein geächzt und geknirscht. Der Berg schien lebendig zu sein – gefährlich und böse, wie ein riesiges, starres Tier.

Doch dann hatten sie begriffen, dass Rettung nahte, und dieses Wissen hatte ihnen einen enormen Hoffnungsschub gegeben. Womöglich waren es nur noch ein paar Stunden, bis man sie erreichte. Das Bohrgeräusch wurde jedenfalls immer lauter, und Manny konnte sich schon bildlich vorstellen, wie der Bohrer ihnen den Rettungsschacht ans Tageslicht bohrte, wo das Leben pulste und sie in Sicherheit waren.

„Ist er bald da?“, fragte der Kleine immer wieder, genau wie sein Spitzname es nahelegte – wie ein Kind auf einer langen Autofahrt.

„Es dauert bestimmt nicht mehr lange“, antwortete Buck zum hundertsten Mal mit seiner tiefen Stimme, und Manny bestätigte, ebenfalls zum hundertsten Mal: „Ja, sie sind sicher gleich da. Es klingt schon ganz nah.“

Manny zitterte vor Kälte. Je näher das Geräusch des Bohrers kam, desto heftiger wünschte er sich, dass sie sie endlich erreichten und sie mit der Bergungskapsel nach oben ans Tageslicht geholt würden. Dort oben waren Dee und Toby und sein ganzes Leben – er konnte es beinahe schon schmecken.

Er hatte dieses Leben für genauso selbstverständlich gehalten wie eine dicke, frische Scheibe Brot, die man liegen lassen hat und die hart und trocken geworden ist, wenn man sie später dann wieder findet. Würde er sein Leben zurückbekommen … sein vertrocknetes Stück Brot von einem Leben? Er wollte so gern eine Chance bekommen, es wieder frisch und gut zu machen. Drei endlos lange Tage ohne jede Ablenkungsmöglichkeit hatte er jetzt Zeit gehabt, sich zu überlegen, was er anders machen wollte, wenn er mit dem Leben davonkäme, und seine Liste wurde immer länger.

Drei Tage, eine Ewigkeit. Ohne den Wechsel von Tag und Nacht, von hell und dunkel, war es schwierig, die Zeit zu schätzen. Der letzte Freitag schien schon unendlich lange her. Nach und nach waren ihre Helmlampen ausgegangen, und der Samstag war ihnen dann endlos vorgekommen. Er schaute jetzt auf seine Uhr und sah, dass die beleuchteten Zeiger auf die 5 zeigten. War es 5:00 Uhr morgens oder nachmittags? Es müsste Sonntagmorgen sein, da war er sich ziemlich sicher. Was passierte dort oben wohl gerade? Ob Dee auf ihn wartete?

Ralph gab hin und wieder ein Stöhnen von sich. Sein Zustand verschlechterte sich zusehends. Bevor die Lichter ausgegangen waren, hatte Manny die riesige Schwellung an seinem Kopf gesehen. Zwar sprach es niemand aus, aber das sah nicht gut aus, und Manny wunderte sich im Stillen, dass Ralph überhaupt so lange durchgehalten hatte.

Er hörte, wie Tiny Ralph zuflüsterte: „Halt durch, Ralph. Junior wartet doch auf dich. Dein Hund sitzt bestimmt auf der Veranda vor dem Haus und hofft die ganze Zeit darauf, dass dein Truck um die Ecke kommt."

Das Mahlen über ihnen dröhnte weiter und lullte sie wieder in den Schlaf, bis ein Geräusch die Luft zerriss, das sich anhörte, als ob etwas platzte. Dann konnte man hören, wie irgendwo ganz in der Nähe Kies oder kleine Steine herunterrieselten und wie das Gestein ächzte.

Alle rissen die Augen weit auf, und ihre Blicke schossen fast panisch hin und her.

„Was war das?", fragte der Kleine mit sich überschlagender Stimme.

Keiner von ihnen rührte sich, und niemand sagte ein Wort. Alle lauschten besorgt und achteten gar nicht mehr auf das Geräusch des Bohrers, sondern konzentrierten sich ausschließlich auf den Berg.

Der Berg teilte sich in seiner ganz eigenen Sprache mit, und wenn man ganz genau hinhörte und die Lebensäußerungen des Gesteins kannte, dann konnte man es verstehen und vorausahnen, was passieren würde.

Die vier älteren Männer kannten alle diese Geräusche. Zusammen hatten sie über 50 Jahre unter Tage auf dem Buckel, in denen sie dieses Stöhnen und Ächzen, das Knacken und Krachen des Berges gehört hatten, und deshalb wussten sie, wann es Grund zur Sorge gab. Diese neuen Geräusche jetzt hörten sich jedenfalls gar nicht gut an.

Auf der Wiese über dem neuen Bohrloch stand Dee, starrte auf die Maschinen und versuchte, sich an dem Feuer zu wärmen, das jemand in einem leeren Ölfass angezündet hatte.

Das monotone *Katschung-Katschung-Katschung* des Bohrers hallte durch die Berge – nervtötend, aber gleichzeitig auch hoffnungsvoll. Die letzten Tage schienen Dee irgendwie unwirklich. Sie war zwischendurch ein paar Mal ganz kurz zu Hause gewesen, um zu duschen und sich frische Sachen anzuziehen, und dabei war ihr extrem aufgefallen, dass im ganzen Haus Hinweise darauf verteilt waren, dass Manny hier lebte. Seine Stiefel an der Hintertür, seine Zahnbürste am Waschbecken, seine Zeitschrift auf dem Sofatisch …

Gegenüber, auf der anderen Seite der Wiese, sah Dee Mrs Rollins, ihre Söhne und Toby mit einem Ball spielen. Toby lachte, als er den Ball fing und sich dann damit im nassen Gras wälzte. Die Frau sah erschöpft aus, aber die Jungen waren ahnungslos, was in der Tiefe unter ihnen geschah. Es brach Dee fast das Herz, Toby so zu sehen. In den nächsten paar Stunden würde sich entscheiden, wie sein Leben weitergehen würde.

Sie konnte sehen, wie jenseits des Tals die kleine Stadt zum Leben erwachte. Die Bohrstelle und die gesamte Rettungsausrüstung befanden sich etwas südlich von der Stadt, und unterhalb davon … tief, tief unten, da war Manny.

Seit der Explosion waren mittlerweile drei Tage vergangen, und zwei Tage war es her, dass sie ein Lebenszeichen von den eingeschlossenen Bergleuten erhalten hatten. Sie dachte an die Stimme, die das Vaterunser gesprochen hatte. Noch nie zuvor hatte sie Manny beten gehört, aber sie erinnerte sich jetzt wieder daran, wie der Pfarrer bei ihrer Hochzeit auch dieses Gebet gesprochen hatte. Als er es mit einem Amen beendet hatte, war ihr das damals wie ein Segen vorgekommen. Dieses Amen als Schlusswort hatte das Abkommen ihrer Ehe besiegelt, ihre ganz persönliche Version von: Und sie lebten glücklich bis an ihr seliges Ende.

Wie jung sie damals noch gewesen war! Dee blickte über die Bergwerksmaschinen hinweg zu der Weide, die dahinterlag. Hinter den Bergen wurde es jetzt hell, und um die Kühe, die auf der Wiese standen, stieg Nebel auf. Sie hatten keine Ahnung von der Tragödie, die sich unter ihnen und um sie herum abspielte.

„Durchbruch in die Strecke!“, rief ein Mann von der Stelle aus, wo gebohrt wurde. „Wir können jetzt die Bergungskapsel runterschicken.“

Sofort kam Bewegung in die Menge der Journalisten, und die Stelle, wo der Bohrer stand, wurde zum Mittelpunkt aller Aktivität.

Nur Dee verhielt sich still, ganz still, so als würde alles wieder ganz in Ordnung kommen, wenn sie sich nicht bewegte. Durch die Worte von Mannys Gebet hatte sich in ihrem Inneren etwas verändert. Sie konnten es schaffen. Sie konnten noch einmal von vorn anfangen, weit weg vom Bergwerk, der Gefahr und der Finsternis.

Die Sonne lugte gerade über die Berge, als sie die Bergungskapsel hinunterließen, um den ersten Bergmann heraufzuholen.

Über ihnen knackte es laut, und sie hielten alle die Luft an, während Staub und Steine auf sie herabregneten. Der große Metallbohrer kam mit einem donnernden Schlag auf dem Boden auf, und das Warten war vorbei.

Der Kleine drückte Mannys Arm so fest, dass es wehtat. Einen Moment saßen sie reglos da, aber dann kam Leben in die Männer.

Der Bohrer wurde durch den jetzt fertigen Schacht wieder zurück nach oben gezogen, und als Nächstes würde wohl die Bergungskapsel zu ihnen heruntergelassen werden.

Die erschöpften Männer bekamen neue Energie und bewegten sich rastlos in der Höhle, soweit es ihnen möglich war.

„Vorsicht, bleibt da weg", sagte Manny. „Wir wollen doch nicht, dass am Ende noch einer von uns von der Bergungskapsel erschlagen wird, wenn sie herunterkommt, oder?"

„Gib mir deine Hand", rief Tiny und half Ralph auf. Buck kam ihm zur Hilfe.

Als die Kapsel schließlich auftauchte, öffneten sie die kleine Drahtgittertür des käfigartigen Gebildes. Eine kleine Lampe oben in der Kapsel beleuchtete die Szene. Es war gar keine Frage, wer als Erster nach oben geholt werden würde. Ralph war in der schlechtesten Verfassung von allen und kaum noch bei Bewusstsein.

Nachdem sie ihn in die Kapsel geschoben hatten, drückte Manny ihm die Hand. „Wenn du kannst, steh möglichst gerade", sagte er, als er die Tür hinter ihm schloss und ein paarmal mit seinem Helm gegen das Metall klopfte, um denen da oben zu signalisieren, dass es losgehen konnte.

„Du hast es gleich geschafft!", sagte Buck, woraufhin Ralph das Gesicht verzog und noch einmal die Augen öffnete, um einen letzten Blick auf seine Freunde zu werfen. Dann machte er mit letzter Kraft ein Daumen-hoch-Zeichen, bevor die Kapsel aufwärts verschwand.

Manny, Tiny, Buck und der Kleine standen schweigend da und hörten das Surren des Motors, der die Kapsel nach oben zog. Die Tatsache, dass sie jetzt wieder in kompletter Dunkelheit saßen, war überraschend schwer zu ertragen. Obwohl es sicher eine Stunde dauern würde, bis das Ding zurück hier unten war, setzte sich keiner von ihnen wieder hin.

Wieder war dieses Ächzen und Krachen im Berg zu hören. Jetzt, wo sie der Rettung so nahe waren, kam ihnen ihre Lage noch gefährlicher vor. Wie tragisch es wäre, drei ganze Tage hier unten in dem Schacht überlebt zu haben, nur um kurz vor der Rettung endgültig verschüttet zu werden … nein, das durfte einfach nicht passieren!

Die Anspannung der Männer nahm zu. Sie waren jetzt so nahe dran, wieder ans Tageslicht zu gelangen, wieder bei ihren Familien zu sein. Aber immer noch lagen Hunderte Meter und Tausende Tonnen Stein zwischen ihnen und dem Leben da oben, und alles hing von der Stärke und Tragfähigkeit des dünnen Kabels und der Bergungskapsel ab.

„Wir schaffen es", sagte der Kleine, als wäre es eine Tatsache. „Wir. Schaffen. Das."

Manny massierte sich den Brustkorb an der Stelle, wo jetzt wieder der stechende Schmerz einsetzte. Er wusste, dass er nicht in die Bergungskapsel steigen konnte, bevor nicht alle anderen oben waren. Er lehnte sich an die kalte Stollenwand und hoffte, dass der Kleine recht behalten möge.

„Er ist oben!"

Auf der Wiese brach Jubel aus, als die Bergungskapsel an der Oberfläche eintraf und die Rettungsleute aktiv wurden. Die Journalisten von Presse und Fernsehen drängten nach vorn – endlich, nach drei Tagen Warterei passierte etwas!

Ohne etwas tun zu können, aber voller Hoffnung wartete Dee ab, während die Menschenmenge zur Kapsel drängte, um zu sehen, wer darin war.

„Es ist Ralph Dixon", wurde in die Menge gerufen, und alle schauten zu, wie der reglose Mann aus der Kapsel gehoben wurde.

Es war also nicht Manny.

Die Menge war mucksmäuschenstill, als sich die Rettungsleute über den Körper beugten und kurz darauf verkündeten: „Er lebt."

Daraufhin brandete lauter Jubel auf.

Dee musste lächeln, als sie an Ralphs Hund Junior dachte. Er war zwar in der Zwischenzeit von unterschiedlichen Leuten gut versorgt worden, aber er würde sich bestimmt riesig freuen, sein Herrchen wiederzusehen. Der Freude, die Dee darüber empfand, Ralph zu sehen, standen aber ihr eigener Schmerz und die Sorge um ihren Mann gegenüber. Würde die Bergungskapsel alle Männer rechtzeitig heraufholen können? Es konnte jederzeit wieder zu Verwerfungen im Berg und zu Erdrutschen kommen, sodass auch jetzt noch alles Mögliche passieren konnte. Das Kabel, an dem die Kapsel aufgehängt war, konnte reißen … und plötzlich schien es, als könnten noch Millionen anderer Dinge schiefgehen, und jede einzelne dieser möglichen Katastrophen konnte Dee sich bildlich vorstellen.

Ralph wurde jetzt schnell auf einer Trage zum Krankenwagen gebracht, der sich mit Blaulicht und heulenden Sirenen über die provisorische, morastige Zufahrt zur Bergungsstelle auf den Weg ins Krankenhaus machte.

Dann war wieder Warten angesagt, bis der Kleine oben ankam, mit kohlegeschwärztem Gesicht und einem breiten Grinsen. Seine Mutter und seine Freundin Sarah brachen mit Küssen und Umarmungen über ihm zusammen, sodass am Ende auch die beiden Frauen schwarz von Kohle waren.

Dee begann jetzt zu hoffen. Nur noch drei Männer. Vielleicht war ja Manny als Nächster an der Reihe.

Zwei weitere Männer kamen oben an – erst Buck und dann Tiny.

Und dann war nur noch Manny unten.

Im Grunde hatte sie tief in ihrem Inneren gewusst, dass Manny als Letzter hochkommen würde. Niemals wäre er als Erster in die Kapsel gestiegen. Sie empfand so viel Liebe und Stolz für ihn, dass ihr die Tränen kamen. Wie viel Herzensgüte dieser Mann doch hatte!

Sie betete um das *Amen*, um den guten Ausgang, der dieser Folter ein Ende bereiten würde.

Bitte, Gott, gib, dass er es schafft.

Manny wartete unten in dem eingestürzten Stollen allein auf die Bergungskapsel. Wieder knackte es im Fels. Würde er im Bergwerk sterben wie sein Vater? Es war durchaus möglich, dass es so kam, aber er hatte bei diesem Gedanken jetzt keine Angst mehr, sondern Frieden. Dee und Toby würden es auch ohne ihn schaffen, denn sie waren in Gottes Hand. Er hatte in den vergangenen drei Tagen so oft das Vaterunser für Toby und für Dee und alle anderen gebetet, und er hatte den Entschluss gefasst, es sein Leben lang jeden Abend zu beten, wenn er hier lebend herauskam.

Das Geräusch der Kapsel, die auf dem Weg nach unten an den Wänden des Bergungsschachtes entlangschrammte, wurde lauter, und schließlich tauchte sie ein letztes Mal über ihm in der Stollendecke auf. Er stieg hinein und warf einen letzten Blick auf die nun schwach erleuchtete Höhle, die in den vergangenen drei Tagen sein Zuhause gewesen war. Dann schloss er mit dem letzten Rest von Kraft, die er noch hatte, die Tür der Kapsel und klopfte dann laut gegen das Metall. Der Käfig setzte sich in Bewegung. Die verschiedenen Gesteinsschichten zogen Stück für Stück an ihm vorüber, und er streckte seinen Finger durch das Gitter, um das raue Gestein im Vorbeigleiten zu berühren.

Jetzt war er der Freiheit ganz nah. Gleich würde er Dee in die Arme schließen, und ihm wurde in diesem Moment ganz neu bewusst, wie sehr er sie liebte.

Er hatte sich verändert in diesen drei Tagen in der Dunkelheit, so wie sich eine verpuppte Raupe in ihrem Kokon verändert. Er war dort unten ein anderer geworden. In der Dunkelheit hatte er sich seinen Ängsten gestellt und begriffen, was ihm wichtig war, und das waren seine Frau, sein Sohn und ihr gemeinsames Leben. Er würde weggehen aus der Stadt und vom Bergwerk. Das Leben war viel mehr als das, was er bis jetzt gehabt hatte.

In den dreißig Minuten, die es dauerte, durch den Berg zu reisen, betete er innerlich noch einmal das Vaterunser. Jeder Teil des Gebetes spiegelte die Fülle wider, die er für sein Leben haben wollte.

Plötzlich spürte er einen heftigen Schmerz im Arm. Vielleicht lag das an der Enge in der Bergungskapsel und daran, wie er darin eingepfercht war.

Da, schon wieder dieser heftige, stechende Schmerz.

Manny begann zu schwitzen. Vielleicht war er auch einfach nur nervös. Schweiß rann ihm übers Gesicht und tropfte von seinem Kinn.

Und wieder kam dieser Schmerz, heftig und durchdringend wie ein glühendes Schwert. Er wollte sich an die Brust fassen, wie er es auch zuvor schon öfter gemacht hatte, aber seine Arme waren in der Bergungskapsel seitlich fest an den Körper gepresst, und es war kein Platz da, um sie zu bewegen. Er versuchte, tief durchzuatmen, brachte aber nur ein Keuchen zustande.

Sein Herz. Es musste sein Herz sein.

Oh nein! Nicht jetzt, betete er. *Ich bin so nah dran. Bitte.*

Er war nur noch wenige Minuten von der Erdoberfläche entfernt … aber diese Schmerzen waren unerträglich.

Bitte nicht so!, flehte er Gott an.

Er hatte noch so viel vor mit seinem Leben auf dieser Welt. Toby brauchte ihn doch, und Dee auch.

Bitte, Gott.

Er lehnte jetzt schwer an der Seitenwand des Käfigs. Ganz langsam lösten sich seine Finger von dem Metall. Und dann blieb sein Herz stehen.

In dem schmalen Schacht sah er Licht – heller und immer heller, aber war das Licht, das von oben kam? Er war doch noch gar nicht angekommen.

In der Bergungskapsel war kein Geräusch mehr zu hören, nur das des Motors, der den Drahtkäfig nach oben zog.

Dee stand mit Toby auf dem Arm direkt neben dem Rettungsschacht und wartete auf das Eintreffen der Bergungskapsel. Das Geräusch des Motors dröhnte in ihren Ohren. Die Blicke der ganzen Welt waren auf sie gerichtet. Kameras kamen ganz nah heran, und es waren drei Männer nötig, um die Menge zurückzuhalten und das Rettungsgerät zu schützen, das Manny in der Bergungskapsel nach oben zog.

Er war schon fast oben.

Da, jetzt erschien die Kapsel.

„Manny!“, schrie sie. „Manny!“

Sie konnte sehen, wie die Kapsel geöffnet wurde, die Männer Manny aus dem Metallkäfig herauszogen und den leblosen Körper auf eine Plane am Boden legten.

Irgendetwas stimmte da nicht. Atmete er? War er noch am Leben? Sie drückte Mrs Agnotti Toby auf den Arm und drängte sich zwischen Journalisten und Kameras weiter nach vorn.

Manny lag leblos auf der Plane. Dee hörte, wie ein Raunen durch die Menge ging. „… hat es nicht geschafft“, hörte Dee die Leute tuscheln.

„Er ist tot.“

Die Tränen schossen ihr in die Augen, und gleichzeitig hatte sie das Gefühl, dass sie im falschen Film war. Das konnte doch nicht sein. Nach all der quälenden Ungewissheit waren sie doch so nah dran gewesen.

Sie ging neben dem leblosen Körper in die Knie und nahm seine Hand. „Es tut mir leid“, sagte sie. „Es tut mir so leid, Manny.“

Es war zu spät.

„Treten Sie bitte zurück“, sagte Doug und zog sie von Manny weg.

„Nein“, entgegnete sie und kämpfte darum, bei Manny bleiben zu können.

„Zurück“, wiederholte der Bergwerksdirektor noch einmal und hielt sie fest.

Mehrere Sanitäter mit einem Defibrillator kamen nach vorn und versuchten, Mannys Herz wieder zum Schlagen zu bringen. Jedes Mal, wenn ein Stromstoß ausgelöst wurde, bäumte sich sein ganzer Körper auf, während Dee hilflos danebenstand und nichts tun konnte – nur zuschauen.

Nichts. Er lag immer noch reglos da.

Noch einmal wurde ein Stromstoß ausgelöst, während Doug sie ganz fest hielt.

War es zu spät?

Ein Ruck ging durch seinen Körper, und plötzlich spürte Manny Schmerzen – wahnsinnige Schmerzen. Immer wieder bäumte sich sein Körper unter den Kontaktelektroden auf, und dann schlug er die Augen auf.

„Er lebt!“, hörte er Dee schreien.

Er lag auf der Plane, schaute in die rosafarbenen Wolken des Morgenhimmels und blinzelte im hellen Licht. Er war am Leben.

Und dann brandete um ihn herum Jubel auf.

Ein sanfter Regen setzte ein und wusch ihm den Kohlestaub vom Gesicht. Alle seine Sinne wurden wieder belebt, als er die frische Luft und das Licht und den kühlen Regen wahrnahm.

Einen Moment lang war alles friedvoll, aber dann setzte Hektik ein. Die Sanitäter hoben ihn hoch und Leute schrien durcheinander. Dee hielt seine Hand ganz fest und rannte nebenher, als sie ihn zum Krankenwagen brachten.

Zwischen all den Menschen hindurch konnte er Toby auf Mrs Angottis Arm sehen, wie er das Durcheinander und die Hektik anschaute und dann mit einem Lächeln Manny wiedererkannte, auf ihn zeigte und sagte: „Papa!“

Manny erhaschte noch ganz kurz einen Blick in den Himmel, bevor er in den Krankenwagen geschoben wurde.

Die Sonne ging auf.

Dieser Tag war ein Geschenk. So wie jeder, der jetzt noch folgen würde. Er würde seine Frau und seinen Sohn nie wieder als Selbstverständlichkeit betrachten, so wie früher. Voller Dankbarkeit dachte er an das Gebet, das er dort tief unten im Schacht gebetet hatte – das Vaterunser, das sein Leben lang bei ihm bleiben würde.

„Amen“, krächzte er.

Epilog

50 Jahre waren vergangen, in denen Manny kein einziges Mal mehr unter Tage gewesen war. Jetzt stand er zusammen mit Dee und Toby auf dem Parkplatz und war sich nicht mehr so sicher, ob es wirklich eine gute Idee gewesen war, zu diesem Treffen am Jahrestag des Grubenunglücks zu kommen.

Manny atmete einmal ganz tief durch. Auf seinen Stock gestützt beugte er sich vor und schaute über den Parkplatz, auf dem immer mehr Leute ankamen. Dee und er hielten sich bei der Hand. Sie hatten ein gutes Leben zusammen gehabt. Die Herzoperation nach seiner Bergung aus dem eingestürzten Stollen hatte ihn gerettet. Nach seiner Genesung waren sie nach Pittsburgh gezogen, wo er in einem Stahlwerk einen Job mit guten Aufstiegsmöglichkeiten bekommen hatte.

„Alles in Ordnung, Papa?“, fragte Toby und nahm seinen Arm.

Manny nickte.

Der Berg leuchtete heute in allen nur erdenklichen Herbstfarben. Die Ahornbäume trugen ein knalliges Gelb bei und hin und wieder auch ein leuchtendes Rot, dazu kamen die Eichen mit ihrem grüngoldenen Schimmer, und der Himmel mit den weißen Wolkenfetzen, der sich darüberspannte, rahmte die Bäume mit strahlendem Blau ein. Komisch, dass Manny immer in Schwarz-Weiß und nie in Farbe dachte, wenn er sich an den Berg erinnerte. Doch heute gab es Farbe in Hülle und Fülle.

„Es ist so lange her“, sagte er zu Dee.

Dee sagte darauf nichts, sondern schaute den Berg hinauf, wo aus dem Herbstlaub der alte Förderturm emporragte. Er kam Manny immer noch riesig und alles beherrschend vor, obwohl die Bäume und das Laub ihn weniger massiv und wuchtig wirken ließen. In den Wänden fehlten inzwischen hier und da Steine, und das Fundament bröckelte. Es gab unzählige Geschichten, die sich um den Förderturm und das Bergwerk rankten. So viele Menschen hatten ihre gesamte Energie darin gelassen, um Energie daraus zu gewinnen.

Er hatte diese drei Tage, in denen er in der Mine verschüttet gewesen war, nie vergessen, und auch nicht sein Gebet von damals. Seit jenem Tag hatte er wirklich treu jeden Tag auf den Knien begonnen und das Vaterunser gebetet – hatte für sich selbst, seine Familie und für die ganze Welt gebetet. Manchmal, wenn er allein war und ins Grübeln kam, stellte er sich Fragen über sein Leben, unter anderem, ob er wirklich etwas zustande gebracht hatte, denn mittlerweile war er ein verbrauchter alter Mann – Bergmann und Stahlarbeiter. Dieses Gebet, das er jeden Tag gebetet hatte … hatte es tatsächlich etwas bewirkt?

Auf dem kleinen Platz im Stadtzentrum waren Klappstühle in langen Reihen aufgestellt worden. Vorne war ein Podium aufgebaut worden, das jemand mit roten, weißen und blauen Schleifen dekoriert hatte. Auf dem Platz stand ein Gedenkstein aus Marmor, in den alle Namen der bei dem Grubenunglück umgekommenen Bergleute eingemeißelt waren.

Die alte Feuerwache war in ein kleines Bergbaumuseum umgebaut worden, und Manny ging die paar Schritte zum Eingang.

„Manny?“ Er spürte eine Hand an seinem Ellenbogen, und als er sich umdrehte, stand ein alter Mann mit Glatze und Kugelbauch vor ihm und sah ihm in die Augen.

„Kleiner?“, fragte er.

Der Mann lachte. „Das hat seit fünfzig Jahren niemand mehr zu mir gesagt. Als ich nach dem Unglück wieder aus dem Stollen herausgekommen bin, haben mich alle nur noch Harold genannt.“

„Was ist aus Ralph geworden, weißt du das?“, fragte Manny.

„Ist vor zwanzig Jahren gestorben. Lungenkrebs.“

„Und Tiny?“

„Ist letztes Jahr gegangen.“

„Buck?“

Harold lächelte und antwortete dann: „Das war immer ein Wilder. Er ist drei Jahre nach dem Unglück bei einem Autounfall ums Leben gekommen.“

Da standen sie nun zusammen – die beiden letzten Überlebenden.

„Ich habe mich nie bei dir bedankt, Manny“, sagte Harold – ehemals „der Kleine“ – und seine Augen füllten sich mit Tränen. „Dein Gebet damals hat mich durch diese schreckliche Wartezeit getragen. Vielen Dank dafür.“

Manny packte ihn beim Arm und hielt ihn einen Moment lang fest, und es war fast so, als wären sie beide noch einmal dort unten in der Dunkelheit.

„Wir haben es geschafft“, sagte Manny schließlich.

„Ja, das haben wir“, bestätigte Harold.

Und dann betraten sie gemeinsam das Gebäude der alten Feuerwache. Die Wände hingen voll mit Bildern, alle in Schwarz-Weiß, genau wie Mannys Gedächtnis. Wenn er an jene Jahre zurückdachte, waren alle seine Erinnerungen von schwarzem Kohlenstaub überzogen.

„Sind Sie Mr Santos?“, fragte die junge Frau, die für das Museum verantwortlich war, und kam auf ihn zu.

„Ja …?“

„Manny Santos?“

„Ja.“

„Es sind jede Menge Briefe für Sie angekommen.“

„Briefe? Was für Briefe denn?“, fragte Manny irritiert.

„Die ersten sind letzte Woche eingegangen, nachdem bekannt geworden war, dass der Jahrestag festlich begangen werden würde.“

Sie nahm seinen Arm und führte ihn in das kleine Büro. Mehrere große Kisten mit Briefen standen neben dem Schreibtisch und an der Wand entlang – Hunderte, vielleicht Tausende von Briefen waren darin, und alle waren unterschiedlich. Es gab unterschiedliche Formate, Farben und Handschriften.

„Was sind das für Briefe?“

„Die sind alle an Sie adressiert“, antwortete die Frau.

„Aber wieso denn?“

Die Frau schüttelte den Kopf und antwortete: „Das wissen wir auch nicht. Nach dem Artikel über die Gedenkfeier und das Unglück damals sind sie nach und nach hier eingetroffen. Hier.“ Sie nahm einen Packen Briefe aus dem ersten Karton und drückte ihn Manny in die Hand. „Werfen Sie doch schon mal einen Blick darauf, solange Sie auf den Beginn der Zeremonie warten. Den Rest können wir ja dann später in Ihr Auto laden."

Dee und Manny verließen die Feuerwache wieder und fanden einen Platz in der zweiten Reihe der aufgestellten Metallklappstühle. Die Sonne schien zwischen den Zweigen der Bäume hindurch, und die Luft war kühl.

Manny öffnete den ersten Brief und las.

Lieber Mr Santos,
ich habe damals vor 50 Jahren Ihr Gebet im Radio gehört, als ich am College in Charleston Astronomie studiert habe. Obwohl ich schon Millionen Mal die Sterne gesehen hatte, sah ich sie plötzlich anders. Ich wusste, dass etwas so Wunderschönes von jemand Erstaunlichem geschaffen worden sein musste, von jemand Heiligem – von Gott. Das hat mir Hoffnung gemacht.

Ich habe Simon geheiratet, einen wirklich großartigen Mann, und bin Lehrerin geworden. Gerade bin ich im Rahmen einer schönen Feier in den Ruhestand verabschiedet worden, und dabei hat jemand einmal zusammengerechnet, wie viele Schüler ich im Laufe meines Berufslebens unterrichtet habe. Es waren 1342!

Ich habe das Gebet seit damals jeden einzelnen Tag meines Lebens gebetet, und jetzt bin ich so dankbar dafür, dass es mir gelungen ist, das Vaterunser und die Hoffnung, die darin liegt, an alle meine Schüler weiterzugeben.

Ich danke Ihnen!
Bethany Wilson

Manny drückte den Brief an seine Brust. Er erinnerte sich jetzt wieder ganz genau an die Dunkelheit im Stollen damals, und auch an das Gebet, an die Verzweiflung, mit der er es gesprochen hatte. Jemand hatte es also gehört. Manny wischte sich über die Augen.

„Was hast du denn?", fragte Dee und nahm seine Hand.

„Das Gebet" war alles, was er herausbrachte.

Er gab ihr Bethanys Brief und öffnete dann einen zweiten.

Lieber Mr Santos,

vor fünfzig Jahren war ich gerade auf einer Intensivstation für Neugeborene, als ich Sie in den Nachrichten habe beten hören. Das war damals eine sehr schwere Zeit für mich, weil mein Sohn viel zu früh auf die Welt gekommen war und um sein Leben kämpfte und weil ich nicht sicher war, ob Gott wirklich da war.

Als Sie gebetet haben: „Dein Reich komme", da habe ich mich innerlich wieder für Gott geöffnet. Mein Sohn hat überlebt und ist genau wie sein Vater Offizier bei der Marine geworden. Ich wurde Krankenschwester.

Sie können sich gar nicht vorstellen, wie oft ich das Gebet zusammen mit anderen verzweifelten Müttern gebetet habe. Ich danke Ihnen von Herzen!

Gott segne Sie.
Leah

Manny hatte Mühe, das aufzunehmen. Der Stapel Briefe auf seinem Schoß kam ihm vor wie Botschaften aus einer ganz anderen Zeit. Die beiden, die er gelesen hatte, waren eigentlich schon genug, aber da waren ja noch so viel mehr. Er griff nach einem Brief mit einem Absender aus Florida.

Lieber Manny Santos,

Ihr Gebet damals kam wirklich genau im richtigen Moment, nämlich als ich mit einer großen inneren Leere und einer Tasche voller Schwarzgeld übers Meer segelte. Sie haben mir gezeigt, dass nicht ich die Kontrolle und das Sagen habe, sondern Gott. Als ich es ans Ufer geschafft hatte, habe ich mit dem Geld ein Segelcamp für verhaltensauffällige Jugendliche aufgebaut. Das hat mein Leben zum Besseren verändert, und ich hoffe, auch das Leben einiger anderer Leute.

Wenn ich jetzt daran zurückdenke, glaube ich, Gott hat gewusst, dass ich ganz allein da draußen auf See war, und er hat mir diese Worte genau im richtigen Moment geschickt.

Vielen Dank
Theo

Und noch einen Brief zog Manny aus dem Umschlag. Er war auf edlem weißem Büttenpapier geschrieben:

Lieber Manny Santos,

vor fünfzig Jahren habe ich Ihr Gebet in einem kleinen Fernseher in einer schäbigen Bar gehört. „Unser tägliches Brot gib uns heute", haben Sie gebetet, und bei dem Gedanken, dass Sie dieses Gebet in tiefer Dunkelheit, Hunderte von Metern unter der Erde, sprachen, hat mir das Mut gemacht, es auch in meiner eigenen tiefen Dunkelheit zu beten.

Nur von Tag zu Tag zu denken, an das tägliche Brot – das ist eine Vorstellung, die gar nicht so einfach ist für eine Anwältin, die alles genau ergründen und verstehen will, aber ich habe das Gebet seitdem jeden Tag gebetet. Es hat mir geholfen, keinen Alkohol mehr anzurühren und bei Verstand zu bleiben. Es gibt mir die Kraft, die ich in meinem Beruf als Anwältin und mittlerweile als Richterin brauchte. Wenn ich die Aussagen von Angeklagten höre, dann erinnere ich sie daran, immer nur einen Tag zur Zeit mit Gottes Hilfe zu leben.

Richterin Serena Brumbell

Lieber Manny Santos,

Sie kennen mich nicht, aber Ihr Gebet in dem Bergwerksstollen hat mir vor vielen Jahren sehr geholfen. Ich war damals schon seit langer Zeit sehr wütend, und als ich Sie den Satz über die Vergebung beten hörte, konnte ich endlich meinem Exmann verzeihen, und das ist wirklich ein Wunder!

Ich bin Künstlerin und male seit diesem Tag anders. Vielleicht haben Sie das Gemälde „Vergebung" in der Nationalgalerie gesehen. Ich möchte gern glauben, dass ich durch meine Kunst und auch durch meine Gebete anderen helfe, ebenfalls zu vergeben.

Ich wünsche Ihnen Gottes Segen
Cat

Lieber Manny,

mein Vater hat mir erzählt, dass nur eine einzige Zeile des Gebetes, das Sie damals tief unter der Erde gesprochen haben, ihn vor einem schweren Fehler bewahrt hat: „Führe uns nicht in Versuchung."

Diese eine Zeile hat er zu einem Zeitpunkt gehört, als er große Zweifel hatte in Bezug auf seine Ehe. Wie anders wohl mein Leben verlaufen wäre, wenn meine Eltern sich hätten scheiden lassen? So aber haben sie gerade ihren 56. Hochzeitstag gefeiert, und es waren über 300 Gäste dabei, als sie am Fluss ihr Eheversprechen erneuert haben.

Danke für Ihr Gebet.
Stacy

Lieber Manny Santos,

ich war die Lektorin des Buches Widrigkeiten überwinden *von Gunther Gustave. Obwohl der Autor schon vor vielen Jahren verstorben ist, wird sein Buch immer wieder nachgedruckt, und ich erinnere mich noch genau, wie er mir damals erzählt hat, dass Ihr Gebet unten im Stollen seine Sichtweise so nachhaltig verändert hat.*

Hier ein Auszug aus einem Brief, den Gunther Gustave mir geschrieben hat:

Als ich darum gebetet habe, nur einen Moment lang vom Bösen erlöst zu werden, fühlte ich mich so fähig und zum Schreiben berufen wie nie zuvor und hatte plötzlich etwas zu sagen. Da habe ich damit begonnen, ein Buch zu schreiben.

Der Artikel zum Jahrestag des Grubenunglücks hat mich wieder daran erinnert, welch großen Einfluss Sie auf das Leben dieses großen Autors gehabt haben, und das wollte ich Sie gerne wissen lassen.

Mit den allerbesten Wünschen
Velma Warner

Lieber Mr Santos,

meine Eltern Henny und Roger Engelbert liebten Orchideen. Mein Vater war Botaniker, und er hat mir oft von einer Exkursion am Amazonas erzählt. Er hatte in seiner Kindheit etwas sehr Schlimmes erlebt, das ihn unglaublich belastete, und dann hat er im Radio gehört, wie Sie in diesem Stollen beteten: „Dein ist das Reich."

Danach hatte er ein lebensveränderndes Erlebnis in einer Art Gewölbe aus Orchideen mitten im Urwald am Amazonas. Es war mein Vater, der die „Henny" entdeckt hat, die Lieblingsorchidee von Männern, die ihrer Liebsten Blumen schenken wollen. Er hat sie nach meiner Mutter benannt. Die zweite, bis dahin unbekannte Orchidee, die er von seiner Exkursion damals mitbrachte, hat er „Reich des Lichts" genannt.

Mit freundlichen Grüßen
Penny

Lieber Mr Santos,

ich habe vor fünfzig Jahren in einem Team der Madison-Elektrizitätswerke gearbeitet, das für die Instandsetzung defekter Stromleitungen zuständig war. In der Woche, in der sich damals das Grubenunglück ereignete und die verschütteten Bergleute gerettet wurden, hatte ich Dienst.

Als Sie gebetet haben: „Dein ist die Kraft", hat mich das bis ins Mark getroffen. Ich ging ständig mit Strom um, auch mit Starkstrom, und da sind ja ungeheure Kräfte am Werk. Vor alldem hatte ich Respekt, aber keine Angst. Ich konnte gut damit umgehen, aber persönlich war ich ziemlich am Ende.

Ich hatte nicht die Kraft, meinem Sohn zu helfen, der im Gefängnis saß, oder mir selbst, auch nur das kleinste Stückchen voranzukommen. Die Kraft dieser einfachen, schlichten Worte, die Sie damals gebetet haben, hat mich auf eine Weise befreit, die ich bis heute nicht begreife.

Meine Frau Marie und ich leben immer noch in Rocksboro, und unser Sohn, der seine Strafe abgesessen und sein Leben wirklich geändert hat, lebt ganz in der Nähe. Wir haben drei Enkelkinder und vier Urenkel, und jedes Mal, wenn sie mich „Opa" nennen, muss ich daran denken, was ich alles verpasst hätte, wenn ich nicht Ihr Gebet gehört und ebenfalls gelernt hätte zu beten.

Ich danke Ihnen, dass Sie mir durch eine schwere Zeit hindurchgeholfen haben.

(Opa) Mack Jones

Lieber Manny Santos,

ich bin achtzig Jahre alt und hätte Ihnen eigentlich schon vor langer Zeit schreiben sollen. Ich war früher ein leidenschaftlicher Taucher, und in der Zeit damals, als Sie nach dem Grubenunglück in dem Stollen verschüttet waren, befand ich mich auf der anderen Seite des Globus auf Schatzsuche. Ich suchte ein Schiff namens „Glory", das dort gesunken sein sollte.

Heute muss ich lachen, wenn ich an die Ironie des Ganzen denke. Sie haben damals gebetet: „Dein ist die Herrlichkeit", und wenn ich tauchte, war die Herrlichkeit Gottes überall um mich her, aber ich habe sie nicht bemerkt. Ich bin beinahe gestorben, weil ich den falschen Dingen im Leben nachgejagt bin. Ich habe an Ihre Worte gedacht, als ich gerade durch einen Schwarm von Segelflossendoktorfischen getaucht bin und umgeben war von einer Schönheit, wie ich sie nicht für möglich gehalten hätte. Gottes Herrlichkeit!

Danke, dass Sie mir dafür die Augen geöffnet haben.

Mit freundlichen Grüßen
Sandy

Lieber Mr Santos,

eines meiner Lieblingsgedichte ist „Der gelbe Schal" von Cliff Wannenmacher. Vor Kurzem habe ich es wieder einmal gelesen und dabei entdeckt, dass es in dem Buch eine Anmerkung gibt, in der Sie erwähnt werden. Vielleicht kennen Sie sie ja schon, aber es ist ein altes Buch, deshalb schicke ich Ihnen eine Kopie der betreffenden Seite – ich dachte, dass Sie sich vielleicht darüber freuen.

„Ich habe sechzig Jahre lang als Seelsorger gearbeitet und dabei viele Erfahrungen gemacht, von denen ich glaube, dass sie vielleicht anderen helfen könnten. Viele Menschen träumen davon zu schreiben,

aber nur wenige tun es wirklich. Was ist dann der letzte Anstoß, der sie dazu bringt, es auch wirklich zu tun?

Für mich war es das Vaterunser, das von einem Bergmann gebetet wurde, der nach einem Grubenunglück verschüttet war. Der entscheidende Moment dabei kam ziemlich am Ende des Gebetes, als er sagte: ‚... in Ewigkeit.' Ich bekam die Worte einfach nicht wieder aus dem Kopf, und mir wurde klar, dass meine Zeit hier auf der Erde begrenzt ist, obwohl ich im Himmel ewig leben werde, und dass ich denen, die ich einmal hier zurücklasse, Trost und Hoffnung hinterlassen möchte. Ich hoffe, dass Sie, liebe Leserinnen und Leser, wirklich die Schönheit der Ewigkeit begreifen." (Cliff Wannenmacher)

Mit besten Wünschen
Jeanette Miller

Manny faltete die Briefe wieder zusammen und saß vollkommen überwältigt im Sonnenlicht. Sein Lebenskreis schien sich zu schließen. Alles war gut.

Danke, Gott. Danke, Vater.

Eine Frau betrat das Podium und sagte: „Hallo und herzliches Willkommen Ihnen allen. Wir beginnen mit einem Gebet. Bitte sprechen Sie mit mir gemeinsam das Vaterunser."

Es folgte ein kurzes allgemeines Geraschel, als die Menschen aufstanden und die Köpfe senkten, und dann noch ein kurzes Schweigen, bevor die Frau begann.

„*Vater unser im Himmel ...*"

Und dann stimmten alle ein.

Manny blickte hinüber zu dem Hügel und dachte an das Gebet. Seit dem Grubenunglück hatte er es jeden Tag gebetet. Dann schaute er auf Tobys gesenkten Kopf neben sich. Ja, natürlich hatte er es für Toby gebetet. Er ließ den Blick über all die gesenkten Köpfe um sich her schweifen. Er hatte es für sie alle gebetet. Er betrachtete die runzligen Hände auf seinem Schoß. Und er hatte es auch für sich selbst gebetet. Und jetzt musste er sich nicht mehr fragen, ob es etwas genutzt hatte. Ob seine Gebete erhört worden waren.

„Geheiligt werde dein Name."

Er dachte an die Sterne am Himmel. Als er so dasaß und die Schönheit um sich her betrachtete, war er überwältigt von der Heiligkeit und Größe Gottes.

„Dein Reich komme."

Gottes Reich kam in Form der Worte eines Gebetes sogar in eine Frühgeborenen-Intensivstation hinein.

Und jetzt stimmten all die unterschiedlichen Stimmen – von der heiseren alten Stimme bis hin zu der hellen Kinderstimme vor ihm – mit ein und baten darum, dass Gottes Wille geschehen möge. Dieselben Worte wie vor 50 Jahren.

„Unser tägliches Brot gib uns heute."

Wussten sie eigentlich, was sie da erbaten? Wussten sie, was passieren konnte, wenn sie wirklich glaubten, was sie beteten? Eine Richterin, die Gerechtigkeit und Barmherzigkeit walten ließ, weil sie wusste, dass ihr jeden Tag Gerechtigkeit und Barmherzigkeit widerfuhr.

„Vergib uns unsere Schuld, wie auch wir vergeben unseren Schuldigern."

Ein Gemälde über Vergebung.

„Und führe uns nicht in Versuchung ..."

Eine Menschenmenge, die am Ufer eines Flusses versammelt ist, um einen besonderen Hochzeitstag zu feiern.

„... sondern erlöse uns von dem Bösen."

Ein Mann, der von finsteren Gedanken befreit wird.

Es folgte eine Pause in dem Gebet, ein allgemeines Atemholen, bevor die Stimmen zu den letzten Worten ansetzten, dem Segen:

„Dein ist das Reich" – Liebe in Form einer Orchidee.

„Und die Kraft" – Opa.

„Und die Herrlichkeit" – Unterwasserpracht.

„In Ewigkeit" – ein gelber Schal.

Seit der Zeit, in der Manny das Gebet damals gesprochen hatte, war es mit seinem Leben verwoben wie der Kohleflöz in einem Bergwerk mit dem Gestein. Als die Kohle entstand und die Erdschichten sich verschoben, da war nichts klar und ordentlich, aber die Kohle war immer noch dort, unter der Erdoberfläche, stabil und stark und energiespendend. Doch bevor sie Energie freisetzen konnte, musste sie abgebaut und ans Tageslicht befördert werden. Das Gebet musste zum Leben erweckt werden, indem es gebetet wurde. Wie die Kohleklumpen, die sie dem Berg entrungen hatten, Licht und Energie in Häuser und Städte und zu Menschen brachten, war auch das Gebet ausgezogen und hatte der Welt Licht und Kraft gebracht.

„*Amen!*“, hörte Manny um sich her.

Und dann war es still. Manny hörte, wie der Wind in den Zweigen der Bäume rauschte und wie die fallenden Blätter raschelten, und einen Moment lang war alles Frieden. In diesem Moment akzeptierte er das Leben so, wie es jetzt war, wie es gewesen war und wie es noch werden würde.

Alles war gut.

Eine Glocke läutete – einmal für jeden Mann, der bei dem Grubenunglück ums Leben gekommen war. Der Klang der Glocke verhallte über dem Tal, und Manny dachte daran, dass sich die Schallwellen von ihrer kleinen Versammlung aus genauso ausbreiteten wie das Gebet.

Er griff nach Dees Hand und spürte, wie sie ein ganz klein wenig den Druck erwiderte. Tobys Hand lag auf seiner Schulter, und Manny staunte wieder einmal darüber, dass er hier war und am Leben. Immer noch. Der letzte Glockenschlag verhallte, es war wieder still, und in dieser Pause lag die Ewigkeit.

„Amen“, flüsterte Manny. „*Amen.*“

FSC
www.fsc.org
MIX
Papier aus verantwortungsvollen Quellen
FSC® C014496

Verlagsgruppe Random House FSC® N001967

Originally published in English under the title „The Father's Prayer".

The authors are represented by WordServe Literary Group,
www.wordserveliterary.com

1. Auflage 2016
Bestell-Nr. 817124
ISBN 978-3-95734-124-2

Umschlaggestaltung: Hanni Plato
Umschlagmotiv: gettyimages
Satz: DTP-Verlagsservice Apel, Wietze
Druck und Verarbeitung: GGP Media GmbH, Pößneck
Printed in Germany

www.gerth.de